W9-BXY-118

PRISIONERA DE LA INQUISICIÓN

Theresa Breslin

Prisionera de la Inquisición

Traducción de
Miguel Antón

Umbriel Editores

Argentina • Chile • Colombia • España
Estados Unidos • México • Perú • Uruguay • Venezuela

Título original: *Prisoner of the Inquisition*
Editor original: Doubleday
Traducción: Miguel Antón Rodríguez

1.ª edición Noviembre 2011

Aribau, 142, pral. – 08036 Barcelona
www.umbrieleditores.com

ISBN: 978-84-92915-05-7
E-ISBN: 978-84-9944-175-7
Depósito legal: B - 35.107 - 2011

Fotocomposición: Ediciones Urano, S. A.
Impreso por Romanyà Valls, S. A. – Verdaguer, 1 – 08786 Capellades (Barcelona)

Impreso en España – *Printed in Spain*

Dedico este libro a Annie Eaton... ¡Por fin!

INTRODUCCIÓN

En 1469, Isabel de Castilla contrajo matrimonio con el rey Fernando de Aragón, lo que supuso la unión de sus reinos. La mayor ambición de ambos era unir al resto de los reinos de la península y gobernarlos como un único país. Eran muy devotos, y querían que todos sus súbditos profesaran la fe católica, una misión que cumplieron armados con el fuego y la espada.

La Santa Inquisición (1232-1820) fue una institución fundada por la Iglesia católica, cuya misión consistía en descubrir herejes y acabar con ellos. Durante el reinado de Isabel y Fernando, los agentes de la Inquisición (algunos sacerdotes, apoyados por soldados, hermanos en la fe) colaboraban con los funcionarios reales, no siempre de buen talante, para perseguir a los herejes. En España, bajo el régimen del inquisidor general Tomás de Torquemada, la Inquisición fue particularmente activa. Se recurrió a la tortura durante los interrogatorios a los acusados, y se dictaron castigos extremos, incluido el de morir en la hoguera, a quien fuese hallado culpable, sobre todo aquellos que, tras abrazar la fe católica, hubiesen recuperado las prácticas de su antigua religión.

En el año 1490, el marino y explorador Cristóbal Colón apeló a los monarcas españoles en busca de patrocinio para su ambicioso plan de cruzar el océano Atlántico. En esa época, la mayoría de los territorios peninsulares habían sido recuperados de manos de los moros, a excepción del reino de Granada. Los ejércitos de la reina Isabel y el rey Fernando se reunían con miras a asediar la población de Granada y capturar el hermoso palacio musulmán de la Alhambra.

Entre tanto, los agentes de la Inquisición proseguían su labor por todo el reino de Castilla y Aragón...

PRÓLOGO

Reino de Castilla y Aragón, 1492

Rogó que le dieran una cruz a la que poder aferrarse, pero se la negaron.

Le habían atado el cuerpo con gruesas cuerdas al poste central de la hoguera. Tenía libres los brazos y las manos, que juntó. Formó una cruz con el pulgar derecho y el índice izquierdo y la rozó con los labios, antes de gritar:

—¡En nombre de Jesucristo, que murió por nuestros pecados!

Las llamas se alzaron a su alrededor.

¿Sería cierto que en algunos casos humedecían la leña para que el condenado ardiese más lentamente? El humo ocultó su cuerpo, la silueta era una sombra retorcida de dolor entre las llamas.

Aunque no era visible, se oían sus gritos.

—¡Abjura! ¡Abjura! —la conminaba el gentío.

—¡Dejadla morir, por el amor de Dios! ¡Dejadla morir! —gritó un hombre joven.

En ocasiones, un verdugo agarrotaba al hereje antes de que las llamas lo alcanzaran. Pero en su caso no tuvieron piedad.

Los gritos perdieron fuerza, sustituidos por algo peor: un parloteo agonizante, pronunciado con voz rota.

El joven inclinó la cabeza, sollozando, llevándose las manos a las orejas.

El hedor a carne quemada flotó en la plaza durante horas.

PRIMERA PARTE

Una ejecución

Verano de 1490
Las Conchas, un pequeño puerto andaluz, situado al sur de la península.

1

ZARITA

No vimos al hombre que nos siguió.

En el verano de 1490, antes de que la Santa Inquisición sembrara el terror y la sospecha en nuestra población, nunca miraba constantemente a mi alrededor. Después de todo yo era Zarita, hija de un juez rico y poderoso, y podía ir a donde quisiera. Y aquel día del mes de agosto, tan caluroso que incluso los gatos se habían puesto a cubierto del sol, en busca de la frescura que pudieran hallar en la sombra, me escoltaba Ramón Salazar, un noble joven y atractivo que me había asegurado que era capaz de morir por mi amor.

Ramón paseaba con lentitud a mi lado, ciñendo a la cintura su nueva espada toledana, mientras recorríamos una calle de tierra del puerto antiguo. Se tomaba muy seriamente su papel de protector, arrugando el entrecejo y mirando con severidad a todos los viandantes. Nos encontrábamos allí porque tenía intención de visitar el altar de Nuestra Señora de los Dolores, situado en una iglesia cercana al mar. Con dieciséis años, Ramón tan sólo era un año mayor que yo y nunca había tomado parte en un duelo, a pesar de lo cual caminaba a mi lado como un soldado veterano.

Ramón se quedó junto a la entrada mientras yo me dirigía al altar. Quería pedir a la Virgen que intercediera por las vidas de mi madre y el bebé que acababa de alumbrar con tanta sangre y dolor. Mis ojos tardaron unos minutos en acostumbrarse a la oscuridad.

No reparé en la existencia de una puerta lateral abierta, ni en la sombra apostada tras ella.

El hombre aguardaba a oscuras, atento mientras yo caminaba hacia la estatua de la Virgen. Esperó tras la columna a que levantara mi velo, encendiera una vela y me arrodillara para rezar.

Entonces, en el instante en que abrí la bolsa para sacar el dinero de la ofrenda, se abalanzó sobre mí.

2

ZARITA

—Joven dama, os lo ruego, dadme una moneda.

—¿Qué? —Me levanté, asustada. Era un hombre corpulento, con los ojos enormes, castaños, casi negros, y un rostro cadavérico y ceniciento con barba de días.

—Necesito dinero —dijo—. Llevo fuera toda la mañana, pero no me ha servido de nada. No puedo volver a casa, donde me esperan mi esposa y mi hijo con las manos vacías. —Extendió la mano, la palma vuelta hacia arriba.

De pronto caí en la cuenta de que me encontraba a solas en la solitaria iglesia con ese rufián. Retrocedí un paso, al tiempo que me cubría el rostro con el velo.

Él se me acercó aún más. Tenía la boca abierta, lo que me permitió ver que le faltaban algunos dientes. Los que conservaba los tenía ennegrecidos. Despedía un olor nauseabundo. Me rozó la mano.

Lancé un grito.

Ramón llegó corriendo por la nave lateral, procedente de la puerta.

—Mi hijo está hambriento, y mi mujer está enferma. Necesita un remedio. Con una moneda podría comprarle algo con lo que mejorar su estado de salud —prosiguió el hombre.

Pero no presté atención a sus súplicas. Me repugnaron su hedor y el roce de los dedos de piel cuarteada y uñas rotas. Que un campesino llegase hasta el punto de pretender aferrar la mano de una dama de mi posición era un ultraje.

—¡Me ha tocado! —grité—. ¡Este hombre ha osado tocarme!

Ramón me miró horrorizado. Se puso rojo de ira.

—¿Has osado asaltar a esta mujer? —gritó al mendigo.

—¡No... no! —balbuceó el hombre, con expresión confundida—.

Tan sólo pedía una moneda. —Me miró como esperando que confirmara sus palabras.

—¡Y por ello morirás! —exclamó Ramón, que intentó desenvainar la espada. Sin embargo, no tenía la práctica necesaria para que el movimiento fuese fluido y se trabó con la capa, momento en que lanzó un juramento y desnudó la daga del cinto.

El pordiosero se dio la vuelta y echó a correr hacia la puerta lateral.

Ramón emprendió la persecución, mientras yo, aterrorizada al verme de nuevo sola, levanté el borde del vestido y corrí en pos de ambos.

3

SAULO

Había visto a mi padre entrando en la iglesia por la puerta lateral.

Me mordí el labio, avergonzado al comprender que era demasiado humilde para atreverse a entrar por la puerta principal. Ignoraba mi presencia allí, no sabía que llevaba cerca de una hora siguiéndole mientras recorría la población, mendigando. Le habría humillado aún más saber que su hijo había visto cómo lo maltrataba la gente. Un noble llegó incluso a darle un empujón y escupir en la calle al pasar por su lado.

Me creía con mi madre, sentado junto al camastro de paja donde yacía tumbada, incapaz de moverse, aquejada por la enfermedad que se había abatido sobre ella semanas atrás. Se suponía que no debía apartarme de su lado y que debía intentar mantenerla en silencio, porque la noche anterior había empezado a hablar en una lengua que yo no conocía. Cuando esto sucedió, mi padre se puso muy nervioso e intentó acallarla para evitar que los vecinos pudiesen oírla hablar en aquella lengua extranjera. Luego le acarició la cabeza, murmurándole, recitándole un poema al oído. Eso la tranquilizó. Cuando le pregunté qué era lo que decía, mi padre respondió que hablaba la lengua de los ángeles. Pero reconocí la expresión de su rostro, pues no era la primera vez que la veía. La había visto en otros lugares donde habíamos vivido, cuando llegaba el momento de marcharse a otra parte. Era la expresión del animal perseguido cuando huele el peligro.

Llevábamos toda la vida viajando de pueblo en pueblo. En ese momento no pensaba mucho en qué razón podía haber para llevar esa vida. Nunca teníamos dinero suficiente. Lo poco que teníamos lo destinaba mi padre a comprar los remedios para mi madre, porque ella siempre estaba delicada de salud, y a menudo uno de nosotros tenía que quedarse en casa para cuidarla. Pasábamos el tiempo buscando comida, y eso era lo que en ese momento me ocupaba la mente. Sabía que yo era mejor mendigo que mi padre. Se habría llevado un buen disgusto si hubiera llegado a enterarse de que en ocasiones recurría a la mendicidad para ganarme el pan. Pero lo había hecho antes, aprovechándome del hecho de parecer mucho más joven de lo que era. Cuando no conseguíamos trabajo, yo me postraba en un portal hasta que veía a una rica señora acercarse, momento en que me echaba a lloriquear con patetismo.

Pero sentado a la sombra de un árbol, en la plaza que había frente a la iglesia, en aquella bochornosa mañana de verano, esperaba que mi padre tuviese éxito. Antes de marcharse por la mañana, me había pedido que cuidara de mi madre, pero yo le había desobedecido. Mi madre estaba dormida, de modo que me dispuse a seguirle, mientras él seguía a su vez a una dama joven bien vestida, que caminaba del brazo de su acompañante. Supuse entonces, igual que debió de hacerlo él, que si alguien como ella paseaba por esa zona sólo podía hacerlo con un destino en mente: se dirigía al altar de la Virgen María, que se encontraba dentro de la iglesia que mira al mar. Y si esa joven visitaba la iglesia para rezar en un día que no era preceptivo, entonces era probable que fuese muy devota y se apiadara de mi padre. Debía de tener mi edad, más o menos, llevaba el largo pelo negro rizado, contenido como buenamente podía con una peineta de carey. De vez en cuando, el joven noble que la acompañaba se volvía hacia ella con una sonrisa en los labios, al tiempo que extendía la mano para rozarle el cabello. Parecía una dama decente, y se cubría el rostro con un velo, tenía clase y era devota. Había acudido a esa zona humilde de la población para visitar el altar, por tanto debía de pretender un favor especial, albergaba una pena o tenía una petición propia.

«Prestará atención a mi padre, tal como espera que su Dios atienda sus palabras», pensé.

Pero me equivoqué.

4

SAULO

La puerta lateral de la iglesia se abrió de par en par, y mi padre salió corriendo por ella. Miró en dirección a la parte trasera del edificio, bordeada por un muro que se alzaba sobre el precipicio. No había escapatoria posible. Se volvió y echó a correr hacia la parte delantera.

Percibí entonces el peligro y me levanté.

La puerta de la iglesia volvió a abrirse y el joven noble que había escoltado a la dama se recortó en el umbral, seguido de cerca por la propia muchacha, que corría sujetándose la falda para no tropezar.

El joven persiguió a mi padre, a quien gritó:

—¡Asesino! ¡Ladrón! ¡Asesino!

Había pocas personas en los alrededores, pero quienes transitaban la plaza detuvieron el paso para contemplar la escena.

Hice un gesto con la mano. Pensé que mi padre me había visto, pero se alejó hacia la derecha, en dirección a la escalera que descendía al mar.

El corazón me latía con fuerza. ¡No! Por ahí se bajaba a la playa, el agua le bloquearía el paso.

Llegado al primer peldaño, el noble lo alcanzó, lanzándose a fondo con la daga.

—¡Ramón! —gritó la joven—. ¡Tened cuidado!

Mi padre no iba armado. Apartó de un empujón al tal Ramón, que cayó al suelo. La fuerza del empujón hizo que él también cayera de espaldas y rodase escalera abajo.

Eché a correr hacia ellos, acompañado por el resto de los presentes.

Abajo, mi padre se levantó tras la caída. Le habrían bastado unos segundos más para salir airoso del lance. Podría, tal vez, haber encontrado un camino que llevase por la pared del acantilado, o una callejuela en el muelle, que es por donde se acercaba un grupo de soldados. Desde lo alto de la escalera, su perseguidor, Ramón, voceó al teniente al mando.

—¡Arrestad a ese hombre! ¡Ha intentado matarme, después de atacar a una dama dentro de la iglesia!

Los soldados persiguieron a mi padre, lo alcanzaron y, después de propinarle golpes y patadas, lo llevaron escalera arriba para encararlo al joven noble, Ramón.

—¡Llevadlo en presencia del padre de la dama! —El noble tenía el rostro rojo de ira—. Es don Vicente Alonso Carbazón, el juez.

Arrastraron a mi padre por las calles hasta alcanzar la casa del juez. Una vez allí, lo empujaron dentro a golpes. Corrí tras ellos, incapaz de pensar con claridad en lo que estaba pasando, tan rápido sucedía todo. En el camino se reunió más gente para seguir a los soldados y presenciar el espectáculo. Al cabo, nos vimos todos amontonados ante las puertas de la casa del juez.

La joven fue a abrazar a su padre cuando éste acudió. Hizo ademán de quitarse el velo, pero él se lo impidió. No llevaba puesta la túnica, ni atados los cordones del pecho de la camisa. Tenía el cabello revuelto y le tembló el cuerpo al hablar.

—¿A qué viene este ruido que me molesta cuando más necesito disfrutar de un poco de paz? —preguntó, furioso. Levantó una mano—. ¡Silencio! —rugió antes de señalar al joven noble—. Vos, Ramón Salazar, contadme qué está pasando aquí.

—Vuestra merced don Vicente, este mendigo asaltó de un modo atroz a vuestra hija en la iglesia. Y cuando me dispuse a impedirlo, intentó asesinarme.

Don Vicente dio un paso al frente y descargó un puñetazo en la cara a mi padre, que cayó al suelo, escupiendo sangre y algún que otro diente en la tierra roja que cubría el patio.

—Ilustre señor —intentó decir mi padre—. Excelentísimo don...

Pero don Vicente le propinó una patada en la cabeza.

—Silencio, gusano —le espetó—. Si no tuviera que atender asuntos de mayor urgencia, te juzgaría aquí mismo y ejecutaría la sentencia sin más.

—Estamos en guerra —intervino el teniente que estaba a cargo de los soldados—. La reina Isabel de Castilla y su marido, el rey Fernando de Aragón, han proclamado que no tolerarán muestra alguna de desórdenes civiles mientras duren sus esfuerzos por reunificar todos nuestros territorios, hasta que los reinos de Castilla y Aragón se conviertan en una única nación junto a los demás reinos peninsulares. Un juez puede ordenar que un oficial del ejército ejecute a un traidor sin necesidad de celebrar juicio alguno. Y todo aquel que ose agredir a un noble en una iglesia merece ser acusado de traición. —Señaló un árbol cercano en el patio de la propiedad—. Ahorquémoslo, pues, y pongamos fin a este asunto.

—Hacedlo —convino don Vicente, que giró sobre los talones, dispuesto a entrar de nuevo en la casa—. Ah, y dispersad a toda esa gentuza que se agolpa a mis puertas.

—¡Padre! —grité cuando los soldados se dispusieron a cerrar las pesadas puertas de madera que daban al interior.

Intenté abrirme paso, pero mantuvieron a todo el mundo apartado a golpe de hoja. Golpeé la superficie de madera, pero no cedió un ápice. Cuando oí que echaban el cerrojo, me alejé corriendo en busca de un punto en el muro al que poder encaramarme. Por fin di con él. Reculé unos pasos para tomar carrerilla, salté y trepé con manos y pies hasta coronar la parte alta. Desde ahí veía el patio. Habían ordenado a un mozo de cuadra que trajese una soga que en ese momento arrojaban a una rama alta del árbol. Mi padre estaba boquiabierto, aterrorizado e incapaz de creerse lo que estaba pasando. La sangre le goteaba del labio.

—¡Padre! —La joven tiraba de la manga de la camisa del juez.

Éste se la sacudió de encima.

—Vuelve dentro —dijo—. Has manchado el honor de nuestra familia.

—¡Padre! —gimió ella, angustiada—. Escuchadme. Este hombre no merece morir.

Pero era demasiado tarde.

Ataron la soga en torno al cuello de mi padre, y los soldados tiraron del extremo para ahorcarlo. Algunos de ellos rieron y bromearon, como si fuera divertido ver a un hombre pataleando con las manos a la garganta mientras se asfixiaba. Pero un soldado, un pelirrojo fornido, se prestó a colgarse de las piernas de mi padre para ahorrarle la agonía.

Su cuerpo fue presa de un último espasmo violento. Los brazos le cayeron a los costados, y al hacerlo tuve la impresión de que me los extendía un instante para abrazarme. Salté al patio, y eché a correr hacia él, los ojos cubiertos de lágrimas.

—¡Padre! ¡Padre! —grité—. ¡Padre!

Don Vicente detuvo el paso en el umbral de la casa. Me miró de arriba abajo con desdén.

—Tendría que haberlo previsto. Los de su calaña siempre dejan a su paso toda clase de inmundicias. —Las profundas arrugas del rostro le dibujaron una expresión de asco—. ¿Qué mejor que erradicar al padre y a su descendencia? —Dirigió un gesto autoritario a los soldados—. Que el hijo del pordiosero baile al mismo son que su padre.

El teniente llamó la atención del mozo de cuadra.

—Trae otra soga —ordenó.

5

ZARITA

Mi padre, don Vicente Alonso Carbazón, era conocido en nuestra población de Las Conchas por su forma estricta de tratar a los criminales, pero nunca había tenido oportunidad de presenciar el odio gélido de su expresión hasta aquella terrible jornada veraniega.

Alertado por la conmoción, acudió a la puerta de nuestra casa. Después de atender la particular versión de lo sucedido que le ofreció Ramón, le propinó un golpe tan fuerte al pedigüeño en la boca que el rostro del hombre estalló como una granada. El hecho de ver al pobre hombre postrado a sus pies no hizo sino avivar la furia de mi padre. Yo ignoraba que estaba cegado por la pena y que había perdido el dominio de sí.

—Padre. —Puse la mano en su brazo, pero se la sacudió de encima y me ordenó entrar en la casa. Entonces escuché horrorizada la orden de ir en busca de una soga.

Levanté la vista hacia Ramón para que lo impidiera, pero seguía furioso por la humillación sufrida en la iglesia y por haber tenido que recurrir a los soldados para ayudarle a apresar a un campesino escuálido. La satisfacción que destilaba me hizo comprender que no tenía sentido apelar a él para detener el rigor de mi padre.

Me refugié con paso inseguro en la casa, mientras los soldados llevaban a cabo la macabra ejecución. Entonces un joven saltó por el muro de la propiedad y echó a correr hacia nosotros, sollozando y lamentándose por lo sucedido a su padre.

Uno de los soldados lo aferró de la pretina de las calzas y lo levantó en el aire.

—¡Otro cuyos ojos servirán de alimento a los cuervos! —anunció entre risas.

Oí que mi padre pronunciaba palabras viles, momento en que ordenó al teniente ahorcar al muchacho junto a su progenitor.

—¡Padre! —Logré llamar su atención—. El muchacho ni siquiera estaba en la iglesia. No tiene nada que ver con esto.

—Estos ladrones rufianes trabajan en grupo —replicó él, y quiso empujarme hacia el interior de la casa—. Eres demasiado joven e inocente, hija mía, para saber tales cosas.

—No es más que un niño. —Tiré de la manga del autor de mis días—. Miradlo. Pensad en vuestro recién nacido.

—¿Qué recién nacido?

Miré boquiabierta a mi padre. Entonces reparé en algo que antes había pasado por alto: no vestía de la forma apropiada y tenía desaseados tanto el pelo como la barba.

—Tu hermano falleció hace media hora —explicó.

—¡Oh, no! —Los ojos se me llenaron de lágrimas. Desde mi nacimiento, mi madre había soportado nueve embarazos, y en todas las ocasiones, a excepción de esta última, había perdido a su hijo. Y ahora el niño había fallecido. De pronto comprendí por qué mi padre no estaba en sus cabales.

—¡Padre! ¡Padre! —Afuera, el muchacho seguía forcejeando, empeñado en tocar el cadáver de su padre, colgado del árbol. Le pusieron la segunda soga alrededor del cuello y el teniente arrojó el extremo opuesto sobre la misma rama.

—No tardarás en reunirte con él —se burló del joven uno de los soldados, el mismo que tiró de la cuerda hasta alzar al muchacho, que pataleó en el aire igual que había hecho su padre no hacía ni cinco minutos.

Me postré de rodillas delante de mi progenitor.

—Pensad en madre —le rogué—. Es buena y amable conmigo, y no querría que ese muchacho muriera como lo ha hecho su padre.

Él, derrumbado, se llevó ambas manos al rostro.

—Tu madre... —empezó diciendo. Pero fue incapaz de continuar. Los sollozos se lo impidieron.

—¿Qué le pasa? —Se me congeló el aliento en los pulmones—. ¡Madre! Decidme que no le ha pasado nada. Por favor, padre, decidme que vive.

—Vive —respondió él—, pero no por mucho tiempo. —Titubeó

antes de dirigir un gesto al teniente—. Por hoy ya ha habido suficientes muertes en esta casa. Perdonaré la vida del joven, pero encargaos de que lo lleven tan lejos que no volvamos a verlo por aquí.

Los soldados soltaron la cuerda con visible decepción, y el muchacho cayó al suelo, donde permaneció retorciéndose de dolor, boqueando, aturdido pero con vida.

—Vamos a embarcar para unirnos a las huestes de la reina Isabel de Castilla y el rey Fernando de Aragón que asedian Granada —explicó el teniente a mi padre—. Entregaré a esta rata a la primera galera que encontremos en el mar, así podrá servir como esclavo a bordo hasta el fin de sus días.

Mi padre asintió, aunque apenas había prestado atención a sus palabras. Yo pasé por su lado y subí la escalera en dirección al dormitorio de mi madre. Mi tía Beatriz se encontraba arrodillada junto al lecho, con la mano de mi progenitora entre las suyas. Comprendí entonces que agonizaba, porque mi tía era monja de clausura y no abandonaba el convento excepto en las circunstancias más extremas. Como se había retirado el velo de monja, aprecié el parecido que tenía con mi madre, aunque era mucho más joven. Hablaba con su hermana en voz baja, y le decía que sus tribulaciones en la vida no tardarían en concluir, para dar paso al descanso y la recompensa del cielo.

—¡No! —protesté, enérgica—. ¡No digáis eso! Mi madre no puede morir. —Pero reparé en sus mejillas, en las bolsas oscuras que tenía bajo los ojos, y en que cada aliento suponía para ella un esfuerzo terrible.

El párroco local, el padre Andrés, se encontraba al pie de la cama, y quiso ofrecerme unas palabras de consuelo, pero no resultaría tan fácil aplacarme.

—Esta mañana he ido al altar de Nuestra Señora de los Dolores, dispuesta a rezar y hacer una ofrenda para que todo fuera bien. Encendí un cirio y pedí que mi madre se recuperara tras dar a luz. Pero no había nadie en el cielo dispuesto a escucharme. —Estaba enfadada con su Dios, incapaz de tener la piedad necesaria para atender mis ruegos—. ¿De qué me ha servido? —reprendí al párroco—. ¡De nada! ¡No ha servido de nada!

La expresión del padre Andrés acusó la conmoción que le causaron mis palabras, pero me habló con voz suave:

—No deberíais decir esas cosas, Zarita. No está bien cuestionar la voluntad de Dios.

—Zarita, niña, compórtate. Tu madre se muere. Deja que lo haga en paz, acompañada por tus palabras de amor —dijo mi tía Beatriz.

Pero yo sólo podía pensar en mi propia necesidad, mi propio pesar. Me tendí sobre las piernas de mi madre y lloré con amargura.

—¡No me abandonéis, madre! ¡Madre! ¡Madre! ¡No me abandonéis!

6

SAULO

Ese día juré vengarme.

Mi estupefacción ante la salvaje crueldad de las acciones de aquella jornada se vio sustituida por un odio capaz de emponzoñarlo todo. Antes de que los soldados me atasen las manos y me llevaran por las calles hasta el muelle, miré inflexible al hombre que me había agraviado y juré no olvidar jamás su rostro.

Yo, Saulo, de la población de Las Conchas, decidí destruir a don Vicente Alonso Carbazón. Derribaría el árbol en el cual había ordenado ahorcar a mi padre. Dispersaría su ganado y envenenaría sus pozos. Prendería fuego a su casa, que vería arder hasta los cimientos con todo dentro, y luego convertiría los restos del incendio en cenizas que se esparcirían al viento. Acabaría con él, con su esposa y con toda su descendencia.

7

Hacia la medianoche, en el interior de la iglesia de Nuestra Señora de los Dolores, situada en lo alto de un acantilado que miraba al mar Mediterráneo, la llama del cirio que había encendido aquella mañana Zarita, hija de Vicente Alonso de Carbazón, tembló un instante antes de apagarse. Al cabo de veinte minutos, también se extinguió la vida de su madre.

Así fue como el simple hecho de encender aquella vela desencadenó una serie de funestos acontecimientos para los implicados.

SEGUNDA PARTE

La llegada de la Inquisición

1490-1491

8

ZARITA

Si bien mi padre, el juez, era hombre respetado en la población de Las Conchas, mi madre siempre había sido una mujer muy querida.

La gente se asomó a los balcones para ver el paso del carruaje, tirado por cuatro caballos enjaezados con plumas negras, que transportaba el féretro. Avanzó majestuoso por las calles, y la población arrojó pétalos a su paso. Además de ser conocida por su generosidad con los pobres, mi madre había contribuido en la creación de un hospital para el cuidado de los más desvalidos; allí, gracias a su hermana pequeña, mi tía Beatriz, se había establecido una orden religiosa. Protegidas por el velo, con las almidonadas cofias propias de su hábito, las monjas se hallaban a la salida del edificio para observar el paso del cortejo fúnebre, y había muchos pobres alineados a ambos lados del sendero de tierra que llevaba al cementerio situado en la colina que se imponía sobre la población. También acudieron las amistades de mi padre y un puñado de miembros de la nobleza del lugar. Aunque era un hombre acaudalado, mi padre no tenía sangre noble, pero era respetado por nobles e hidalgos, conscientes de que hacía cumplir las leyes y los mantenía a salvo.

El padre Andrés había abierto el panteón familiar. El sacerdote vestía de negro y aguardaba ante la puerta del cementerio, acompañado por una docena de monaguillos con sobrepelliz blanca sobre sotana negra. En la mano, gruesos cirios de dura cera de abeja. Había oído a mi padre encargar a Garci Díaz, nuestro capataz, que las prepararan especialmente para la ocasión.

—No repares en gastos —le había dicho—. Quiero lo mejor para mi mujer y mi hijo. —La voz de mi padre se quebró al pronunciar la última palabra, y Garci extendió la mano en dirección a él, para retirarla antes de tocarlo.

Cuando el conductor de la carroza detuvo los caballos, el párroco se acercó a saludarnos.

De pronto todo aquello se volvió real para mí. Había pasado aquellos últimos días llorando, hecha un mar de lágrimas debido a lo que se me antojaba una terrible pesadilla, pero cuando contemplé cómo aquellos hombres levantaban el féretro de madera que contenía el cadáver de mi madre y el de mi hermanito, una emoción descarnada se apoderó de mí. El sol cegador laceró el encaje negro de mi mantilla y perforó mi visión. Era real, no era un sueño del que despertaría. Iban a meter a mi madre en un lugar frío y oscuro, y nunca jamás volvería al hogar junto a los suyos.

Los caballos rebulleron con cascabeleo de arnés. El párroco empezó a entonar la misa de difuntos.

—Desde el fondo del abismo, clamo a vos, Señor. ¡Escuchad, Señor, mi voz!

Encabezó la marcha. Lo siguieron los portadores del féretro, y a continuación la familia y amigos. Yo apenas pude moverme. Mi antigua niñera, Ardelia, me rodeó la cintura con el brazo para servirme de sostén. Lloraba desconsolada, puesto que también había sido la niñera de mi madre y la quería, igual que cualquiera que la hubiese conocido. Sus sollozos reverberaban en mi interior. Mis ojos volvieron a dar paso a las lágrimas.

Años atrás, cuando nombraron juez a mi padre, construyeron el panteón familiar con columnas y estatuas y los adornos de rigor que consideró adecuados para su nueva posición. Ese día, tuve la impresión de que mi padre estaba hecho del mismo mármol frío, y me dio un vuelco el corazón al contemplar su rostro. Apenas me había dirigido una docena de palabras desde el día de la muerte de mi madre.

Ardelia había intentado explicarme el porqué.

—No os preocupéis por el silencio de vuestro padre —me dijo—. Es comprensible que se comporte de este modo. Os parecéis tanto a ella que sólo miraros debe de romperle el corazón.

Me inquietaba mucho pensar en ello. ¿Tan disgustado estaría mi padre, en el caso de haber sido yo un mozo? ¿Lloraba, acaso, la pérdida del anhelado hijo más que la muerte de mi madre? No me había dedicado la menor muestra de compasión para ayudarme a sobrellevar la pérdida. Aquella noche, tras la muerte de mi madre, fui a arrodillarme junto a su sillón, como solía hacer, cuando él me acariciaba el cabello mientras conversábamos. Quise compartir con él mis sentimientos; quizá pudiésemos hablar de madre, consolarnos mutuamente. Pero cuando me arrodillé ante él para reposar la cabeza en su regazo, se levantó de pronto y abandonó la estancia.

—Pues polvo eres, y en polvo te convertirás...

Nos detuvimos a la entrada del panteón, donde caí en la cuenta de que había otra persona que no me había dirigido la palabra, ni dado muestras de apoyo, desde aquella terrible jornada.

Ramón Salazar se hallaba de pie a un lado. Intenté llamar su atención, pero él paseaba la vista por un grupo de mujeres. Supuse que era incapaz de mirarme por el dolor que le causaba verme tan infeliz. Tenía una expresión melancólica, pero no pude evitar ver que estrenaba túnica nueva con costuras a la manera italiana; era de un terciopelo totalmente negro, rematado con cuello de delicado encaje blanco, y me pregunté si lo habría encargado al sastre especialmente para la ocasión y escogido el corte para resaltar las aristocráticas facciones angulosas de sus pómulos. De pronto necesitaba la calidez de un hombre, de ese hombre en concreto que tan a menudo me había confesado el amor imperecedero que sentía por mí. Deseé su cercanía, ansié que su fuerza me sustentara. Un impulso me llevó a dar un paso hacia él. Me miró y contempló mi aspecto con atención, momento en que reparé en una casi imperceptible nota de desagrado en sus ojos. Me aferré a él e intenté apoyar la cabeza en su pecho.

Pero Ramón retrocedió un paso.

No hacía ni una semana, hubiera aprovechado cualquier excusa para abrazarme, pero en el cementerio se limitó a darme una palmada en el hombro y dejó caer ambos brazos a los costados. ¿Tanto me afeaba el dolor? Era consciente de tener los ojos enrojecidos de tanto llorar, las mejillas coloradas, la mantilla mal puesta de cuando me había rascado y tirado del cabello.

Ardelia me atrajo hacia ella con suavidad.

—Que los ángeles os lleven al paraíso...

Había llegado el momento del entierro. La familia más cercana a la fallecida accedió al mausoleo. El olor a muerte me alcanzó las fosas nasales. Las luces titilaban en las paredes.

—Concededle, Señor, el descanso eterno.

El descanso eterno.

Eterno.

Para siempre.

Nunca volvería a ver a mi madre. Se me embotaron los sentidos y de pronto fue como si la oscuridad me rodeara.

Entonces un brazo fuerte me rodeó la espalda y una mano me sostuvo bajo el hombro. Por un instante pensé que se trataba de Ramón, que había acudido en mi ayuda. Pero era mi tía Beatriz, que se encontraba a mi lado.

—Zarita —me dijo con firmeza al oído—, compórtate con dignidad. Es lo que habría querido tu madre.

Me mordí el labio inferior con la fuerza necesaria para notar el sabor de la sangre. Me enderecé y levanté la cabeza bien alta. Al otro lado, Ardelia me apretó la mano y me susurró palabras de ánimo al oído.

Enterraron a mi madre junto al recién nacido que había dado a luz unos días antes, el hijo que tan desesperadamente había deseado mi padre que siguiera sus pasos, que llevase la hacienda hasta convertirse en un propietario tan orgulloso como él. El hijo que tenía que perpetuar su apellido.

Después mi padre estaba cansado; se retiró al dormitorio en cuanto volvimos del cementerio. Yo me quedé para atender a quienes, tras acudir a la ceremonia, habían aceptado la invitación de ir a nuestra casa a comer.

Ramón estaba presente, pero no se situó a mi lado, como pudo haber hecho para ayudarme a saludar y agradecer a los invitados que hubiesen acudido a presentar sus respetos.

Mi tía Beatriz se despidió al cabo de una hora, más o menos. Me abrazó y me besó.

—Perder la madre supone un dolor sobrecogedor, Zarita. Has de saber que comparto tu pesar, y que espero que eso te suponga algún consuelo. Yo amaba a mi hermana, porque tanto su naturaleza como su aspecto compartían la misma hermosura. Ha fallecido; espero que haya ido a un lugar mejor. —La tía Beatriz se santiguó—. Cada persona en esta tierra debe ascender su monte Calvario particular, Zarita. No puedo ofrecerte más que pobres consejos: haz lo que habría hecho tu madre; reanuda su labor; muéstrate caritativa en la caridad; interésate por aquellos de nosotros que no tenemos nada, y pregúntate si hay alguien que necesite tu ayuda. Tal vez ni siquiera sepas de quiénes se trata, así que está en tus manos dedicar tiempo a encontrarlos.

Las palabras de mi tía acudieron a mi mente cuando empecé a encender las lámparas para ahuyentar la oscuridad. Todo el mundo se había marchado, excepto Ramón Salazar, que estaba hundido en la silla junto a la ventana, con una copa en la mano. Su atractivo rostro estaba sonrojado debido al exceso de vino, y recordé cuán felices habíamos sido juntos hacía dos o tres días. Me vino a la memoria de pronto el mendigo que se me había acercado en la iglesia, y junto a ese recuerdo, otro. Me acerqué a Ramón y tomé asiento en la silla situada delante de él. Le pregunté si recordaba las palabras que había dicho aquel hombre, pero él no quería recordar aquel día. Intentó evitar mi pregunta, y se mostró reacio a entablar conversación acerca de aquel incidente. Pero yo insistí: la vergüenza que me dio la falta de caridad mostrada con el mendigo, la cual había desembocado en el horror de su ejecución, me empujaron a hablar.

—Mencionó a una esposa —dije.

—¿Qué? —Ramón tomó otro sorbo de la copa de vino. Arrastró las palabras—. ¿La esposa de quién?

—Del mendigo —insistí—. Cuando en la iglesia me pidió una moneda, mencionó que su mujer estaba enferma y que podía morir.

—¿Y? —Ramón bostezó.

—Tan sólo me pregunto qué habrá sido de ella —respondí en voz muy baja.

9

ZARITA

Entre las personas que nos visitaron para darnos sus condolencias en las semanas y los meses que siguieron a la muerte de mi madre, se contó la condesa Lorena de Braganza. Tenía veinte años, era cinco mayor que yo, y apenas había tenido relación con nuestra familia, a pesar de lo cual acarició el brazo de mi padre como si fuera su amiga más querida, mientras le susurraba al oído palabras de consuelo.

Al principio no le presté mayor atención, concentrada como estaba en mis propios asuntos. Había encontrado un propósito en la vida, una misión especial que guardaba relación con la caridad. Pensé que si podía localizar a la madre del joven mendigo, y rescatarla de la pobreza, entonces me convertiría en alguien tan parecido a mi madre que ambas estaríamos cerca a pesar de la distancia que nos separaba. Me veía como un ángel piadoso, y esperaba expiar mis propios pecados y aliviar parte de la culpa que albergaba por la muerte del mendigo.

Sabía que tendría que visitar las zonas más pobres de la población, y que para ello necesitaría que alguien me escoltara. No se lo pedí a Ramón Salazar. No pensé que aceptase. De todos modos, últimamente sus visitas a mi casa coincidían a menudo con las de Lorena de Braganza, quien lo distraía con su conversación y sus comentarios ingeniosos, así que prácticamente no tenía ocasión de hablar con él en privado ni siquiera por un breve espacio de tiempo.

Decidí pedir ayuda a Garci, nuestro capataz. Confiaba en que me la prestaría, porque de pequeña nunca me había negado nada. Él y su esposa Serafina no habían tenido hijos, y ambos me querían mucho, así que podía pedirle cualquier cosa, que él haría lo posible por satisfacerme. Por eso me sorprendió cuando, una vez planteada mi propuesta, hizo un gesto de negación con la cabeza.

—No, Zarita. No os acompañaré a los barrios más pobres de la ciudad. No podemos permitirnos otro incidente en que vuestro padre deba impartir una justicia rápida para poner coto a la violencia y la delincuencia.

—¡Justicia! —protesté—. Eso no fue justicia, Garci. ¡No querrás decir que entiendes lo que hizo mi padre al ordenar, sin juicio previo, que ahorcaran a ese mendigo!

—Yo no tuve ocasión de presenciarlo —respondió lentamente Garci—. Como bien sabéis, había acudido a la feria ecuestre de Barqua. —Me miró con severidad—. Y ése es el motivo de que pudierais salir de esta casa acompañada, únicamente, por Ramón Salazar. De haber estado yo presente, no os hubiera abierto la puerta para que salierais a pasear por las calles del puerto viejo sin una escolta armada, amén de una acompañante.

Rebullí, incómoda. Garci había supuesto acertadamente que aquel día me había aprovechado del desorden que imperaba en casa; mi padre, Ardelia y Serafina, nuestra ama de llaves, estaban pendientes de mi madre, y yo me las había ingeniado para escabullirme con Ramón.

—Por tanto, puesto que no presencié lo sucedido, no juzgaré las acciones de vuestro padre —continuó Garci—. Es hombre severo. —Hizo una pausa—. Y ahora que vuestra madre ha fallecido, ¿quién queda en este mundo capaz de recordarle que la piedad es una virtud divina?

Cuando Garci mencionó a mi madre creí entrever su punto débil.

—Mi madre lo habría querido —aseguré—. Le hubiera horrorizado la muerte del mendigo, y habría procurado por todos los medios cuidar de su esposa.

Él tardó unos instantes en responder.

—Tenéis razón —dijo—. Vuestra madre habría hecho lo que decís. Os acompañaré y ambos iremos en busca a esa desdichada mujer.

Garci entendió que mi padre no debía enterarse de nuestra expedición, así que esperamos a una tarde en que se ausentó con objeto de visitar la residencia del padre de la condesa Lorena, cuya casa se alzaba en las colinas cercanas. Tuve la previsión de vestirme con sencillez, sin llevar ropa llamativa ni joyas, y me cubrí también el rostro y el cabello. A pesar de todo, cuando alcanzamos la periferia de la población, Garci quiso que volviéramos.

—Estos barrios no son lugar para personas decentes —me dijo.

—Pero tiene que haber gente buena que viva en ellos —dije—. ¿O crees que la pobreza nos vuelve indecentes?

Era uno de los argumentos de mi madre. Defendía su entrega a la beneficencia ante mi padre cuando éste declaraba que, en su opinión, los pobres eran responsables de su propio infortunio. Garci no respondió. Se limitó a chascar la lengua para mostrar su desaprobación.

—Es un acto de caridad —añadí con ánimo de apaciguarlo, y seguidamente le recordé—: Mi madre lo habría aprobado.

—Ah, vuestra madre —dijo Garci—. La más gentil de las mujeres. —Suspiró.

Reparé en que había lágrimas en sus ojos.

Después se prestó de buena gana a llamar a las puertas, e indagar el paradero de cualquier mujer enferma que pudiera haberse quedado sola, pero que anteriormente tuviese un marido y un hijo que cuidaran de ella. Sin embargo, no encontramos ni rastro de ella. Muchas fueron las puertas que no quisieron abrirnos, y la gente al otro lado de esas puertas se mostró hostil y suspicaz. Finalmente, Garci hizo un alto en mitad de la calle.

—Jamás la encontraremos —se lamentó—. La mujer del mendigo podría estar en cualquier cuarto de esta conejera de casas, tan enferma que ni siquiera es capaz de levantarse y abrir la puerta.

Había una anciana sentada en un portal. Me acerqué a ella y me puse en cuclillas para hablarle.

—Madre —dije.

Me miró con los ojos blanquecinos de alguien muy anciano.

—Yo no tengo hijas —replicó—. Tuve tres hijos, buenos mozos, pero fueron a la guerra y jamás volví a verlos.

—Os llamo madre porque yo he perdido a la mía —dije con voz suave.

La anciana extendió la mano nudosa para tocar la mía. Le pregunté si conocía a alguien cuya identidad pudiera responder a la mujer que buscábamos.

—No conozco a nadie así —dijo.

Desesperada, me senté sobre los talones. Luego busqué en la bolsita una moneda que entregué a la anciana. Ella la ocultó bajo un pliegue de la ropa, y me pregunté cuántos días de pan le proporcionaría.

Cuando me levanté, la anciana me miró y dijo:

—Tal vez haya alguien capaz de ayudaros. Un hombre, un médico, que vive en la casa que hay al final de la calle. Atiende a los enfermos que no tienen dinero.

Anduve a paso vivo hacia la casa que me había indicado. Pero cuando me acerqué a la puerta, vi por el rabillo del ojo que Garci se había retrasado.

—Es la casa de un judío —me advirtió, santiguándose.

—Es la morada de un médico que quizá nos sea de ayuda —repliqué.

Un hombre abrió la puerta principal, y se quedó quieto en la entrada.

—¿Qué hacéis en plena calle, mirando mi casa?

Garci me tomó del brazo para apartarme. Al hombre pareció divertirle el gesto, e hizo ademán de volver dentro.

—Busco a una mujer —dije con cierto atropello—, una mujer que está muy enferma. —Describí lo poco que sabía acerca de la esposa del mendigo.

—Tal vez la conozca —respondió—. Hace unos días, me llamó una vecina para que atendiera a una mujer a quien sabía gravemente enferma. La vecina me contó que el esposo había sido ejecutado, y que el hijo de ambos había desaparecido, de modo que nadie cuidaba de ella.

Le tendí la bolsa del dinero.

—Tomad cuanto necesitéis para comprarle medicinas, y cuidad que la suma cubra el tiempo que podáis dedicar a sus cuidados.

Inclinó la cabeza a un lado y me miró con atención.

—¿Se trata de un acto de piedad, o es fruto de una conciencia culpable? —preguntó en voz baja.

Tras el velo, mi rostro enrojeció de vergüenza. Fui incapaz de responder. ¿Habría oído la historia de la muerte del mendigo? ¿Reconoció en mí a la hija del juez que lo había condenado?

—No importa. —Pareció tomar una decisión—. Os llevaré a su lado.

La mujer yacía tumbada en un camastro de paja, dentro de un cuarto, en la planta superior de una vivienda que distaba dos calles de la casa del médico. Al entrar, algo se escabulló por un rincón. La mujer hizo un movimiento brusco y lanzó un grito.

El médico se inclinó sobre ella y le habló rápidamente en una lengua que me era desconocida. Junto a la puerta, Garci volvió a santiguarse.

Después el hombre a quien acabábamos de conocer la ayudó a incorporarse para que tomara un líquido de un botellín que le había llevado. Al cabo, la mujer volvió a tumbarse, agotada. Su cuerpo no era más que un saco de huesos.

—¿Os conoce? —me preguntó el médico.

Negué con la cabeza.

—No serviría de gran cosa —dijo—. Se encuentra tan débil que no reconoce a nadie. —Le ajustó la manta, y nos condujo fuera del cuarto.

Volví a ofrecerle mi bolsa.

—Esa mujer agoniza —comentó—, y no puedo curarla. Nadie podría curarla. Los buenos vecinos le llevan sopa y agua a diario, porque no puede tomar nada más, y yo me acerco por las noches a darle el opio necesario para calmarle el dolor y que pueda conciliar el sueño. —Levantó la vista y me miró a los ojos, ocultos por el velo—. Guardaos vuestro dinero, gastadlo allí donde pueda servir de algo a los vivos. —Miró a un lado y otro de la calle. Era obvio a qué se refería.

Cuando se despidió de nosotros, me volví hacia Garci.

—Tenemos que sacarla de aquí, lejos de las ratas que hay en esa casa.

—Si la trasladáis, morirá —sentenció él.

—Lo hará de todos modos. Al menos procuremos que muera en mejores condiciones que las presentes.

—¡No podemos llevarla a vuestra casa! —protestó Garci, atónito.

Era consciente de ello. Mi padre nunca lo toleraría.

—No, la llevaremos a un lugar tranquilo donde cuiden de ella con cariño.

Fue en el convento hospital de mi tía Beatriz donde ayudé a cuidar de la esposa del mendigo las últimas semanas que pasó con vida.

10

ZARITA

Hubo una época en que habría logrado engatusar a mi padre para que permitiera el traslado de la mujer moribunda a nuestra casa, aunque fuese para instalarla en los cuartos que ocupaba el servicio sobre los establos, porque solía lograr que aceptase aquello que en un principio me había prohibido. Pero mi influencia se desvanecía a medida que la condesa Lorena de Braganza se convertía en una presencia cada vez más asidua en nuestra morada.

Estaba tan ocupada con mis visitas al convento, adonde acudía a cuidar de la esposa del mendigo, que tardé cerca de un mes en comprender el alcance del poder que ejercía Lorena sobre mi padre. Un día, descubrí al llegar a casa que habían retirado de las ventanas las cortinas negras de luto. Fui a hablar con Serafina, y la encontré guardándolas en cajas. Su rostro no delató emoción alguna cuando le pregunté por qué las había quitado.

—Estamos a mediados de diciembre, no hace ni seis meses de la muerte de mi madre —protesté.

—No ha sido cosa mía —repuso—. Vuestro padre me ordenó hacerlo. —Y añadió—: Creo que la condesa Lorena de Braganza pudo sugerírselo. Cree que la casa está necesitada de alegría, ahora que se acercan las Navidades.

Entonces, furiosa, descubrí que Lorena había estado hablando a mi padre de mí. Le había convencido de que no era capaz de llevar una casa tan importante como la suya; que era una joven insensata, tal como había demostrado al salir sin una acompañante; que el incidente en la iglesia había menoscabado mi reputación, y que tendría que enviarme a un convento o casarme rápidamente con alguien que estuviese dispuesto a aceptarme como esposa. Reparé también en que cultivaba la relación con Ramón Salazar, con quien conversaba largo y tendido, fingiendo pedir su opinión en los asuntos más triviales. No me preocupaba mucho, porque Ramón siempre me había querido a mí y sólo a mí. Me había pretendido durante un año, buscado mi compañía, tanto era así que se había convertido en parte de la familia. Pensé que sólo era cuestión de semanas que hablara con mi padre, y que nuestras familias llegasen a un acuerdo para que contrajéramos matrimonio. Pensé que mi padre aprobaría el enlace. Quería verme feliz, pero también aspiraba a un título nobiliario, y mi pretendiente era de sangre noble. Mi padre era consciente de la posición que ocupaba en la sociedad, y el compromiso de su hija con Ramón Salazar no haría sino mejorar su propia reputación.

En la primavera del año siguiente tuvo lugar una boda, pero no fue la mía con Ramón la que sirvió de excusa para erigir pabellones en el patio de nuestra propiedad, ni para adornar las puertas de la casa con guirnaldas de flores, o poner los manteles de lino blanco en las mesas y la mejor cristalería, por no mencionar al sacerdote convocado para oficiar la ceremonia.

Fue la boda de mi padre. Mi padre y su nueva esposa, la condesa Lorena de Braganza.

Me disgustó desde el momento que la vi; la condesa, con sus ojos centelleantes y la lengua diminuta, que corría fugaz de un lado a otro entre sus dientes menudos. Una lengua tan aguda como la punta de un alfiler, y unos ojos que horadaban y fisgoneaban. Una lengua que nunca permanecía quieta mucho rato, entregada a comentarios desdeñosos e indicaciones arteras. Unos ojos que repasaban nuestras alhajas y la vajilla de plata, calculando su valor, calculando el precio de todo cuanto veían.

Sus vestidos tenían un escote pensado para exhibir la exuberancia de su pecho, y se inclinaba hacia delante y reía cuando hablaban los hombres que la acompañaban, a pesar de que sus comentarios no fuesen precisamente ingeniosos. Yo me sentaba a observarla. Tenía la conversación más necia que jamás haya escuchado.

No quería que se casara con mi padre. No la quería en mi casa. La velada en que se anunció el enlace, vino a mi habitación a hablar conmigo. Reparé en que llevaba puesto el collar de coral de mi madre. El collar que ella me había prometido como regalo para mi décimo sexto cumpleaños.

—¡Es mío! —Y se lo arranqué del cuello. El cierre cedió y las cuentas salieron volando, rodando por el suelo, dispersas.

Ella lanzó un grito, y su doncella y mi padre llegaron corriendo.

—Ayudadme —pidió, quejumbrosa, con las manos en la garganta—. Zarita ha sufrido un ataque y me ha arañado. —Apartó las manos para dejar al descubierto un verdugón encarnado en el cuello.

Ahogué una protesta. ¡Había apretado con fuerza sus propias uñas para hacerse una marca!

—Yo no he hecho tal cosa —aseguré a mi padre.

—Zarita, quiero que te disculpes enseguida —me ordenó.

Guardé silencio, malhumorada.

—¡Enseguida! —repitió mi padre, levantando la voz—. O permanecerás encerrada en tu cuarto hasta que me obedezcas.

Mascullé una disculpa, pero, una vez que él salió de la habitación, dije a Lorena:

—Vos misma os habéis hecho esa marca.

La condesa, para mi sorpresa, no negó mi acusación. Despidió a la doncella y dijo:

—¿De qué ibais a quejaros, si también vos empleáis los mismos métodos para llamar la atención?

—No sé de qué habláis.

—Pues claro que lo sabéis. —Me miró fijamente—. Os vi cuando regresasteis de la iglesia el día del supuesto asalto del mendigo.

—Me tocó —repliqué en voz baja, pues aquél era un día que prefería olvidar.

—Ah, ya sé que lo hizo. Eso mismo os oyeron decir. —Lorena sonrió, y no fue una sonrisa amistosa—. «Me ha tocado» —dijo, imitando mi voz—. «Este hombre ha osado tocarme.»

Me aparté de ella. ¿Cómo sabía lo que había dicho en la iglesia de Nuestra Señora de los Dolores?

—Todos creen que el mendigo os asaltó —siguió Lorena—, pero vuestro corpiño no tenía un solo rasguño, igual que el vestido, que estaba intacto. ¿Qué intentó hacer ese pobre hombre? ¿Obtener una moneda de vuestra bolsa, o quitaros el dinero antes de que lo confiarais al cepillo? Buena suerte, le hubiera deseado yo. Hablé con el patán que se supone que debió protegeros, Ramón Salazar, y averigüé lo sucedido. Imagino que a Ramón le satisfizo seguiros la corriente, puesto que eso le hizo aparecer como vuestro caballero de blanca armadura, pero fuisteis vos... —Lorena se me acercó para susurrarme las siguientes palabras—. Vos, quien, en vuestra consentida jactancia, hizo que un hombre fuese ahorcado por haberos rozado la mano.

Caí vencida por su ataque. La verdad de sus palabras me perforó el alma y me dejó desnuda.

—Así que no os deis tantos aires conmigo, mi querida damita santurrona. Debéis convivir con vuestro engaño y las consecuencias de vuestras acciones. —Se levantó el borde de la falda para retirarse—. Un hombre inocente ha muerto. Y, probablemente, también haya muerto su hijo.

11

SAULO

Pero yo no había muerto, aunque durante muchos días y noches después de partir de Las Conchas deseé estarlo.

Los soldados no tardaron en dispersar al gentío reunido ante la propiedad de don Vicente Alonso Carbazón. Luego el teniente tiró del extremo de la soga y me sacó por la puerta hasta el camino. Sus soldados nos siguieron, dándome patadas y poniéndome la zancadilla durante el trecho que nos separaba del muelle, hasta que localizaron la nave que buscaban.

—Querría no tener que molestarme en buscar una galera que pueda aceptarlo como esclavo a bordo —comentó el teniente cuando tropecé y caí mientras subíamos por la pasarela—. No quiero cargar a cuestas con esta basura cuando nos reunamos con las huestes del rey y la reina.

—Podríamos arrojarlo por la borda junto a los desperdicios cuando larguen amarras —sugirió uno de sus soldados.

El teniente gruñó.

—Su cadáver puede flotar hasta el muelle y se descubriría lo que hemos hecho. Prefiero no arriesgarme a sufrir la ira de ese juez, si se entera de que soy responsable de la muerte del muchacho cuya vida él decidió perdonar.

El capitán del barco, que había estado escuchando la conversación, intervino en ese momento:

—Si no nos cruzamos con una galera entre este punto y la próxima recalada, lo ataremos al ancla cuando fondeemos. —Guiñó un ojo—. Siempre podremos decir que se trabó con el cable.

Me cogió por el pelo y me arrastró por la cubierta hasta arrojarme a una de las bodegas. Caí golpeándome brazos, piernas y cabeza con fardos y cajas de cargamento, hasta dar contra el sólido suelo de la cubierta inferior. Apenas había recuperado el aliento cuando cerraron la abertura y quedé sumido en la más completa oscuridad. Nunca había pasado tanto tiempo a oscuras, así que experimenté un nuevo terror. Esforcé la vista mientras tanteaba en busca de algo a lo que aferrarme. El barco sufrió una sacudida cuando los marineros largaron amarras, y de pronto el mundo se movió bajo mis pies y fue como si se me escapara el universo. Sentí una profunda conmoción, porque nunca había navegado. Las velas gualdrapearon con fuerza una vez largadas, y poco después nos alejamos del puerto. A medida que el viento llenaba la lona, acogidos por el oleaje, el casco del barco se entregó al mar. Aterrorizado por la fuerza primitiva de los elementos, me vi zarandeado, grité en la negrura, mientras el barco se alzaba y caía con fuerza, como manipulado por la mano de un ignoto y gigantesco ser. Vomité una y otra vez, hasta quedarme sin nada en el estómago, y así, dolorido y exhausto, me tumbé en la cubierta, gimoteando.

No había manera de distinguir la noche del día. Privado de la visión, los ruidos que oía resonaban en mi cabeza: las ratas que se escabullían, y el quejido de la madera del casco que bregaba con el oleaje. Pensé que los tablones se partirían en dos y que me vería arrojado a las profundidades, así que recé por mi madre y por mi difunto padre.

Y en ésas estaba cuando mi mente los dibujó: mi madre abandonada, enferma, moribunda, mientras mi padre colgaba del extremo de la soga.

El tiempo empeoró, el barco empezó a cabecear y balancearse, y las enormes cajas y los fardos que había en la bodega se desplazaron. Temí acabar aplastado. Gateé hasta encontrar un hueco entre cuadernas y apoyarme en el costillar del barco. Allí permanecí mientras afuera las olas baqueteaban la nave con estruendo, empeñadas en sobrecogerme el ánimo. Permanecí inmóvil durante lo que me parecieron días enteros, hasta que estuve tan débil que apenas fui capaz de levantar la cabeza.

Fue el soldado pelirrojo, el que había mostrado piedad a mi padre al colgarse de sus piernas para aliviar su agonía, quien abrió finalmente la escotilla. Arrojó un cabo y se descolgó por él, dispuesto a ver cómo me encontraba. Seguidamente voceó su impresión a quienquiera que le esperaba arriba.

—¡Sigue vivo!

Volvió al cabo de unos minutos con un botijo lleno de agua.

—Es la segunda vez que burlas a la muerte —dijo mientras me abría la boca y me daba de beber—. Te aseguro que tendrías que haber muerto de sed. —Subió de nuevo, y regresó con una hogaza de pan y un pellejo lleno de vino tinto. Despedazó el pan en trozos pequeños, los mojó en vino y me observó mientras me las ingeniaba para comer. Gruñó al ayudarme a levantarme—. Tal vez has nacido bajo el signo de una estrella especial.

Habían avistado en el horizonte una pequeña galera mercante castellana. Al teniente no le importaba que pudiera seguir con vida o no; de hecho, me habría arrojado por la borda estando medio muerto, pero, avistada la embarcación, pensó que podía hacer un trueque con el patrón y obtener a cambio un poco de alcohol.

No pagaron por mí más que un barril de vino barato. E incluso ese precio fue objeto de regateo. Fue más por apaciguar los ánimos que el patrón de la galera mercante accedió al intercambio, después de que los soldados desenvainasen la espada y dirigiesen la punta hacia la pequeña embarcación con gestos amenazadores. Sin cabinas o espacios resguardados del sol, la galera era más bien una plataforma flotante, pues tan sólo el cargamento estaba a cubierto. La lona envergada a modo de toldo a popa, y a lo largo de los costados, era lo único que protegía de los elementos al patrón y a sus remeros. Artillaba un cañón ligero a proa, y aunque los miembros de la dotación llevaban todos un cuchillo al cinto, un barco de mayor porte y mejor armado la habría capturado con facilidad.

Cerraron el trato en cuestión de minutos, y el destino decretó que me convirtiera en carne de galera.

El soldado pelirrojo fue a la bodega para conducirme a cubierta. De nuevo abrieron la escotilla, y la luz del sol me cegó. Entorné los ojos cuando arrojaron el cabo.

—Si no puedes izarte, aferra bien el extremo que yo tiraré de ti —me propuso no sin amabilidad.

Fui con paso inseguro a tomar el extremo de la cuerda. Algo centelleó a la luz.

Entre la red que envolvía un fardo vi un cuchillo. Era largo y tenía la hoja muy fina, de los que emplearía una mujer para pelar verduras. Más tarde descubrí que era de los que utilizaban los funcionarios del gobierno para cortar el cordel cuando estampaban el sello de aduanas a las mercancías gravadas con impuestos. Debía de haberse trabado cuando inspeccionaron el cargamento antes de estibarlo en la bodega. Me bastó un instante para hacerme con él. Pero ¿dónde iba a esconderlo? Me agaché para estorbar con mi cuerpo la visión de quien pudiera estar mirándome desde arriba, hice un corte en el forro de la cintura de las calzas y lo oculté en su interior.

Tendieron un cable entre la galera y la nave militar para el transbordo del barril de vino. Aseguraron el extremo de un cabo en torno a mi cintura, y el otro extremo a este cable. Luego me arrojaron por la borda. Los tripulantes de la galera tiraron del cable para transportarme suspendido el trecho que mediaba entre los cascos de ambas embarcaciones, pero estaba tan debilitado que fui incapaz de encaramarme a la regala de la galera. Cortaron el cable, y me habría sumergido en el agua en plena resaca, de no ser por el vozarrón que se oyó procedente de la galera:

—¡Tirad de él! ¡Tirad de él!

Me desplomé en la amplia plataforma que conformaba la popa.

El hombre que había dado la orden avanzó hacia mí. Me pareció raro, vestía camisa negra, calzas cortas y medias, y una túnica de color aguamarina que le llegaba a la altura de la rodilla y tenía un visible bordado de hilo de plata. Llevaba un sombrero bastante llamativo, era la primera vez que veía un sombrero así: era negro con pluma púrpura, más elaborado que los que llevan los artistas de las ferias y los actores que toman parte en los espectáculos callejeros de las plazas en las Navidades y la Pascua. Tenía hebillas en los zapatos, y encajes en la muñeca y en torno al cuello. Sendos aros dorados le colgaban de la perilla de las orejas, y en su bronceado rostro se había dejado crecer un bigote y una diminuta perilla. A juzgar por su manera de vestir, comprendí que se trataba del capitán. Se inclinó sobre mí y me acarició el pelo.

Hice un gesto brusco con la cabeza, y le mordí la mano, tras lo cual me golpeó con la vara de bambú que empuñaba. Retrocedí hasta un rincón como un animal salvaje. El capitán de la galera se succionó la sangre que le había causado en la mano, pero, lejos de molestarle mi ataque, asintió aprobador.

—Me gustan los mozos con nervio —dijo—. Eso significa que te manejarás bien cuando toque reñir, y serás capaz de enfrentarte a cualquier problema que puedan darte nuestros remeros. Ahora estás muy flaco para hacerte cargo de un remo, pero si te damos de comer no tardarás en hacerlo.

Me quedé donde estaba durante el resto del día, acurrucado en el rincón. Aquella noche anclamos frente a una isla en aguas poco profundas, para que los remeros pudieran comer y descansar. El capitán me dio un trozo de cabrito que asaban en un brasero situado en la cubierta, dentro de una caja de hierro donde cocinaban los alimentos. Comí con apetito. Hacía semanas, meses quizá, de la última vez que había tomado carne.

El capitán rió al verme devorar la comida.

—Tómatelo con calma, muchacho. Cualquiera diría que no has comido decentemente en toda tu vida. Si comes a esa velocidad, te dolerá la barriga.

No se equivocaba. Al cabo de una hora estaba doblado de dolor, aquejado de un cólico mientras aquel alimento al que mi cuerpo no estaba acostumbrado recorría mis tripas. Para mi sorpresa, algunos de los remeros se acercaron a mirarme. Había supuesto que estarían encadenados a los bancos, pero, de hecho, tan sólo algunos, ocho en total, eran esclavos o criminales que redimían su pena de ese modo. El resto, más de veinte hombres libres, habían escogido ese trabajo. Al cabo, tendría ocasión de descubrir que gentes de varios países se hacían remeros por elección propia. Era considerada una labor que exigía habilidad, aunque era ardua, pero la paga y los beneficios podían recompensar con creces: además del jornal, los remeros conseguían un porcentaje del beneficio obtenido por el cargamento y cualquier botín que pudiera caer en sus manos. En aquella galera en particular, bajo el mando del capitán Cosimo Gastone, la comida era nutritiva: carne, pescado o carne de ave, con abundante pan, quesos fuertes y fruta y miel, todo ello regado con vino. Los remeros estaban excepcionalmente bien alimentados, puesto que el capitán creía que debían hallarse en las mejores condiciones posibles.

No tardaría en descubrir de qué modo brutal dependían nuestras vidas de la aptitud de los remeros.

12

SAULO

Al día siguiente, el capitán me confió al cómitre, de nombre Panipat. Era un hombre gigantesco de pecho, piernas y brazos muy musculosos, que únicamente vestía calzones cortos de cuero, y que iba armado con un látigo y un cuchillo de larga hoja a la cintura. Cada pulgada de la piel que lucía al descubierto estaba cubierta de tatuajes negros y azules, hasta alcanzarle la cabeza, cuyo cráneo rasurado también lucía tatuajes. Alrededor de la cintura llevaba un cordel del que colgaba la llave que liberaba a los esclavos encadenados.

—Ha llegado la hora de que conozcas a Panipat. —El capitán Cosimo me pinchó la espalda con la punta de la vara, con la que me guió por el estrecho tablonaje de la crujía de la embarcación.

Panipat se encontraba arrodillado en la proa, hablando con el miembro de la tripulación encargado de la pieza artillada en ese lugar. Allí se reunía el pequeño grupo de remeros encadenados, justo a la proa. A un costado había cuatro árabes, probablemente capturados en combate o comprados por el capitán en algún mercado de esclavos. Los cuatro que había en el otro costado eran hombres provenientes de varias regiones, sentenciados a galeras por la gravedad de sus crímenes. Si nos atacaban y el enemigo dirigía su fuego a nuestro único cañón, ellos serían los primeros en caer. Era obvio que habían sufrido el castigo del látigo a juzgar por las heridas de la espalda y los hombros. Me sacudió un temblor al verlos allí, encadenados a los bancos, porque sabía que al cabo ése sería mi destino. Por siempre jamás.

El capitán Cosimo anunció nuestra presencia.

—Si os place, mi noble cómitre, aquí tengo una nueva rata de galera dispuesta a seros presentada.

Panipat se levantó, irguiéndose ante mí. Esbozó una sonrisa torcida y aterradora, rota debido a la falta de varios dientes.

—Vamos a echarte un vistazo, Rata. —Cerró ambas manos en torno a mi cuello, y me levantó hasta acercarme el rostro a unas pulgadas del suyo—. Obedecerás todas mis órdenes —me dijo con una lluvia de saliva—. Lo harás al punto y sin rechistar. Y si alguna vez se te ocurre causarme problemas, te arrancaré la piel a tiras. ¿Me has entendido?

La sangre se me agolpó en la cabeza. Ni siquiera podía mascullar una respuesta.

—¡Habla!

Me sacudió con tal fuerza que pensé que los oídos me explotarían y los ojos se me saldrían de las órbitas.

El capitán le dio unos golpecitos en el hombro con la vara.

—El muchacho no puede responderos porque lo estáis estrangulando.

Panipat me soltó y fui a caer a sus pies en cubierta, donde aspiré aire, medio asfixiado, intentando recuperar el aliento.

—Creo que Rata os ha entendido perfectamente —comentó el capitán, con cierta compasión en la voz.

Panipat me explicó lo que quería que hiciera.

A ambos extremos del tablonaje había sendos barriles de agua. Cada noche tenía que subir de la cubierta inferior, donde estibábamos el cargamento, un tonel para rellenarlos. Me dieron un cucharón con un asa larga. De día tenía que ir llenando el cucharón, y recorrer las bancadas para dar agua a los remeros que la pidieran; por un costado hacia proa, y por el otro hacia la popa. La mayoría de los hombres libres disfrutaban de sus propias jarras de agua, que también yo era responsable de ir rellenando. Cada vez que alcanzaba la popa, tenía derecho a echar un trago de agua.

Partimos muy temprano. El viento refrescaba, así que durante la primera hora, más o menos, navegamos principalmente a vela, y yo apenas hice una ronda arriba y abajo encargado de mi labor. Los hombres hacían comentarios impúdicos y sacaban el codo para estorbarme el paso, pero yo estaba acostumbrado a los insultos, y era ágil, así que no me preocupaba demasiado. Entonces se alzó el sol, cayó el viento y nos quedamos inmóviles en el agua, sin un lugar a la vista donde encontrar cobijo. En la plataforma elevada de la popa se sentaba el capitán Cosimo bajo un toldo, estudiando las cartas y trazando el rumbo. Los hombres libres, e incluso alguno de los esclavos, habían acolchado el banco que ocupaban con arpillera, tela que empleaban también para protegerse los hombros y la cabeza de los rayos del sol, puesto que no bastaba con los toldos improvisados que los cubrían. Yo tenía que moverme deprisa para satisfacer su sed de agua, y no tardaron en insultarme por ser demasiado lento.

Entretanto, Panipat permanecía sentado en un taburete a popa, justo al pie de la plataforma donde estaba el capitán. Allí marcaba el ritmo de la boga, mientras Cosimo, que también hacía las veces de piloto, daba instrucciones para el rumbo que debía tomar la nave. El cómitre se levantó.

—¡Eh, Rata! —me gritó—. Da un trago a cada hombre a medida que pases por su lado. ¡Pero ni una gota más o te despellejaré vivo!

Los remeros empezaron a quejarse. Panipat marcó un ritmo más fuerte y constante, y el sudor empezó a deslizarse por sus frentes y antebrazos. Los forzados, esclavos y criminales, que no contaban con la capa de tela de arpillera, fueron los que más sufrieron, y en cada una de mis rondas un anciano no dejaba de pedirme más agua de la que había permitido el cómitre. Yo negué con la cabeza, pero al final, desesperado, el hombre mordió con fuerza el cucharón y tiró hacia atrás la cabeza para tragar más agua, con el resultado de que acabó empapándose la cara y el torso. Panipat se levantó de un salto, recorrió pisando fuerte la pasarela y le dio un golpe en la mejilla con el mango del látigo.

—¡Perro! —gritó—. ¡Nadie a bordo de esta embarcación desobedece mis órdenes! —Descargó sobre el hombre una nueva bofetada, y después se dio la vuelta para regresar a su puesto.

Rápidamente, aprovechando el hecho de que Panipat me daba la espalda, me llevé el cucharón a los labios y tomé un trago más de agua.

El cómitre giró sobre los talones en un abrir y cerrar de ojos.

No vi el látigo, únicamente sentí la mordedura en los dedos cuando se enroscó en mi mano y me arrancó el cucharón de ella. Contemplé, aturdido, cómo caía sobre la cubierta, y luego, demasiado tarde, vi a Panipat levantar de nuevo el brazo. Un restallido, y... ¡ay! El intenso dolor cuando la punta metálica del extremo me alcanzó el pecho, abriéndose paso como si nada a través de la delgada tela de la camisa.

—Considéralo una advertencia, Rata —gruñó Panipat—. De habérmelo propuesto, podría haberte atravesado la piel hasta el hueso.

Algunos de los remeros rompieron a reír, puesto que para ellos cualquier distracción constituía un entretenimiento. El cómitre se sumó a la risotada mientras se dirigía hacia el taburete.

—Otra cosa, Rata. Por hoy no volverás a probar ni gota de agua hasta que yo lo diga.

Pasaron las horas. El intenso sol de finales de verano quemaba el cielo y el trecho de mar que nos rodeaba. Se levantó una leve brisa y volvimos a dar la vela. Sentí arcadas cuando el mareo se apoderó de mí, pero sabía que no valdría de nada pedir permiso para vomitar por la borda, así que me tragué el vómito. La bilis me abrasó la garganta, pero seguí desempeñando mis obligaciones. A media tarde, tenía fiebre y me tambaleaba de calor y cansancio. Panipat redujo el ritmo de la boga para permitir que los hombres descansaran. Pero no creo que se hubiese apiadado de mí de no ser por la intervención de uno de los hombres libres más veteranos. Lo llamaban por su población natal, Lomas, un pueblo interior próximo a la ciudad de Málaga. Me hizo un gesto para que me acercase a él y me ofreció su propia botella de agua.

—Ten, bebe —me ordenó—. Si no lo haces, te desmayarás y ninguno de nosotros podrá beber en lo que queda de día.

Miré temeroso a Panipat, pero el cómitre se volvió hacia otro lado y fingió no reparar en ello.

—Bebe —repitió Lomas—. Soy el mejor remero de Panipat, y él lo sabe, así que no me llevará la contraria.

Bebí y logré mantenerme en pie durante el resto del día. Al anochecer, cuando aún no habíamos llegado a puerto, el cómitre ordenó a los hombres que dejaran los remos y fue a consultar con el capitán.

—Siéntate aquí a mi lado, muchacho —me dijo Lomas.

Me senté en la pasarela, junto a su banco. Retiró el jirón de mi camisa y, después de sacar una vasija de la bolsa que guardaba bajo el banco, le quitó la tapa y me la tendió.

—Extiende en el corte un poco de este ungüento —dijo—. La herida se curará mejor.

Se lo agradecí, y después, cuando le devolví la vasija con el ungüento, pregunté:

—¿Nos hemos perdido?

—No exactamente. —Lomas sonrió—. Incluso para alguien tan loco como nuestro capitán sería difícil extraviarse totalmente en un mar cerrado como el Mediterráneo, pero tendríamos que haber recalado hace una hora. Mañana avistaremos Alicante. —Se levantó y lanzó un escupitajo al mar—. Nuestro capitán Cosimo nació en Génova, y los genoveses tienen fama de ser los mejores marinos, pero éste apenas encuentra la Estrella Polar en una noche despejada.

—Si eres un hombre libre, ¿por qué te enrolaste en la tripulación? —pregunté.

—Si el capitán Cosimo tiene una habilidad, es la de hacer buenos negocios. Tan sólo emplea cuatro oficiales: el guardián, que también cuida del cañón y el resto de las armas, el carpintero y cocinero, el velero y el cómitre, Panipat. Nuestro capitán es un comerciante astuto, capaz de hacer más dinero que otros patrones que son mejores navegantes. Aunque se juega su parte antes de que partamos de nuevo, la dotación y los remeros libres ganamos un buen dinero en su galera. Transportamos el cargamento hasta puertos tan lejanos como las Islas Baleares, y luego hasta poniente, rumbo a Cádiz, en la costa atlántica de la península. El capitán Cosimo tiene buen olfato para las mercancías que están en demanda en los puertos, y quién pagará más por ellas. No hay nadie mejor para hacer tratos. Es una lástima que no vaya a retirarse rico, pero yo trabajaré dos años y luego tendré seis meses libres para volver a casa y vivir de mis ganancias con mi mujer y mi hijo.

El oficial que hacía las veces de carpintero y cocinero había encendido el carbón en el brasero situado a proa dentro de la caja de hierro, el fogón, y se puso a preparar el pescado que el guardián había capturado a lo largo del día con el arpón. Antes, cuando me superó la náusea, me prometí no volver a comer. Lomas me vio acariciándome la tripa.

—¡Ajá! Me recuerdas a mi hijo. Siempre hambriento. Tenéis el pelo del mismo color, y más o menos la misma altura. ¿Qué edad tienes?

—No estoy seguro —respondí—. Dieciséis... Tal vez más.

Lomas silbó entre dientes.

—Entonces no has comido con regularidad en la vida, ¿no?

No respondí. No había necesidad. Sabía que era más bajo de lo normal, y muy flacucho. Me bastaba con verme las piernas y los brazos.

—Ve al fogón. Dile al cocinero que yo te envío, y pídele que te dé una ración de pescado.

Me levanté. Lomas estiró el brazo para frenarme. Me acercó hacia él y me habló con discreción al oído.

—Escucha bien lo que voy a decirte ahora, pequeña Rata. Cada noche tienes que vigilar cuando los hombres cenan y se les permite abandonar sus puestos para acudir al escusado. Tú procura no quedarte a solas en ninguna parte de la embarcación. No tomes vino, por mucho que los demás intenten persuadirte de que lo hagas. Algunos de estos hombres libres te degollarían sólo por diversión; son peores criminales que los que están encadenados a la proa, y es más probable que ellos te hagan daño antes que cualquiera de los esclavos árabes. —Se agachó para empujar la bolsa que guardaba bajo el banco—. De noche puedes dormir aquí.

Lomas no mentía. Algunos de los hombres intentaron convencerme para que tomara vino, y otros me miraron de un modo que me dio mucho miedo. Durante las comidas no me alejé mucho del banco de remero de Lomas, y con su protección estuve a salvo, al menos un tiempo. Tenía continuamente pesadillas en las que veía a mi madre muriéndose de hambre, y repasaba cada instante, una y otra vez, de la brutal ejecución de mi padre. Pasaba los días ocupado, obedeciendo las órdenes de Panipat y cuidando de mi propia seguridad. El pensamiento constante, lo único que me animaba a seguir, era la perspectiva de que llegaría el día en que vengaría a mis padres.

Entretanto, al menos un aspecto de esa nueva vida suponía una mejora respecto a la anterior. Ya no tenía hambre a todas horas. Comía a diario lo bastante para saciar mi estómago. Pasaron las semanas y dejamos atrás el otoño para entrar en el invierno. Aunque el tiempo empeoró, había adquirido el equilibrio propio de los marineros, y ya no vomitaba en cuanto el mar se embravecía. Vivir a la intemperie me bronceó la piel, y sentí que se me desarrollaban los músculos en los brazos, en las piernas y en el pecho. Trabajar al aire libre hizo de mí alguien más sano de lo que había sido jamás, crecí en talla, tanto que el capitán se vio obligado con el tiempo a buscarme un calzón más largo. Me complació todo aquello, consciente en todo momento de que a medida que me fortalecía se acercaba el día en que estaría en forma para sustituir a alguno de los remeros más viejos y débiles en uno de los bancos de proa. Cuando llegase ese día, Panipat me pondría un grillete en torno al tobillo. La cadena que mantenía a los esclavos en su lugar, sentados en los bancos, me inmovilizaría allí, me condenaría a la boga de por vida. Mi destino estaba escrito. No había esperanza.

Excepto por el cuchillo que había logrado conservar oculto bajo la cintura del calzón.

13

ZARITA

Había jinetes en el patio. Al oír el repiqueteo de los cascos, me levanté del lugar donde terminábamos el almuerzo para acercarme a la ventana y mirar a través de ella.

—¡Zarita! —me regañó mi padre—. Compórtate, que ya no eres una niña. No debes levantarte de la mesa porque te pueda el tedio y busques algo con que distraerte.

Estaba sentado, cogido de la mano de Lorena. Me dolía verlos tan juntos, y hubiera aprovechado cualquier excusa para levantarme de la mesa donde mi padre quería que compartiéramos a diario una comida.

Dos meses antes, cuando se convirtió en la esposa de mi padre, Lorena no pasó a ocupar el asiento de mi madre en el extremo opuesto de la mesa. Desde que era pequeña me había sentado entre mis padres, y los tres habíamos reído, charlado y compartido anécdotas durante la comida. Después de la boda, Lorena se sentó a la derecha de mi padre, y durante el transcurso de las comidas lo acariciaba frecuentemente de la forma más vergonzosa que pueda imaginarse.

Aunque me alegró ver que no ocupaba el asiento de mi madre, me había quitado el mío, y yo consideraba una afrenta que no me hubiera consultado antes de decidir dónde sentarse. Durante las comidas me sentía marginada porque Lorena nunca me incluía en la conversación, y cuando yo intentaba participar, ella arrugaba el entrecejo.

—Han llegado unos jinetes —informé a mi padre—. Uno es monje y los demás llevan una extraña librea.

Él chascó la lengua, desaprobador y frustrado por no haber logrado que me sentara de nuevo a la mesa. Luego se limpió con la servilleta y se acercó a la ventana.

—Mira... —Señalé el lugar donde desmontaban los recién llegados.

Seis jinetes. Un monje con hábito negro, acompañado por cinco soldados con una peculiar cruz verde en el jubón.

Oí que mi padre contenía el aliento y le miré con curiosidad.

—¿Quiénes son?

Se produjo entonces un silencio, y él anunció en voz baja:

—Ésa es la cruz de la Santa Inquisición.

A mi espalda oí que Lorena contenía un grito.

—Me retiraré a mis aposentos —se apresuró a decir.

—No, esperad —le ordenó mi padre—. Me han contado que conviene ser muy sincero con ellos. Nos han interrumpido durante la comida, por tanto mi esposa y mi hija seguirán sentadas a la mesa. Si tienen apetito, podrán unirse a nosotros.

Llamaron con fuerza a la puerta principal. Mi padre me pidió que me sentara, y él mismo fue a abrir, interceptando en el camino a Serafina.

—Yo atenderé a las visitas —dijo—. Creo que son representantes de la Inquisición.

Serafina lo miró asustada y se santiguó.

—No temas —quiso tranquilizarla mi padre mientras la mujer se alejaba en dirección a la cocina—. Y di a los demás sirvientes que no tienen nada que temer.

Lo seguí hasta la puerta del salón, desde donde me asomé al recibidor.

—Sería mejor que os sentarais —sugirió Lorena—. Creo que vuestro padre se molestará si no os encuentra sentada cuando esos hombres entren en casa.

Le dirigí una mirada de desprecio.

—¡Como si fuese a hacer algo que me recomendarais!

Ella se encogió de hombros.

—De acuerdo —dijo con tono de satisfacción—. Comportaos con la terquedad que os caracteriza, Zarita. —Y añadió en voz baja—: Y sufriréis las consecuencias.

Estaba decidida a seguir donde estaba. Entonces lo reconsideré. La llegada de aquellos hombres había afectado a mi padre de forma peculiar. No estaba segura de cómo reaccionaría en ese momento ante mi desobediencia, y tal vez Lorena había sugerido deliberadamente que debía obedecerle, consciente de que yo haría justo lo contrario. Tenía a mi madrastra por alguien lo bastante astuto para ingeniar una situación que me pusiera en una posición desventajosa. Cuando oí que mi padre abría la puerta principal, eché a correr hacia la mesa y me senté en la silla.

Lorena me pareció decepcionada. Oímos voces en el vestíbulo, seguidas de pasos que se acercaban. Antes de que los hombres entrasen en la sala, mi madrastra retiró el chal del respaldo de la silla y se cubrió con él los hombros, el escote y los brazos.

—Padre Besian, me complace daros la bienvenida a esta casa, así como presentaros a mi familia. —Mi padre se dirigía al monje que lo había precedido a la sala. Y vi que él, que siempre tenía el control de sí mismo, así como el de los demás, hizo un gesto nervioso.

El religioso nos miró detenidamente a ambas. Lorena inclinó un poco la cabeza y agachó los ojos, pero cuando la mirada del sacerdote se cruzó con la mía, me negué a mostrarme servil, tal como había hecho ella. Me miró con ojos oscuros y hundidos. Mi madre me tuvo tan protegida toda la vida que tan sólo había escuchado vagos relatos de los tribunales de la Inquisición gracias a la servidumbre, y no se me ocurría por qué motivo debíamos temer a nadie que estuviera relacionado con esa institución. Cierto que el monje se mostraba severo, aunque a juzgar por su rostro más bien me parecía preocupado.

—Mientras esté aquí presente estoy disponible para la confesión —dijo—, y espero que todo el mundo en esta casa se confiese. Con honestidad y claridad —añadió.

—Debéis perdonarnos si os parecemos algo alicaídos, puesto que aún respetamos el duelo —explicó mi padre—. Aún nos dolemos por la muerte de mi esposa, que murió hace casi un año.

—Comprendo. —El padre Besian guardó silencio unos instantes, antes de proseguir—: Podría suceder que la pérdida de un ser amado haga titubear la fe de una persona. El alma se beneficia de confesar estas dudas y defectos a un sacerdote.

Entonces me palpitó con fuerza el corazón cuando recordé las duras palabras que había dirigido a nuestro párroco local, el padre Andrés, acerca de la falta de piedad que Dios había mostrado cuando mi madre murió. Al igual que les sucedía a mi padre y a Lorena, también yo me sentí cohibida.

El padre Besian pareció reparar en ello.

—¿Quién es esta joven? —preguntó, mirándome de nuevo.

—Es mi hija Zarita —respondió mi padre.

—¿Y esta otra dama? —continuó el clérigo, señalando a Lorena.

—Lorena. —Mi padre carraspeó—. Mi mujer.

—¿Habéis vuelto a casaros? —El sacerdote enarcó una ceja—. Creí escuchar que no hacía ni un año de la muerte de la madre de esta joven.

—Zarita es mi única descendencia, una... mujer. Entenderéis, padre Besian —dijo mi padre, extendiendo los brazos a ambos lados, las palmas vueltas hacia arriba—, que un hombre debe engendrar un hijo que herede sus tierras y propiedades.

Oí que a Lorena le rechinaban los dientes. ¿Sería porque mi padre acababa de decir que tan sólo se había casado con ella para que le diera hijos? Experimenté una ignota sensación de lástima por ella, pero le quité importancia antes de permitir que recalase en mi mente.

Tan pronto como le fue posible, Lorena se disculpó y abandonó el salón. Cuando regresó al poco rato, fue para acudir a la bendición de la capilla local. Me quedé asombrada. Desde que empezó mayo, Lorena nunca había salido hasta última hora de la mañana o primera hora de la tarde. Decía que los rayos del sol veraniego eran demasiado intensos para ella, y le preocupaba que pudieran arruinarle la tez. Vestía de negro; no el negro elegante del encaje y el frufrú del tafetán que llevaba a veces, sino un vestido de tela negra que carecía de adornos, por no mencionar el rostro, que llevaba cubierto con un denso velo.

El padre Besian la miró con aprobación, antes de dirigirse a mí:

—¿No asistís a la bendición? —preguntó, cordial.

—Zarita estudia durante el día —intervino mi padre antes de que yo pudiera responder. Me dirigió una mirada inflexible—. Y sería mejor que te retirases ahora a estudiar, hija mía.

Hacía tanto tiempo de la última vez que mi padre me había llamado así, que se me agolparon las lágrimas. Siguió mirándome con un ruego en los ojos que me llevó a levantarme y obedecerle.

Fui a mis aposentos, donde tomé algunos de los libros que me había traído mi padre para que los leyera, cuando se interesaba más por mi educación. Me costó concentrarme. La llegada de aquellos hombres había cambiado la atmósfera que se respiraba en la casa. Un silencio poco natural se había extendido en el ambiente. Fui a la ventana. Por lo general, los sirvientes se sentaban a charlar una hora, más o menos, en un lugar donde daba la sombra, protegido del intenso calor. Serafina y las doncellas preparaban las legumbres, mientras Garci y el mozo de cuadra, Bartolomé, sacaban brillo a los arreos de los caballos, o se ocupaban de cualquier otra labor. Pero las únicas personas que vi fueron los soldados que acompañaban al padre Besian, sentados bajo un árbol, comiendo. Mientras los observaba, Bartolomé, que era el sobrino de Serafina, acudió desde el establo con una tina y una sonrisa de felicidad. Se dirigió al pozo, de donde sacó agua. Uno de los hombres le hizo una señal, al mozo se le cayó la tina, que derramó el agua, y luego se acercó corriendo al soldado. Bartolomé carecía del menor asomo de astucia, y era capaz de hacer cualquier cosa para agradar a los demás. Aunque casi había cumplido los veinte años, tenía la mente de un niño. Mi madre me había contado que las personas como Bartolomé son las criaturas más queridas por Dios. Son enviadas a esta tierra para recordarnos que nunca debemos perder la capacidad de asombrarnos ante lo desconocido. Sonreí al verlo asentir y agitar el brazo.

«Si estos hombres se han propuesto fisgonear en nuestros asuntos, a él no le sacarán nada», pensé.

Más tarde, mi antigua aya, Ardelia, me trajo la cena.

—Tu padre quiere que os quedéis en vuestros aposentos hasta la hora de dormir.

—¿Por qué? —pregunté.

Antes de responder, bajó el tono de voz:

—Don Vicente Alonso considera que es mejor que Lorena y vos no andéis por la casa mientras dure la visita. —Miró al techo—. El padre Besian se alojará arriba, en el desván. Pidió la habitación más humilde de la casa. Los demás pasarán la noche en el establo, donde duerme la servidumbre. —Esbozó una sonrisa torcida—. Allí nadie les dirige la palabra.

—Aparte de Bartolomé —dije—. Lo vi hablando con ellos antes.

—¿Qué? —Ardelia se mostró asustada—. Debo avisar a Serafina y a Garci. —Y abandonó apresuradamente la habitación.

Me sentí más inquieta cuando me puse a comer. ¿Por qué Ardelia estaba tan nerviosa, y por qué mi padre no quería que saliera de la habitación? No me afectaba mucho, en parte porque había impuesto la misma restricción a Lorena, pero también porque me alegraba de no tener que cruzarme con el padre Besian. Empezó a preocuparme la posibilidad de que me confesara.

No mucho después me retiré a dormir, y oí el crujido de los tablones del techo. El sacerdote debía de estar a punto de tumbarse. Si tuviera que confesarme con él, ¿qué le diría? Que odiaba a Lorena. Eso era un pecado contra la caridad. Había hablado de ello en confesión con nuestro párroco, el padre Andrés, y él me había dicho que se debía al dolor que aún llevaba a cuestas tras la muerte de mi madre. Era natural albergar pensamientos tan malvados, pero debía intentar superarlos. Me aseguró que desaparecerían, sobre todo cuando Lorena tuviera un hijo, como sin duda no tardaría en suceder. Entonces yo amaría a ese niño, y con el tiempo la aceptaría. Había contado a Serafina, la mujer de Garci, que no soportaba a mi madrastra, y ella, con la cabeza inclinada sobre la olla, murmuró que ella tampoco.

Eso me hizo reír, a pesar de saber que ésa no era la respuesta que hubiera querido oír mi madre, y que yo procuraba por todos los medios comportarme según sus preceptos. Cuando estaba desanimada y estos pensamientos amenazaban con perturbarme, acudía al convento del hospital de mi tía Beatriz para buscar un remedio para mi alma.

—Zarita —me decía mi tía—, tú no eres tu madre. Ella era una santa, mucho más de lo que yo misma podría llegar a serlo, y eso que soy monja. Aunque esta orden que he fundado carece del reconocimiento formal del Papa, he hecho votos a mí misma y a Dios para defender ciertos valores. Que sepas esto: yo no fui la niña buena de la familia. Cuando era pequeña, en la corte, llevé una vida más alocada de lo que en aquella época se consideraba propio de una joven. Mi hermana, tu madre, era la mismísima encarnación del bien. Pocas personas existen capaces de emularla. —La tía Beatriz me atrajo hacia ella para acariciarme el cabello—. Tienes que ser tú misma, Zarita. No puedes ser nadie más.

Pero, además de esto, me pesaba en la conciencia el otro pecado, mayor, del que no me había confesado con nadie: la vez que di la espalda a Dios porque no había salvado la vida de mi madre y de mi hermanito. Lo había enterrado en mi interior de tal modo que nunca hablaba de ello. Estaba muy inquieta. Esos pensamientos me aturdían, mientras oía procedente del techo los pasos del padre Besian. Estaba convencida de que si durante la confesión ocultaba algo a ese sacerdote, él lo sabría. Decidí evitar que me confesara. Oí débilmente el sonsonete de las plegarias nocturnas que recitaba, y caí presa de un sueño agitado.

14

ZARITA

A la mañana siguiente, Lorena y yo disfrutábamos en silencio del desayuno, en compañía del padre Besian, cuando mi padre entró en la estancia.

—¡Quiero hablar con vos! —dijo al sacerdote, con aspereza—. En privado —añadió.

El sacerdote lo miró, tranquilo, antes de replicar.

—No hay nada de lo que debamos hablar que no pueda decirse en presencia de vuestra esposa e hija.

—¿Ordenasteis vos distribuir este bando por todo el pueblo? —Mi padre desdobló un trozo de papel que llevaba arrugado en la mano, y se lo tendió.

El padre Besian tomó el papel, lo extendió en la mesa y lo alisó cuidadosamente.

—Así es —admitió.

Incliné la cabeza con intención de leer las palabras impresas en el papel.

—No tenéis derecho a dirigiros así a las gentes de este lugar, pedirles que se delaten entre sí —dijo mi padre, tenso.

—Todo lo contrario —replicó el padre Besian—. El inquisidor general, Tomás de Torquemada, me autoriza a ello en calidad de agente de la Santa Inquisición. Es vital que erradiquemos la herejía y descubramos si los así llamados conversos del judaísmo se aferran aún a sus antiguas prácticas religiosas. He descubierto la existencia tanto de judíos como de musulmanes que viven en esta población. Son influencias potencialmente peligrosas. La experiencia me dice que los mejores resultados se obtienen cuando se pide a los habitantes del lugar que se mantengan alerta y nos proporcionen información.

—Hay media docena de familias judías confinadas a la zona más humilde próxima al puerto, además de algunos pescadores musulmanes que amarran sus barcas en el embarcadero más exterior. Jamás nos han dado el menor problema. Soy el juez de esta población. Tendríais que haberos dirigido a mí antes de distribuir proclamas que podrían dar pie a altercados.

El padre Besian tomó un sorbo de leche caliente y dejó la taza en la mesa.

—El único altercado que seguirá a mis proclamas se producirá en el corazón de los no creyentes.

—¿Qué proponéis hacer cuando se os acerquen esos informadores? —exigió saber mi padre—. Descubriréis que hay quienes aprovecharán la ocasión para resolver antiguas afrentas o mentir sobre el vecino, con quien mantienen una disputa previa.

—Los interrogaré con sumo cuidado. Castigaré a quienes no tengan un motivo sincero para formular sus denuncias.

—¿Os habéis propuesto llevar a cabo una investigación inquisitorial en este lugar?

—Sí.

—Anoche me dijisteis que estabais de paso y me pedisteis que os alojara mientras aguardabais pasaje en un barco que debía llevaros a Almería.

—He cambiado de opinión —dijo el padre Besian.

—¿Y dónde proponéis efectuar vuestros interrogatorios y juicios? —Mi padre rió—. Ésta es una población pequeña. El calabozo se encuentra en el sótano de un edificio de una sola planta, y el así llamado tribunal de justicia es la salita desde la cual se accede al sótano.

El padre Besian se recostó en la silla. Miró por la ventana hacia nuestra hacienda y las construcciones agrupadas a su alrededor y después miró en derredor, en la sala. Sonrió.

—Tenéis una casa muy espaciosa, don Alonso. Aprovecharé vuestra propiedad para llevar a cabo la obra de Dios.

—¡Mi casa! ¿Mi casa? —Retrocedió un paso, aturdido—. ¡No! ¡Eso es imposible! No lo permitiré.

—Debo recordaros, don Vicente, que en calidad de juez del lugar estáis obligado por ley a ayudarme en todo lo que yo crea conveniente —dijo el sacerdote con voz gélida.

El padre Besian se levantó, y de pronto caí en la cuenta de que era más alto que mi padre, y aunque era mucho más delgado, su presencia pareció empequeñecer a mi progenitor.

—La Santa Inquisición cuenta con el respaldo de la reina Isabel de Castilla y del rey Fernando de Aragón, quienes han emprendido la gloriosa misión de establecer un reino católico en toda la península ibérica. A estos dos monarcas de reinos distintos los une tanto el matrimonio como el objetivo de unificar todas las provincias y territorios bajo su gobierno. En este momento luchan en Granada para recuperarla de manos de los infieles y sustituir la media luna de las almenas por la cruz. Yo, como agente de la Inquisición, poseo autoridad absoluta tanto de la Iglesia como del Estado. No tendríais que estorbar mi labor de ningún modo. A menudo he tenido ocasión de comprobar que quienes lo hacen esconden algún secreto que ocultar en sus propias familias. —El sacerdote miró fijamente a mi padre y después se volvió para abarcarnos a Lorena y a mí con la mirada.

Fue espantoso ver el efecto que ejercieron estas palabras en mi padre. Se puso blanco, como cuando las nubes tapan el sol y el cielo pierde su color. Retrocedió con paso inseguro y aferró el respaldo de una silla cercana para apoyarse en ella.

—Además de colgar proclamas en el pueblo —continuó el padre Besian—, os pongo al corriente de que me propongo repetir el mismo mensaje a cualquiera que me escuche hablar desde el púlpito cuando oficie la misa mañana. Espero veros a vos, a vuestra familia y a cualquier miembro de vuestra casa sentados en los primeros bancos de la iglesia. Alguien tan importante como un juez debería dar ejemplo al resto de la comunidad.

Y allí estuvimos al día siguiente: mi padre, Lorena y yo, ella vestida con sobriedad, apropiadamente. Antes de que empezase el servicio religioso, mi tía Beatriz se reunió con nosotros. Llevaba un velo por debajo de los ojos y la toca del hábito le cubría toda la cabeza, como era costumbre de las Hermanas de la Compasión siempre que aparecían en público. Mi padre se había distanciado de su cuñada cuando contrajo matrimonio con Lorena. Aunque mi tía nunca manifestó qué opinión le merecía el hecho de que se hubiera casado tan pronto tras el fallecimiento de su hermana, creo que ésta fue la causa de que ambos se distanciaran. Al verla allí presente, acompañándonos, mi padre le dirigió una mirada de gratitud.

Mientras el padre Besian arengaba contra herejes, judíos, musulmanes y todos aquellos que amenazaban a la Iglesia y los planes de los reyes de Castilla y Aragón, aguardamos atentos y en calma.

—Nuestros monarcas, la virtuosa reina Isabel de Castilla, unida en matrimonio con el igualmente justo rey Fernando de Aragón, tienen el objetivo de unir a los reinos y provincias de España, con objeto de convertirla en una nación unificada en el catolicismo. Para ello han emprendido una guerra santa, una cruzada, contra todos los infieles. En este preciso momento sus huestes libran una batalla contra el infiel que se aferra al reino de Granada y que no está dispuesto a dejarla en manos de sus católicas majestades. Los musulmanes han emponzoñado durante largo tiempo el suelo ibérico y han de ser expulsados. Pero entre nosotros, aquí en nuestras casas, hay quienes también deben ser expulsados. Éstos son quienes mejor pueden engañarnos. Los que debemos arrancar de raíz, como arrancaríamos las malas hierbas que estrangulan las buenas y fecundas plantas.

El padre Besian había alcanzado la parte del sermón donde exhortaba a la congregación a mantenerse vigilante y a informarlo a él y a sus agentes del Santo Oficio de cualquier maldad que pudiera producirse.

—Debéis informar de cualquier circunstancia que pueda constituir un acto de herejía. Incluso si uno de los implicados es vuestro hermano, vuestra hermana, un pariente o hijo. ¡Sí! —exclamó—. ¡Que la hija sospeche del padre, o que la madre sospeche de su propio hijo! Os lo pido so pena de pecado mortal. Vuestro silencio supondrá para vosotros la condenación eterna de vuestra alma inmortal.

Mi tía llenó de aire los pulmones. Me arriesgué a mirar a mi padre y vi que apretaba con fuerza la mandíbula y que había en su rostro una expresión hosca. A un lado se sentaban todos los miembros de nuestra servidumbre, en los bancos, con la espalda erguida. Todos a excepción de Bartolomé, que hacía lo de siempre en la iglesia: sonreír, entrelazar los dedos y canturrear en voz baja. Pero cuando el sermón prosiguió más de lo habitual, para consternación de todos los presentes empezó a chascar la lengua.

El padre Besian levantó la voz para disimular la interrupción.

Bartolomé aceptó el desafío. Llenó los carrillos de aire y, antes de que Serafina pudiera impedírselo, se abofeteó las mejillas para expulsarlo, lo que bastó para imitar el sonido de una inmensa ventosidad en toda la iglesia, que con su eco reverberó más tiempo. Se me escapó la risa, pero me apresuré a fingir una tos repentina. A mi lado noté que a mi tía le temblaba el cuerpo y reparé en que también ella contenía la risa. El padre Besian se puso rojo de ira. Hizo una pausa y contempló desde el púlpito a Bartolomé, quien le saludó con alegría. El muchacho acostumbraba a saludar con la mano al padre Andrés cuando daba el sermón, y él siempre respondía al saludo. Bartolomé no tenía motivos para pensar que aquel sacerdote fuera a comportarse de forma distinta al otro. El padre Besian interrumpió el sermón y bajó del púlpito.

Una vez que hubo concluido el servicio, abandonamos la iglesia. Serafina tomó de la mano a Bartolomé y, seguida por el resto de nuestros sirvientes, se alejó. Reparé en que el resto de los habitantes del pueblo hacían lo propio. Por lo general, después de la misa la gente se quedaba un rato en el atrio a conversar con parientes y amistades, pero esa vez todo el mundo se marchó enseguida.

—¿Quién es el idiota que me interrumpió el sermón? —preguntó el padre Besian, que se había acercado a nosotros y seguía visiblemente enfadado por la afrenta a su dignidad.

Mi padre abrió la boca para responder, pero mi tía Beatriz lo interrumpió sin que se notara.

—Es medio tonto de verdad, reverendo padre. Un alma simple. Qué sabio por vuestra parte haber reparado en ello. Los hay menos perceptivos que se habrían molestado por semejante muestra de malos modales.

El padre Besian volvió una mirada taimada hacia mi tía.

—¿Y vos sois...?

Ella inclinó la cabeza.

—Beatriz de Marzena, del convento hospital dirigido por las Hermanas de la Compasión.

—Puesto que sois monja, ¿no deberíais estar en el recinto del monasterio?

—Soy hermana de la primera esposa de don Vicente Alonso y, por tanto, parte de la familia. Se me informó que vos deseabais que todos los familiares acudieran al sermón matutino.

—¿Las Hermanas de la Compasión? —preguntó el padre Besian, tras observar a mi tía unos instantes—. He viajado bastante por varios lugares de la península, llevando a cabo la obra de la Santa Inquisición, y nunca había oído hablar de esa orden de monjas.

—Yo misma la fundé —aclaró mi tía—. El Papa aún no nos ha reconocido formalmente.

El padre Besian aspiró aire lentamente.

—¿De veras?

Mi padre los interrumpió en ese momento.

—Debo atender unos asuntos. —Y, dirigiéndose directamente al sacerdote, añadió—: Si no me necesitáis en este momento...

El padre Besian hizo un gesto de despedida con la mano. Mi tía aprovechó la oportunidad para apartarse un poco y hablar con mi padre.

—Tal vez Zarita podría acompañarme un rato de visita al convento —sugirió.

Y mi padre inclinó la cabeza en sentido afirmativo. Me pareció aliviado.

En cuestión de pocos días, la población de Las Conchas experimentó un cambio total.

Los comercios y los puestos del mercado se volvieron menos concurridos y ruidosos. Había menos gente en las calles, y quienes las transitaban se miraban con suspicacia. Los extraños, a quienes hasta ese momento se recibía con los brazos abiertos por ser fuente de negocios, pasaron a ser evitados. Los pescadores árabes se hicieron a la mar sin decir nada, y no regresaron. Se decía que los judíos se habían encerrado en sus casas, de cuyo interior nunca salían de noche, y prácticamente tampoco de día. La nuestra era una población muy tranquila, pero con un puerto transitado, y pasamos a convertirnos en una comunidad cerrada, cuyos vecinos apenas se saludaban entre sí al cruzarse por la calle. Mi propio hogar fue invadido por una atmósfera de silencio. Para mi disgusto, tuve que renunciar a mi paseo diario. Garci me contó que mi padre había dado instrucciones de que ni Lorena ni yo debíamos abandonar la casa sin contar con su permiso. Para evitar al padre Besian, solía visitar el convento hospital después de la misa matutina; pasaba allí la mayor parte del tiempo, en compañía de mi tía y sus monjas.

—Aparte de cualquier consideración moral acerca de si una religión, la que sea, tiene derecho a imponerse a otra, las actividades de la Inquisición arruinan el comercio de nuestro pueblo —comentó la ayudante de mi tía en el convento, sor Magdalena, cuando nos sentamos un día en el salón para preparar vendas y conversar.

—Silencio. —Mi tía miró hacia la puerta—. Sor Magdalena, nunca se sabe quién puede estar escuchando.

Sor Magdalena, una mujer corpulenta y muy activa, que había criado una familia de diez hijos y enterrado a tres maridos, antes de decidir entregar la vida a Dios, inclinó la cabeza.

—Nuestras hermanas nunca se traicionarían, pero de todos modos, no me importa quién pueda oírme cuando digo la verdad. La gente tiene miedo de salir a la calle, de comerciar, de hacer cualquier cosa que pueda ser considerada contraria a los preceptos de la Iglesia. Temen que cualquier entrometido los delate.

—¿Creéis que una religión no tiene derecho a imponer sus normas a otra? —pregunté después de agachar la cabeza—. Pero nuestra labor de buenos cristianos consiste en evangelizar.

—Así lo quieren el rey y la reina —respondió mi tía con tiento—. La reina Isabel, en particular, cree obedecer la voluntad divina cuando pretende unificar todas las regiones de la península bajo la enseña de la cruz.

—¿Y qué diría Jesucristo ante su empeño en dar poder a la Inquisición, que puede recurrir a la tortura cuando interroga a un acusado? —Sor Magdalena soltó un bufido de desprecio.

—Considera que es preferible sufrir en la tierra y alcanzar la paz eterna en el cielo.

Sor Magdalena se nos acercó.

—Una prima mía de Zaragoza me contó que su majestad ordenó castrar a seis criminales, a quienes luego ahorcaron, fueron arrastrados por un tiro de caballos y descuartizados por último en público, delante de la catedral.

—Es una reina monstruosa —sentencié—. ¿Quién permitiría la condena de toda esa gente a sufrir una muerte tan terrible?

—No tan monstruosa —dijo mi tía—. Es inteligente y amable, sobre todo con su familia y amigos, pero cuando toma la decisión de hacer algo es inflexible. Tenéis que pensar que cuando heredó el trono de Castilla de su medio hermano Enrique, se hizo cargo de un reino arruinado. Durante su reinado, Enrique había concedido favores a hombres y mujeres malvados. La corte no era más que una institución donde se buscaba el placer, reinaba el desorden y no se impartía justicia. Los bandidos campaban a sus anchas por el reino, convertido en un lugar sin ley. Isabel cambió la situación, pero era tal el alcance de la corrupción, incluso entre los nobles, que tuvo que mostrarse implacable para lograrlo. La han criticado por su falta de piedad, pero ahora los campesinos trabajan la tierra y recogen el fruto que da la cosecha, y los viajeros se mueven por los caminos sin ser perturbados.

—¡Veo que no es precisamente una desconocida para vos! —exclamé.

—Estoy familiarizada con ella. —Mi tía asintió—. Hace años pasé un tiempo en la corte, y sé que no ha tenido una vida fácil. De niña estuvo recluida en un castillo austero, donde fue educada por una madre que algunos acusan de loca. Fue muy influenciada por su confesor, un fanático, y creo que aún sigue con ella.

—¿Y creéis en la misión que el rey y la reina se han propuesto llevar a cabo? —pregunté con curiosidad.

Mi tía se disponía a responder cuando calló unos instantes e inclinó la cabeza como quien aguza el oído. Luego se llevó un dedo a los labios, se levantó con agilidad y fue a abrir la puerta.

Al otro lado se encontraba el padre Besian.

—Me disponía a llamar —dijo sin titubeos.

Mi tía miró a un lado y a otro del pasillo.

—Qué descortés por parte de la hermana que hace hoy de portera no acompañaros personalmente hasta este cuarto.

—Dije a la hermana portera que no era necesario, que yo mismo me las apañaría para encontrar el salón —contestó el sacerdote—. Espero que no os importe.

—En absoluto —respondió, amable, mi tía—. Entrad, os lo ruego.

Sor Magdalena se levantó.

—Traeré una infusión de hierbabuena que os refrescará.

El sacerdote se sentó en una silla.

—¿Habéis pasado un agradable día... conversando? —me preguntó.

—Mi sobrina y yo rezamos mientras trabajamos, padre —respondió mi tía.

—Ah, sí, Zarita es la hija de vuestra hermana, ¿verdad? Veo cierto parecido entre ambas, sobre todo en los ojos.

—Zarita se parece a su madre, y decían que ambas éramos como dos gemelas. Pero decidme, padre, ¿cómo avanzan vuestras investigaciones? —Y se cubrió el rostro con el velo.

El sacerdote arrugó el entrecejo.

—Los musulmanes han huido y los judíos están confinados, tal como tiene que ser —añadió—. Nos han pedido que arbitremos en disputas sin importancia, pero hasta el momento nadie nos ha proporcionado información fiable respecto a prácticas herejes.

—Me alegra oír eso.

—A mí no me alegra.

—¿No?

—No. Tan sólo significa que hay una intención de ocultar los hechos.

—¿No podría suponerse que no sucede nada malo en este lugar?

—He reparado en la laxitud de las prácticas.

Sor Magdalena regresó con los vasos llenos de la infusión prometida.

El padre Besian aceptó el vaso que le ofreció.

—Veréis, he aquí mismo un ejemplo de aquello a lo que me refiero. La bandeja en la que servís estas infusiones es de origen árabe, tal como muestran estos grabados con la escritura de su lengua. ¿Sabéis qué significan?

Se produjo una pausa y todas contuvimos el aliento.

—No sabría decirlo.

Mi tía no había dicho la verdad. Si no fue una mentira directa, la afirmación tuvo por objeto confundir al sacerdote, y me pregunté cómo lo justificaría ante su confesor. Yo sabía que mi tía Beatriz había aprendido árabe por su cuenta, para poder leer ciertos textos y que sus pacientes se beneficiaran del conocimiento superior que ella aseguraba tenían los moros en cuestiones médicas.

—Por tanto, podría tratarse de un texto blasfemo que se encuentra entre las paredes de este monasterio por ignorancia vuestra. —Cuando mi tía no replicó, el sacerdote levantó el vaso—. También esta infusión es de origen moro.

Mi tía pestañeó.

—Creo que averiguaréis que la propia reina toma una infusión preparada con hoja de menta.

El padre Besian hizo un gesto para quitar importancia a sus palabras.

—No corresponde a alguien como vos saber qué hace o deja de hacer la reina. Éstas son muestras de las irregularidades cometidas en este pueblo que me provocan desazón. Vuestra orden no cuenta con la autorización de la Iglesia, hecho que en sí mismo constituye una herejía, a lo que debo sumar la falta de respeto mostrada durante la misa por el sirviente de vuestro cuñado.

Mi tía se levantó para dirigirse hacia una rinconera, de cuyo interior sacó una caja que procedió a abrir. Después ofreció al padre el pergamino que contenía.

—Éstas son las escrituras del terreno de este convento hospital, tierras que me fueron concedidas por la reina Isabel para que fundara un hospital y un grupo de hermanas que cuidasen de los enfermos. La fundación de mi orden fue realizada con su aprobación. Nuestra solicitud de reconocimiento, apoyada por la reina, se encuentra en el Vaticano, a la espera de contar con la atención del Santo Padre.

Las facciones del padre Besian se tensaron a medida que leía el documento. Mi tía lo devolvió a la caja y cerró la tapa con un sonoro chasquido.

—Si todo lo que podéis censurar de nuestro pueblo es un adulto con la mente de un niño, y el hecho de que una monja tome una infusión de menta, me temo que no tardaréis en reducir la obra de la Inquisición a una burla.

Al sacerdote le temblaba el cuerpo por la ira contenida cuando se levantó, dispuesto a marcharse.

—Entiendo estas transgresiones como muestras de maldades mayores. Pero soy un hombre paciente y decidido, y descubriré todo aquello que la gente de este lugar se ha propuesto ocultar.

Mi tía y yo permanecimos calladas, mientras sor Magdalena acompañaba al padre Besian a la salida del convento. Yo tenía miedo, pero no sabía por qué.

Mi tía se me acercó y me dijo al oído:

—Asegúrate de que tu ama de llaves, Serafina, sirva mañana cerdo para cenar.

Sonreí, extrañada.

—A mi padre no le gusta la carne de cerdo. Nunca se sirve en casa, como bien sabéis.

Pero ella no sonrió, todo lo contrario. Parecía muy seria, y siguió diciendo en un hilo de voz:

—Escucha, Zarita. Haz lo que te pido en este asunto. Cuando estés a solas con tu padre, dile que yo lo he sugerido y que es importante que así se haga. Él entenderá el porqué.

»Y ahora —añadió, cambiando el tono de su voz—, vayamos a pasear un rato por el jardín, y así podrás arrancar unas flores para la tumba de la esposa del mendigo. Sé que te gusta hacerlo.

El paseo por los caminitos del jardín amurallado me tranquilizó, y pasé un rato rezando ante la tumba que cuidaba. Pero de vuelta a casa se me acabó la paz. Vi a Serafina, que se me acercó corriendo cuando me faltaba poco para llegar. Lloraba y se retorcía las manos.

—Pero ¿qué sucede? —pregunté.

—¡Le han arrestado! Los soldados de la Inquisición se lo han llevado para interrogarle.

—¿A quién? —pregunté—. ¿A quién se han llevado?

—A mi sobrino —respondió entre renovados sollozos—. Han arrestado a Bartolomé.

15

SAULO

—¡Piratas!

El velero, que hacía de vigía, se volvió desde el puesto que ocupaba a proa de la embarcación, para encararse al capitán.

—¡Piratas! —voceó de nuevo.

—¿Podríamos hablar con ellos? —preguntó el capitán Cosimo—. ¿Qué bandera flamea en su driza?

—Ninguna —fue la respuesta—. Por eso sé que son piratas. Y también por el porte del barco, que artilla más cañones y cuenta con más hombres que nuestra galera.

Me detuve con el cucharón a medio sumergir en la tina de agua y miré en la dirección que señalaba el vigía. Reparé entonces en la vela de una galera de mayor porte, que navegaba con rumbo sur.

El capitán lanzó un juramento y golpeó la mesa con el puño, lo que bastó para que la jarra de agua acabara dando en el tablonaje y rodase por nuestra cubierta. Yo di un salto y la alcancé, dispuesto a llenarla de nuevo. Volví la vista hacia Panipat, quien asintió con la cabeza para permitirme devolvérsela al capitán.

Se inició una conversación entre los hombres.

—¿Nos han avistado?

—¿Han cambiado de rumbo?

—¿Por qué iban a molestarse? ¿Acaso no ven que somos un barco mercante?

Pudimos ver con mayor claridad la otra nave, una embarcación de larga eslora, con bancos dobles. También vimos que alteraban el rumbo para alcanzarnos.

—Tal vez piensen que llevamos oro en lugar de aceite de almendra y pescado en salazón.

—Estarán buscando buenos remeros que vender como esclavos —oí decir a Lomas. A continuación llamó a Panipat, alzando el tono de voz—. ¡Alejadnos de su rumbo, cómitre! Quiero volver a ver a mi hijo, no que me vendan como esclavo o morir en una riña que no podemos ganar.

El resto de los remeros libres se unieron a él con gritos de conformidad.

—¡Adelante, Panipat! ¡Usa el látigo si es necesario!

—¡Marca un ritmo que nos saque a fuerza de remo de aquí!

Los piratas arriaron la vela, dispuestos a darnos caza con su superior potencia de remada.

El capitán Cosimo se mordió el labio inferior, mientras estudiaba la carta extendida ante él. Seguí su mirada y vi un disco de madera colocado a la izquierda de una isla grande con la letra eme escrita.

—¿Mallorca? —Levantó la vista de nuevo—. ¿Qué artilla?

—Tres piezas —respondió el vigía—. Un cañón en toda regla y dos culebrinas, además de una pieza a popa, pero de esto último no estoy seguro.

—Nos superan en número y en artillería —murmuró el capitán.

Y como para confirmar su impresión, se oyó un estampido amortiguado cuando el enemigo efectuó un disparo de advertencia para obligarnos a pairar.

Aunque la bala no cayó cerca, nuestra dotación protestó. Empezaron a maldecir al capitán por su incompetencia, por poner un rumbo que nos había puesto a tiro de un cazador. Culparon al vigía, a quien echaron la culpa de todo, como si haber reparado en la presencia de la galera pirata lo hiciera responsable de conjurar a un enemigo que había salido de la nada. Y cuando dieron rienda suelta a aquel arranque inicial de furia, los hubo que por miedo se pusieron a rezar, implorando a Dios y a otros poderes sobrenaturales, incluso a los espíritus del mar, que acudieran en nuestra ayuda.

El capitán, inquieto, inspeccionó la carta.

—Necesitamos una isla... Un lugar, cualquiera, donde podamos embarrancar. —Se llevó una lente al ojo y acercó el rostro a la carta.

—Allí —dije, señalando el contorno de una diminuta isla a poniente del disco de madera que supuse representaba a nuestra embarcación.

—Muy bien, hijo —murmuró—. ¡He encontrado una isla! —exclamó en voz alta, antes de cantar el rumbo a Panipat.

No era la primera vez que la tripulación navegaba por aguas peligrosas. Teníamos la vela desarmada, los hombres en posición y Panipat estaba alerta, esperando las órdenes del capitán. El cómitre rugió sus instrucciones y nuestro barco efectuó un viraje. Los remeros se pusieron a bogar y surcamos el mar con paso vivo. Los hombres rieron al ver cómo se ampliaba el trecho que nos separaba del enemigo.

Pero la isla estaba más lejos de lo que parecía a juzgar por la carta, y cuando eché la vista atrás, la embarcación pirata se había empeñado en la persecución. Verla ahí, desplazándose a esa velocidad a nuestra popa, bogando con alma los remeros, me dejó fascinado. No pude apartar la vista. No había tiempo para dar agua a los hombres, y, de todos modos, ya tenía dificultades para mantener el equilibrio porque nuestro barco nunca había navegado a esa velocidad. Pude ver que la nave enemiga cerraba la distancia que la separaba de la nuestra.

Los remeros no podían permitirse el lujo de volver la vista atrás para no comprometer la concentración. El bienestar de todos a bordo dependía en ese momento de su esfuerzo y capacidad. Panipat, atento a sus hombres sentados a los bancos, era consciente del peligro. Hacía restallar el látigo sobre sus cabezas y gruñía a diestro y siniestro para que alargaran la boga, para que sacaran el máximo provecho de su energía. Los músculos se perfilaban en los torsos. Cada vez que tiraban del remo se medio incorporaban, y al empujarlo flexionaban las rodillas casi hasta que tocaban el tablonaje, empleando el cojín o el acolchado en el que se sentaban para deslizar el cuerpo con soltura.

—¡Bogad! —gritaba el cómitre—. ¡Bogad! ¡Bogad! ¡Bogad bien lejos, perros! ¡Hijos bastardos de Adán! ¡Viles carcasas de carne podrida! —El cómitre pareció ganar en estatura, y al gritar expulsó chorros de blanca saliva, junto a los insultos que dedicaba a sus hombres—. ¡Sois basura! —los reprendió—. ¡Sois madera de balsa! ¡Sois ratas infestadas de pulgas! ¡Sois cadáveres cubiertos de moho e infestados de ratas! Inútiles, más que inútiles, deshonra mujeres. Panda de blasfemos, serpientes que os arrastráis sobre la panza y coméis la mierda que hay en el suelo. ¡Bogad, he dicho! ¡Bogad!

Abrí la boca, aturdido. El sudor les resbalaba por el rostro, por el pecho y la espalda, por las piernas y los brazos.

—¡Bogad! —rugió Panipat—. ¡Bogad u os mato aquí mismo como a perros!

Y remaron: lo hicieron por su cómitre, por el capitán que los mantenía bien alimentados y pagados, por el cargamento del que esperaban obtener beneficio, por el orgullo de su oficio, por el desafío de superar en la carrera al enemigo. Y también bogaron por sus vidas.

Nuestra galera se deslizó por el agua, rápida como una flecha tras ser disparada. A pesar de ello, el enemigo cerraba distancias sobre nosotros.

—¡Bogad! —gritó Panipat con la voz ronca, entre restallido y restallido del látigo—. ¡Bogad con alma! ¡Bogad!

El capitán basculaba el peso del cuerpo ora en un pie, ora en otro, dando saltitos en una especie de enojada danza, consciente, sin embargo, de que no debía entrometerse en la labor de Panipat.

Vi que los esclavos remaban con ganas, acompasados con el resto, lo que no hacían siempre. Y no era el miedo a Panipat lo que los hacía reaccionar de ese modo, pensé, puesto que en ese momento el cómitre era incapaz de escoger a uno solo de los hombres a quien castigar; debía de ser que creían que su destino a bordo de un barco pirata sería peor que seguir con el capitán Cosimo. En ese momento comprendí que los ocupantes de nuestro barco respetaban a aquel hombre a quien tildaban de loco, por muy falto de sólidos conocimientos en materia de navegación que lo considerasen.

Y a la vista estaba que no se equivocaban al juzgarlo: seguíamos sin divisar tierra y la dura labor de la boga empezaba a cobrarse su precio.

—¿Adónde vamos? ¿No nos estaréis llevando mar adentro, rumbo a las tierras perdidas? —protestó Lomas.

—A una isla —respondió a gritos el capitán Cosimo, henchido de confianza—. El muchacho vio una isla en la carta. Nos refugiaremos allí.

El horizonte siguió vacío, y de pronto comprendí cómo se había sentido el capitán en el pasado, cuando prometió la llegada a un puerto que luego no apareció por ninguna parte. Había una isla en la carta, bien señalada. Yo la había visto. ¿Se trataba de un error de quien la había trazado? ¿O un avistamiento erróneo por parte de un marino? Si existía, ¿dónde estaba?

El capitán reparó en mi preocupación.

—El mar es una dama engañosa. Es como una mujer —dijo, atropellando las palabras—. Al verla por primera vez se muestra complaciente, calma, y luego se llena de luz y te embruja; pero más adelante revela la naturaleza voluble de quien no está dispuesto a rendir sus secretos. —Golpeó la mesa con el puño y maldijo a todos los cartógrafos a arder en el infierno por toda la eternidad.

El barco pirata efectuó un nuevo disparo, y en esa ocasión la bala de cañón silbó por encima de nuestras cabezas y fue a caer con un chapoteo por el costado de babor.

Nuestra galera perdió una cantidad infinitesimal de andadura cuando el desánimo cundió en las mentes de los remeros. Toda la furia de Panipat no logró que recuperasen el ritmo anterior. Sentí el cambio bajo los pies, y el miedo hizo que se me cortase la respiración, ya que al igual que el resto de la dotación sabía que no me iría bien bajo el mando de un capitán pirata.

—¡Tierra! ¡Tierra! —El vigía, en cuclillas en la proa, había asomado la cabeza a pesar de los cañonazos. Extendió entonces el brazo—. ¡Una isla! ¡La veo! ¡Alabado sea Dios y su santa madre!

Los hombres lanzaron gritos de alegría, y dieron gracias a los santos. Los ojos se me llenaron de lágrimas, que me sequé con el dorso de la mano.

Ajustamos el rumbo un grado al sur. Los remeros renovaron sus esfuerzos.

—¡Una isla! —exclamaron algunos en voz alta.

—¡Hay tierra a la vista!

—¡Gracias al cielo!

—¿Veis alguna playa?

—¡No nos lleves a las rocas, Panipat!

El vigía y el cómitre colaboraban para guiarnos a través de una hilera parcialmente sumergida de arrecifes que se extendía en dirección a una playa de arena.

El corazón me latía con fuerza. No entendía cómo iba eso a protegernos de nuestros perseguidores. Me pareció que la isla estaba deshabitada, pues nada apuntaba a la presencia de una población, edificios o gente a la que pudiésemos pedir ayuda. La galera pirata cerraba sobre nosotros superándonos en velocidad.

—¿Qué podemos hacer? —pregunté al capitán—. No podemos combatir con ellos en tierra, igual que no podemos hacerlo en el mar.

—Haremos que embarranque —me respondió. Estaba ocupado, enrollando las cartas y recogiendo los instrumentos de navegación. El carpintero-cocinero metía sus herramientas en un saco, mientras que el resto de la dotación reunía el arpón, las lanzas y la caja de pedernal, además de otras piezas vitales del equipaje—. Tú ve a llenar todas las botellas de agua tan rápidamente como puedas. ¡Ve! —El capitán me gritó a la cara, y yo me quedé mirándolo como un idiota.

Me apresuré a obedecer sus órdenes. Panipat ya se había situado junto a los esclavos encadenados y utilizaba la llave que llevaba atada a la muñeca para liberarlos de los grilletes.

Estaba observando el trecho de arenas blancas, cuando nuestra galera tocó fondo y me vi arrojado hacia delante.

—¡Salid! ¡Vamos, fuera! —gritó Panipat, momento en que los hombres saltaron y arrastraron el barco por la arena hasta donde pudieron hacerlo.

La embarcación pirata tan sólo se encontraba a unos cientos de metros de distancia.

—¡Sálvese quien pueda! —rugió el capitán—. ¡Corred! ¡Corred!

Extendió la mano para tomar la espléndida túnica azul, y yo me agaché para alargársela. Era pesada. Llevando eso a cuestas no correría tanto. Pensé que debía de ser un hombre muy vanidoso para empeñarse de ese modo en conservar una prenda que podía costarle la vida.

—Ten —me dijo—. Tú correrás más ligero que yo. —Introdujo las cartas en una larga funda de cuero duro y encerado que seguidamente me confió—. Primero ponte a salvo —me ordenó— y después dirígete al punto más elevado de la isla.

Los remeros tomaron los efectos personales que guardaban bajo los bancos, pues cada marinero tenía su propia bolsa. Yo no tenía nada más, aparte de la funda con las cartas, pero sabía que era importante conservarla. Era un sentimiento infantil por mi parte, pero me sentía orgulloso de que el capitán me la hubiese confiado a mí.

Nos separamos, alejándonos de la galera, en dirección al denso follaje que abundaba en el interior de la isla.

—Haré un fuego en la playa cuando se hayan marchado —informó el capitán Cosimo a sus hombres—. Veréis el humo y sabréis que es seguro abandonar vuestros escondites.

—Rezad para que la isla no esté infestada de caníbales —oí decir a uno cuando nos adentramos en la vegetación.

—O, si los hay, esperemos que no estén hambrientos.

El alivio al verse fuera del alcance de los cañones enemigos hizo bromear a los hombres.

El capitán me siguió, abriéndose paso en la vegetación con la vara de bambú. Mientras que los demás echaron a correr en todas direcciones, decididos a aprovechar en lo posible la cobertura que les ofrecían árboles y arbustos, me ordenó ir hacia terreno elevado. Bajo el peso de la túnica, mantuvo el ritmo a pesar del visible cansancio, hasta que llegamos a cierta distancia de la playa y a bastante altura.

—Veamos qué se proponen. —Se situó tras un árbol y me tendió el catalejo—. ¿Qué ves? —preguntó.

Encaré el barco pirata, detenido frente al arrecife que protegía la bahía donde habíamos dejado nuestra embarcación.

—Han echado al mar un esquife con algunos hombres armados a bordo. ¿Destruirán nuestra galera? —pregunté, temeroso de que pudiéramos vernos varados y abandonados a nuestra suerte, sin alimentos.

El capitán negó con la cabeza.

—No lo creo. Con esa clase de gente no hablamos de una guerra política o religiosa. Es una cuestión comercial, es su modo de hacer negocios. Roban y venden lo robado. —Miró a través del catalejo, que después me devolvió—. Espero que sólo busquen nuestra agua, porque de poco va a servirles nuestro cargamento. —Levantó la vista al cielo—. Falta poco para que anochezca. No malgastarán tiempo o esfuerzos en darnos caza entre semejante follaje, porque podríamos acabar con algunos de ellos antes de que nos capturasen. Si nos hubieran apresado en el mar, todo habría sido distinto. Habrían retenido a los hombres más fuertes para venderlos como esclavos, y probablemente a los demás nos hubieran dejado a la deriva en la galera.

Observé a los piratas desembarcar en la playa y registrar la embarcación. Parecían marineros normales y corrientes, y así se lo dije al capitán, que rió al escuchar mis palabras.

—¿Y qué esperabas? ¿Que midieran tres metros, llevaran largas barbas negras, empuñaran una espada en cada mano y un cuchillo entre los dientes? En el mar, quien más, quien menos, todos nos hemos dedicado alguna vez a la piratería. —Rió de nuevo al ver cómo abría los ojos desmesuradamente—. Incluso los galeones de cuyas drizas ondea el pabellón nacional —aseguró—. No creas que titubean a la hora de detener embarcaciones y apoderarse del cargamento, con un pretexto u otro. —Aferró con fuerza la túnica azul, acariciando una de las mangas—. Yo lo he hecho en alguna que otra ocasión. —Y sonrió, taimado.

Le miré con mayor atención, y pensé en lo que había sucedido aquel día.

Como nos vimos obligados a esperar en la isla hasta que los piratas se marcharon, y ya no tenía que ir cubierta arriba y abajo dando agua a los remeros, tuve tiempo para pensar en todo lo que había sucedido.

Comprendí que nuestro capitán Cosimo tenía un secreto que no compartía con nadie: cada vez veía peor. Por fin entendí por qué motivo, a pesar de ser buen marino y un hombre sagaz, erraba a veces de ese modo en cuestiones de navegación. Nos limitábamos a seguir una ruta de un puerto a otro, sin alejarnos mucho de la costa, porque nuestro patrón no veía bien todo lo que se hallaba lejos. Fue cuando nos aventuramos en mar abierto que tuvo más dificultades. No había visto aquella isla en la carta porque la mancha de tinta que señalaba su ubicación era diminuta, apenas visible. Me envío por delante para que yo me abriera paso hacia lo alto de la colina, y me siguió dando golpes a diestro y siniestro con la vara de bambú, igual que hacía en el barco, para tantear el terreno que pisaba. Durante las horas diurnas, mientras esperamos a que los piratas se marcharan, me dio el catalejo para que yo le informara de lo que veía a través de su lente, porque lo más probable era que él tan sólo distinguiese borrones en la distancia. Y el capitán no quería que nadie supiera nada de todo eso. Debía de ser reciente, y no sería capaz de ocultarlo a su tripulación mucho tiempo más, pero de momento prefería que lo trataran como a un idiota, antes que confesar que se estaba quedando ciego.

Admiré su coraje. Y como nunca me había maltratado, decidí que no lo traicionaría. Por una lealtad mal entendida mantuve su secreto y no conté a nadie lo que había averiguado.

Era demasiado joven e inexperto para comprender que, con el tiempo, un capitán medio ciego siempre conduce a sus hombres hacia la muerte.

16

SAULO

Esperamos toda aquella noche a que los piratas se marchasen antes de regresar a la galera.

Nuestro vino, la mayor parte del agua, dos linternas y una olla habían desaparecido. Forzaron la caja del dinero, cerrada con clavos en la diminuta cabina del capitán, y se apropiaron de las monedas que pudieron hallar dentro. También echamos de menos un poco de pescado en salazón, pero el resto de los suministros seguían allí, incluido un barril de agua. No habían tocado el cargamento ni dañado la galera.

—No representamos ninguna amenaza para ellos, por tanto no temían que emprendiéramos la persecución —dijo el capitán al verme sorprendido—, por no mencionar que no es de ley que un marino deje varado a otro sin agua ni medios para abandonar una isla.

Cuando nos disponíamos a partir, el capitán Cosimo me llamó para que me sentara a su lado, bajo el toldo, ante las cartas extendidas sobre la mesa.

—Tendría que haber un puerto a unas millas a poniente de aquí. Allí podremos vender el aceite. ¿Por casualidad no sabrás leer, muchacho?

—Sé leer —respondí—. Mi madre me enseñó las letras correspondientes a distintos alfabetos.

—¿De veras? —preguntó, enarcando una ceja.

No había dado mucha importancia a las enseñanzas de mi madre, hasta que con el paso del tiempo descubrí que había muy poca gente capaz de entender tanto los caracteres occidentales como los orientales. La mayoría ignoraba cómo escribir, cómo pronunciar las palabras de distintas lenguas. Yo sabía que los padres de mi madre se opusieron a su relación con mi padre, y que ambos tuvieron que huir juntos, desafiándolos. Sólo entonces descubrí que ella debió de disfrutar de una sólida educación, para enseñarme a identificar aquellos caracteres y animarme a aprender a leer y escribir.

—Entonces, deletréame esto de aquí. —El capitán me señaló una frase impresa en el papel.

Nunca antes había examinado una carta de cerca, y me asombró que pudiera existir algo parecido, lo cual confesé al capitán. La carta mostraba la línea costera de Francia, la península y Portugal, además de parte de África, e incluía los nombres de lugares y puertos escritos en ángulos rectos respecto a su ubicación en tierra.

—Cuesta creer que el hombre pueda trazar cartas que sean completamente correctas —dije.

—Sí, exacto —admitió el capitán Cosimo con expresión sombría—. Cuesta creerlo, desde luego, porque carecen de la precisión de la que tanto presumen. Las cartas marinas deberían listar puertos, ciertos atributos del perfil costero, embocaduras de río y puntos de referencia, y las cartas nos dan los mares y la presencia de tierra. A pesar de ello, he encontrado islas donde supuestamente no había tierra, y he fracasado a la hora de dar con muchos puertos donde el cartógrafo me había prometido que encontraría abrigo.

Miré el pie y el encabezamiento de la carta, así como los laterales. Señalaba la existencia de más tierras al norte y al este. Luego le di la vuelta para mirar el reverso.

—¿Esto es todo? —pregunté.

El capitán me miró, extrañado.

—Hubo un tiempo en que la respuesta a esa pregunta habría sido afirmativa. Pero ahora... —Se encogió de hombros—. Ahora circulan muchas historias respecto a lo que pueda haber en el Atlántico, al oeste del Mar Océano. Uno de mis paisanos, un hombre llamado Cristóbal Colón, comparte sus hipótesis al respecto con todo aquel dispuesto a escucharle, es decir, cualquiera que sea rico y poderoso. Propone encontrar un paso hasta Oriente, para acceder a las riquezas de esas tierras sin correr el riesgo de encontrar un pasaje marino por el extremo inferior del continente africano, o pagar un tributo al Turco para poder transportar los tesoros por sus tierras. Busca financiación para una expedición que descubra una ruta que se trazaría en el reverso de esta carta.

—¿Y lo logrará?

—¡Tiene que estar loco para creer que alguien estaría dispuesto a poner dinero en semejante empresa!

—¿Vos creéis que ese paso no existe?

—No es porque pueda o no existir. Lo que reduce la expedición a un imposible es que un océano es mucho mar que cruzar. Podría sufrir tempestades más intensas de lo que podamos imaginar; imponentes vórtices capaces de arrastrar consigo un barco al fondo, para desaparecer por completo; vastas extensiones de agua estancada, cubiertas por algas marinas durante miles de millas, donde no sopla el viento y los remos sirven de bien poco. Allí un barco puede soportar una calma chicha eterna, sin posibilidad de obtener agua para que los marineros sacien su sed. Los hombres morirían, o enloquecerían y se matarían entre ellos.

—De acuerdo, pero si lograrais llegar a ese otro lado... —Mi voz se rezagó hasta morir, porque el capitán había perdido interés en la conversación y trazaba el rumbo a nuestro próximo puerto.

Creo que fue en ese momento cuando se me ocurrió que era posible viajar no sólo con afán de comerciar, sino por pura ansia de aventuras, y que eso era algo que no me importaría hacer. Había empezado a enamorarme del mar, cuyos humores y caprichos conspiraban para hechizarme. Mis mareos eran cosa del pasado, y había llegado a ansiar la caricia del viento en la cara y la cegadora visión del agua azul bajo el sol de la mañana. Ese verano había descubierto lo cálida que podía ser el agua salada. La única vez que me había bañado fue en un río de aguas frías, y puede que no lo hiciese más de cinco o seis veces en toda mi vida. Allí, en la playa, me arrojaba desnudo desde el costado de la galera, para sumergirme en aquellas aguas de un azul resplandeciente, junto a los hombres que chapoteaban y nadaban, para después tumbarme en la arena blanca y dejar que las olas me cubrieran el cuerpo, indolentes, lánguidas y cálidas.

Me gustaba ver cómo la proa de la galera hendía el oleaje cuando navegábamos. Con la llegada del otoño, los días terminaban con una muestra en el cielo de los colores más asombrosos que puede ofrecer una puesta de sol: amarillo, rosa, violeta, lavanda, añil, carmesí. Y cuando el lacerante resplandor de las estrellas irrumpía en el azul oscuro de la inmensa bóveda celeste que se alzaba sobre nuestras cabezas, me quedaba dormido con esa canción de cuna que entona el oleaje al chapalear en los costados de la embarcación.

Los cargamentos que transportábamos eran muy modestos y, por lo general, no muy valiosos: mineral, cereal, nuez y aceite, goma, alumbre, sal y azafrán. Las embarcaciones que transportaban las mercancías valiosas, pieles o joyas, eran de mayor porte y viajaban acompañadas por barcos escolta. Salíamos y entrábamos de los puertos de la costa norte mediterránea, y nos asomábamos al Atlántico para alcanzar el bullicioso puerto de Cádiz, adonde barcos mayores transportaban las mercancías de las tierras septentrionales, como la lana de Inglaterra, por ejemplo, y las pieles de animales procedentes de Islandia. Evitábamos navegar cerca de la costa norte africana por temor a los piratas que era sabido que operaban en la Costa de Berbería, y también por la guerra emprendida por la reina Isabel y el rey Fernando contra los pueblos musulmanes. Se habían propuesto empezar por el reino de Granada, en el sur de la península, que durante cientos de años habían regido los nazaríes. Lomas creía que con el tiempo acabarían expulsando a todos los musulmanes y judíos, incluso a los judíos que en el pasado los habían servido con lealtad en puestos elevados del gobierno.

A medida que el tiempo refrescaba y se acortaban las horas de luz, más me consultaba el capitán llegado el momento de leer las cartas. Además de leer, mostraba aptitudes para la aritmética y para interpretar las cartas, sirviéndome del almanaque y otras herramientas.

Durante el invierno y la primavera del año siguiente, aprendí los nombres de las constelaciones y cómo calcular nuestra posición utilizando la altura de la Estrella Polar sobre el horizonte. Cuando Panipat protestó por el hecho de que me dedicara a tareas tan elevadas, el capitán Cosimo se rió de sus objeciones. El cómitre me miraba suspicaz, y se mostró cada vez más molesto hasta que un día, después de fondear en un puerto al sur de Cádiz, el capitán manifestó su intención de que lo acompañara a tierra mientras resolvía sus negocios.

Panipat me puso un grillete al que aseguró una cadena liviana, cuyo extremo entregó al capitán, que se la enredó en torno a la muñeca. A pesar de que la cadena era delgada y apenas molestaba, me sentí humillado: no me trataban mejor que a un animal. Pero comprendí que no debía protestar. Panipat me miró fijamente al abandonar la galera, como para recordarme cuál sería mi destino si intentaba huir.

El capitán Cosimo me empujó con la vara. Acompañados por dos tripulantes, descendimos por la pasarela, recorrimos el muelle y pasamos bajo el arco que daba a la población. Visitamos al agente de un mercader, y allí el capitán cerró un acuerdo y se llenó la bolsa. Pagó el sueldo a los hombres y les dio dinero para provisiones. Luego seguimos las calles y callejuelas tortuosas que llevaban al mercado, hacia la cacofonía de las voces de los animales de tiro y del ganado y los trinos de los pájaros de deslumbrante plumaje. Apergaminados vendedores callejeros vendían especias y remedios para todos los males, desde el dolor de muelas a la calvicie, tocando el címbalo y el tambor para llamar la atención de posibles clientes, sirviéndose también de esa lengua común que son los gestos para anunciar sus mercancías. El capitán Cosimo dejó al guardián y al carpintero-cocinero que regatearan el precio de la comida, así como de la olla y las lámparas que nos habían robado, mientras a mí me llevaba a un rincón menos bullicioso del mercado. Allí estaban los mercaderes de alfombras y vendedores de ropa, las tejedoras, los sastres y, casi con toda certeza, los cuartos traseros donde se podía jugar por dinero y perder hasta la última moneda.

Entramos en un edificio, y el capitán se desató la cadena de la muñeca para atarme a una argolla clavada al suelo. Luego me dio unas palmaditas en la cabeza.

—Te trato bien, ¿verdad, muchacho? —preguntó.

—Sí, capitán Cosimo —respondí.

—¿No huirás?

Negué con la cabeza.

—Si lo hicieras, Panipat no parará hasta dar contigo y te impondrá un castigo tan severo que desearás estar muerto. —El capitán exhaló un suspiro—. Pero si te quedas en mi barco, podríamos trabajar juntos, porque creo que podría enseñarte las destrezas que se le exigen a todo buen marino. Con el tiempo, podrías obtener ciertas recompensas.

Vio cómo me cambiaba la expresión. Yo tenía intención de huir tan pronto como se diera la vuelta, pero cuando pronunció esas palabras, las cosas cambiaron.

—¿No seré galeote? —pregunté.

—Eso sería desaprovechar tu talento. ¿Estás dispuesto a dejar que te enseñe? Aprenderás a calcular el rumbo por tus propios medios, aunque yo seguiré dando las órdenes. ¿Qué me dices?

Sospecho que era consciente de que si cometía muchos más errores, ya no sería capaz de seguir engañando a la dotación acerca de su incipiente ceguera. Se había propuesto ocultar sus fallos de navegación, utilizándome de chivo expiatorio cuando la cosa se torciera.

—Me gustaría mucho, sí —respondí.

—Buen chico. Quizá tengamos problemas con Panipat, que no te ha tomado el mismo aprecio que yo. Pero cuidaré de ti. Y tú harás lo mismo por mí. —Volvió a darme una palmada en la cabeza—. Descansa aquí un rato. No tardaré.

Cuando el capitán Cosimo regresó, parecía complacido. Debió de ser el efecto del alcohol, porque cuando volvimos a la galera y sacó la bolsa me pareció verla aligerada de parte de su peso. No me dio la impresión de que le hubiese afectado perder su parte de los beneficios. Después de aquella pérdida, y de distribuir el dinero a los remeros y al resto de los tripulantes, tan sólo le quedaron unas monedas que guardar en su caja del dinero.

Nos despedimos de aquel puerto con buen humor, con un cargamento nuevo y provisiones frescas. A unas millas de distancia nos pusimos al pairo, porque una vez al mes, más o menos, los esclavos se lavaban nadando en el mar, donde no tenían posibilidad de huir. Ninguno de ellos intentó alejarse a nado. Panipat, que los vigilaba con el mortífero arpón sobre el regazo, era suficiente para disuadir al más insensato. Sea como fuere, cuando el cocinero empezó a preparar una comida caliente, el olor y la perspectiva de llenarse el estómago y regar la comida con una jarra o dos de vino los llevó a regresar a la cubierta.

Era en momentos como ése cuando la tripulación, tanto los esclavos como los hombres libres, conversaban acerca del mar. Y aunque temían su fuerza, sentían también un gran afecto por quien les proporcionaba el sustento.

—Es mejor que la mujer con quien me casé —dijo uno de ellos.

—Pero ¿qué mujer estaría dispuesta a casarse contigo? —bromeó un remero.

El otro rió.

—Pues yo he visto a la tuya, y sé por qué te enrolaste por siete años. Si al volver a casa yo fuera a encontrarme con algo así, me habría enrolado por el doble de tiempo.

Algunos de los remeros contaban historias de sus vidas en tierra. Los cuatro esclavos árabes, agrupados en el costado de estribor de la galera, murmuraban entre sí, pero de los otros cuatro esclavos, dos de ellos confesaron ser ladrones y otro haber cometido un asesinato. Jean-Luc era un francés que había sido soldado y había asesinado a su esposa en plena borrachera; Sebastien, un hombre muy alto y delgado, era sacerdote.

—Me apresó la Inquisición —nos contó— por predicar la herejía. Escapé. Era pasar la vida en una galera o arder en la estaca. Escogí esto. Los días en que nuestro loco capitán pierde el rumbo, pienso que estaría mejor ardiendo que tostándome aquí bajo el sol.

Me preguntaron por mi vida anterior, pero yo no tenía gran cosa que contarles, excepto que siempre habíamos vivido con miedo. Creo que mi padre pensaba que nos perseguía la familia de mi madre, que lo querían muerto por habérsela arrebatado sin permiso. No sé por qué habían prohibido el enlace. Tanto mi padre como mi madre parecían ser personas bien habladas, cultas, y uno no era inferior al otro. Quizá se debió a la diferencia de sus religiones. Nunca hablaron de ello, pero nos mudábamos constantemente. Mi padre tenía conocimientos sobre caballos, y cuando yo era más joven pudo encontrar trabajo y empezó a enseñarme su oficio, cómo entrenarlos. Pero mi madre estuvo enferma desde que recuerdo, y a medida que crecí su estado fue empeorando, hasta que la mayor parte del dinero que ganaba mi padre se empleaba en la adquisición de sus medicinas. No mucho después de llegar a Las Conchas, se vio aquejada por una nueva enfermedad que la obligó a guardar cama. Ya no pudo plantearse emprender un viaje, y ni mi padre ni yo encontramos trabajo. El dinero que habíamos ahorrado no tardó en desaparecer, y sin familia a la que recurrir nos convertimos en mendigos. Una historia triste que preferí no compartir con ellos en su totalidad, porque cuando pensaba en mis padres, el dolor de su pérdida alimentaba el poso de veneno que servía de base a mi afán de venganza. Me limité a contar a mis compañeros que la desdicha me había dejado sin padres.

Hartos de vino, aturdidos, los hombres bromearon y rieron, y ahí sentado con ellos me sentí uno más. En ausencia de mis padres, me alegró estar en ese barco. Experimenté un sentimiento de lealtad hacia nuestro loco capitán, y decidí que, en adelante, procuraría cuidar de él.

La ocasión de hacerlo se presentaría antes de lo que yo esperaba. Fue el día en que dejé atrás mi juventud y maté a un hombre.

17

ZARITA

—Habéis ordenado el arresto de mi sirviente, Bartolomé.

Oí con claridad la voz de mi padre, a pesar de que la puerta de su estudio estaba cerrada. La respuesta del padre Besian apenas fue audible.

—Se mostró irrespetuoso y blasfemo.

—Bartolomé no es consciente de que sus acciones puedan interpretarse de ese modo.

Di un empujoncito a Serafina en dirección a la cocina.

—Tú atiende lo tuyo, que yo me acercaré a sumar mi voz a los ruegos de mi padre.

—Estoy autorizado para arrestar a cualquier persona a quien considere hereje o pueda estar conspirando contra la Santa Madre Iglesia.

Al entrar en el estudio vi al sacerdote y a mi padre de pie, encarados el uno al otro. Estaban tan concentrados en la disputa que ni siquiera repararon en mi presencia.

—El muchacho a quien habéis arrestado es medio tonto y no tiene idea de lo que es un hereje.

—Ayer mis hombres le preguntaron si había concebido pensamientos malvados contra sacerdotes de la Iglesia, y respondió que sí lo había hecho.

—Bartolomé admitiría cualquier cosa que le preguntaran —replicó mi padre, que nunca había sido un hombre paciente—. Forma parte de su naturaleza. No alberga pensamientos que puedan considerarse propios y siempre busca complacer al prójimo.

—Además, cuando le preguntamos si se planteó atacar al sacerdote durante la misa —continuó el clérigo—, dijo que a veces, cuando acudía al servicio religioso, concebía esa clase de pensamientos.

Mi padre rió con desprecio.

—Los sermones de ciertos sacerdotes podrían provocar esa clase de reacciones.

—Os lo advierto: tened cuidado con lo que decís.

—Ya os lo he dicho, ¡ese joven es medio tonto! Apenas es capaz de vestirse sin ayuda. No podría conspirar contra la Iglesia, igual que sería incapaz de contar hasta cien. Digo yo que seréis consciente de eso.

—El diablo busca un lugar incluso entre los más simples.

—¡No es más que un muchacho! —explotó mi padre, exasperado.

—Tiene casi veinte años, lo cual lo convierte en todo un hombre, pero tendré en cuenta todo lo que habéis dicho cuando lo sometamos a interrogatorio.

—¿Cuando lo sometáis a interrogatorio? —Mi padre se mostró abatido—. ¿No pretenderéis constituir un tribunal para interrogar al joven?

—Si no me satisfacen sus respuestas iniciales, sí.

—Pero ya sabéis cuáles serán sus respuestas iniciales, así que para qué continuar... —Mi padre calló al empezar a comprender lo que acababa de escuchar. Miró a los ojos al sacerdote, a quien preguntó—: ¿A qué juego os habéis propuesto jugar aquí, para serviros de ese muchacho como si de un peón se tratara?

El padre Besian titubeó.

—Tal vez el examen de este primer acusado de maldad empuje a los habitantes de este pueblo a señalarnos otros posibles casos —respondió por fin.

Sucedía algo en aquel cuarto que no alcancé a comprender. Era demasiado joven, insensata y cabezota para mostrarme prudente, esperar y escuchar.

—¡No hay otros! —exclamé, incapaz de contenerme—. Los habitantes de esta población son buenas personas. ¡Tenéis que liberar a Bartolomé de inmediato!

Ambos se volvieron para mirarme. Mi padre se puso lívido.

—¡Zarita! No tendrías que haber entrado.

—Al contrario —dijo el padre Besian—. Es precisamente aquí donde debería estar vuestra hija. Es lo bastante mayor ya para distinguir entre el bien y el mal, y tiene que aprender qué toleran y qué no toleran la Iglesia y el Estado. —Se volvió hacia mi padre—. Voy a daros una orden: nadie abandonará esta población sin primero acudir a mí para pedir permiso. Esa orden incluye a todos los miembros de vuestra familia y a quienes la sirven. Quienquiera que lo intente será arrestado y detenido por los agentes de la Inquisición.

18
ZARITA

A la mañana siguiente me despertó un grito.

Me sacudí el sueño en un instante, pensando que había sido la pesadilla en que viajaba por un mar tormentoso para reunirme con mi madre, sólo para ver cómo una ola tumbaba de costado el barco y se hundía.

Otro grito.

Esa vez se oyó procedente del pajar, al otro extremo del corral. Me incorporé en la cama. Abrí los ojos como platos al oír otro grito agudo, seguido de otro y otro, y después un largo ruido similar a un gemido. Sonaba como un animal agonizando antes de morir. Abandoné la cama de un salto, me cubrí con un chal largo y salí de mi cuarto al vestíbulo de la planta superior.

Abajo, en el recibidor, Lorena discutía con mi padre.

—¡Quiero ir a casa de mis padres!

—Besian ha dado órdenes en nombre de la Santa Inquisición —dijo él—. Nadie debe abandonar la población sin su expreso permiso.

—Nosotros no formamos parte de este lugar. —Lorena movía los brazos en el aire—. Puede decirse que esta casa se encuentra a las afueras. El terreno es parte de la campiña. No se nos puede incluir en las órdenes que gobiernan al municipio.

—El padre Besian señaló que los residentes de esta casa deben atenerse a la jurisdicción de la Inquisición.

—Dado que sois juez, ¡tendréis más poder, más derechos que la gente corriente!

Empecé a bajar la escalera.

—¡Tengo que salir de aquí! —gritó Lorena con voz cada vez más aguda.

—Lo siento —se disculpó mi padre, bajando el tono con intención de calmar los ánimos—. No podéis marcharos.

—Diré que estoy embarazada.

—Cómo ibais a estarlo —replicó mi padre con amargura.

Lorena frunció los labios, pero él no reparó en ello.

—Podríais decir que me he desmayado y que temíamos por el embarazo, razón por la cual fui a las colinas, a casa de mi padre, donde reina un ambiente más fresco.

—No —insistió él—. No serviría de nada.

Lorena le golpeó el pecho con los puños. Él retrocedió e intentó aferrarle las manos. Ella se apartó de él y echó a correr hacia la escalera, llamando a gritos a su doncella. Debido a la prisa que llevaba, estuvo a punto de chocar conmigo.

Mi padre la vio alejarse, momento en que reparó en mi presencia allí.

—¡Zarita! Quizá deberías acercarte al convento y pasar el día con tu tía Beatriz. Puede que sea más... seguro.

—No estoy muy convencida —respondí—. El padre Besian no ve con buenos ojos a la comunidad de hermanas de mi tía. —Volví la vista hacia la puerta principal—. He oído gritos, como si uno de los caballos estuviese agonizando. ¿Pasa algo malo?

Mi padre agachó la cabeza para evitar que nuestras miradas se encontraran.

—Debo regresar al establo para averiguar qué sucede. Quédate aquí hasta que vuelva.

Salió a paso vivo de la casa, dejándome ahí.

Me dirigí al comedor. Aún no habían servido el desayuno, así que me acerqué a la cocina. Era muy temprano, pero no tanto para que el servicio no anduviera ya de un lado a otro, preparándolo todo. Sin embargo, no encontré a nadie allí.

La puerta de la cocina estaba entreabierta. La abrí del todo y asomé la cabeza. Vi junto al huerto de las hortalizas a Serafina y Ardelia, vueltas hacia el pajar. Se abrazaban como si temieran algo.

—¿Qué sucede? —les pregunté—. ¿Ha enfermado uno de los caballos? —Como no respondieron, insistí—: ¿Dónde está Garci? ¿Está con mi padre?

Se dieron la vuelta hacia mí. Serafina tenía los ojos irritados y las mejillas coloradas. También Ardelia estaba llorando. Se oyó otro grito.

—¡Bartolomé! —Serafina cayó postrada de rodillas, los brazos extendidos hacia el cielo, implorante—. ¡Bendita seas, María, interceded por él!

La verdad me golpeó con tal fuerza que me doblé por la cintura, llevándome ambas manos al estómago, falta de aire.

Los sonidos que yo había atribuido a un animal dolorido correspondían en realidad al muchacho, Bartolomé.

Me erguí entonces, me cubrí bien con el chal y salí corriendo de la casa, pasé de largo el establo y corrí por la dehesa, en dirección al pajar. A mi espalda oí que Ardelia me gritaba que volviera.

Encontré la puerta totalmente abierta. Habían colgado una cuerda de la viga y dos soldados aferraban un extremo. El otro extremo ataba a Bartolomé de las muñecas, cogidas a la espalda. Lo habían levantado en el aire. En el exterior del pajar había un brasero con carbones ardientes. Un atizador, cuya punta ardía al rojo vivo, descansaba en un soporte metálico. El joven llevaba la camisa abierta, y en la piel del pecho se apreciaban quemaduras previas. El padre Besian, mi padre, Garci y los otros soldados formaban un grupo junto a la puerta.

Absorbí todo aquello en un instante, y de pronto me vi en el interior del pajar, gritando hasta donde me alcanzaba la voz:

—¡Soltadlo! ¡Bajadlo de ahí ahora mismo!

El padre Besian asintió. Los soldados que sostenían la cuerda la soltaron. Bartolomé se desplomó en el suelo del establo.

—¡Zarita!

Ignoré el grito de mi padre y corrí hacia el lugar donde el desdichado joven yacía tendido en el suelo. Quise librarle de las ataduras, pero fui incapaz siquiera de aflojarlas. Gimoteaba como un niño inconsolable. Le levanté la cabeza y la acuné en el regazo. Se me abrió el chal. Los presentes pudieron verme el camisón.

—¡Hija mía! —Mi padre no alcanzó a decir más. Se había quedado sin palabras.

Lo miré burlona.

—Puede que vos pudierais quedaros de brazos cruzados, sirviendo de testigo a esta injusticia. Pero yo no.

—Cúbrete, niña. —Hizo ademán de acercárseme, pero el padre Besian le puso una mano en el brazo.

—Voy a llevarme a mis hombres de aquí, y os dejaré a solas con vuestra hija y vuestros sirvientes.

Lo miré a la cara cuando pronunció estas palabras. Percibí un brillo de satisfacción en sus ojos.

Garci se hizo cargo de Bartolomé.

—Yo cuidaré de él —dijo.

Mi padre me ayudó a levantarme. Se quitó la túnica, me cubrió con ella y, sin perder un instante, me llevó de vuelta a casa.

Esperaba tener que enfrentarme a su ira: me había puesto en evidencia, comportado de un modo deshonroso. Pero parecía haber perdido las fuerzas. Se quedó en la puerta de la cocina, viendo cómo Garci limpiaba con agua las heridas de Bartolomé, con la ayuda de Ardelia y Serafina. Tan sólo dijo una cosa:

—Ya nada impedirá la apertura de las compuertas.

No pude sacar una sola palabra más a mi padre, así que fui a vestirme para ir a visitar a mi tía y ponerla al corriente de lo sucedido.

Se puso furiosa. Nunca la había visto perder el control de sus emociones.

—¿Acaso ese loco cree que sirve al propósito divino torturando a un joven medio tonto?

Recordé lo que había hablado mi padre con el sacerdote cuando entré en el despacho la noche anterior.

—Mi padre dijo que el padre Besian se sirve de Bartolomé como si de un peón se tratara.

—¡Ah! —Mi tía cesó las descalificaciones—. Ah, ahora entiendo las intenciones de ese astuto sacerdote. Hasta ahora las gentes del lugar se han mantenido firmes ante él. Se ha propuesto introducir a golpes la cuña del miedo entre sus prietas filas.

El interrogatorio bajo tortura de Bartolomé fue como una marea que se abatió sobre nuestras calles. La reacción fue inmediata y se inició en mi propia casa.

—He oído que hay un médico judío en el pueblo que atiende a los pobres —comentó Lorena, que hizo una pausa para mirar al padre Besian—. Podría tener información útil para vos. —Le tembló la mano cuando se llevó la copa de vino a los labios.

El corazón me latió con fuerza. ¿Se refería al médico que había ayudado a la mujer del mendigo? Mi padre abrió la boca con intención de hablar, pero al final no dijo una palabra.

El padre Besian miró con aprobación a Lorena.

—Gracias, querida mía —dijo—. Desafortunadamente, los judíos no conversos son tolerados aquí. Aunque... eso podría cambiar. Sea como fuere, soy consciente de la situación de ese supuesto médico. Alguien me lo había mencionado.

¡De modo que estaba informado de la existencia del médico judío! Los nervios me hicieron sentir ganas de vomitar. ¿Quién se lo había contado? ¿Pudo ser Garci, dispuesto a proteger a Bartolomé intercambiando información? Garci y su esposa, Serafina, no tenían hijos y se habían hecho cargo del muchacho a la muerte de la hermana de ella. Lo querían como al hijo que nunca habían tenido, y tal vez Garci no pudo guardar silencio por más tiempo ante la alternativa de ayudarlo o proteger el secreto del médico.

Pero, en lo que a mí respectaba, ¿qué consecuencias podía tener aquello? Pasé revista mentalmente a una serie de posibilidades. No quería que el padre Besian hostigara al médico que había ayudado a la mujer del mendigo. Sin duda averiguaría que yo había acudido a él en busca de ayuda. ¡Tal vez concibiera la sospecha de que era una hereje por tratar con judíos! ¿Cabía la posibilidad de que anduviese tras la pista de otro sospechoso?

—Hay un lugar cerca del muelle donde dicen que se reúnen las mujeres de baja estofa.

—Vaya, gracias, Zarita. —El sacerdote me sonrió, inclinando levemente la cabeza.

Yo correspondí a su sonrisa, inundada por una sensación de alivio.

Lorena me miró con desprecio. Mi padre, por su parte, se encogió de hombros e inclinó la cabeza sobre el plato.

Al día siguiente se produjeron varias denuncias.

Los hubo que introdujeron trozos de papel, algunos únicamente con un nombre escrito en la superficie, por la puerta que daba a la propiedad, eso cuando no los encontramos clavados al poste. Otros los ataron a rocas y los arrojaron por el muro. Todos los mensajes fueron entregados al padre Besian, quien los inspeccionó. Parecía un gato agazapado a la salida de la ratonera.

—Por fin se abre paso la verdad a través del fango —dijo con un tono que se me antojó un ronroneo.

Al poco tiempo empezaron los arrestos.

Aprovecharon el pajar para llevar a cabo los interrogatorios, y reservaron el calabozo del pueblo para los casos más serios. Ya no se me permitió ni acercarme a la dehesa. Echaba de menos hablar con los potrillos, almohazar y acariciar su pelaje y trenzarles la crin. Garci los llevó a pacer a un prado. Oí decir a mi padre que los caballos estaban inquietos por los gritos procedentes del pajar.

Sin embargo, no volvimos a oír gritos tan agudos como los de Bartolomé aquella mañana. La puerta del pajar se mantuvo cerrada, y el padre Besian aprovechaba el tiempo que pasaba la servidumbre en misa para llevar a cabo los interrogatorios más rigurosos de los sospechosos. Mi tía estaba en lo cierto. Que nos despertaran de ese modo los gritos de Bartolomé había sido una treta deliberada para infundir el terror en nuestros corazones y volvernos más maleables. El padre Besian comprendió que el relato de lo sucedido circularía por la población como una plaga: lo único que tuvo que hacer fue sentarse cómodamente y esperar a que la treta rindiera su fruto.

Los juicios finalizaron. En torno a media docena de personas fueron halladas culpables de diversas transgresiones. Por lo visto, un anciano que se había convertido al catolicismo hacía un tiempo había recuperado los ritos de su credo judío. Habría una serie de castigos públicos. Los culpables de delitos menores confesarían en la iglesia el domingo y se les asignaría una penitencia, ya fueran rezos u obras de caridad. Los pecadores más serios, como Bartolomé, serían azotados en público. Todo aquel hallado culpable de herejía ardería en la hoguera.

Fue una noche, pasadas las nueve, cuando nos enteramos de estas noticias. El padre Besian se encontraba en la cárcel del pueblo. A pesar de lo tarde que era, mi padre fue a hablar con él.

Esperé hasta que regresó. Cuando volvió a casa, le serví un poco de vino, no el fuerte y empalagoso que bebíamos desde que Lorena supervisaba al servicio, sino el de una botella del tinto sencillo que tomábamos cuando vivía mi madre.

Él tomó el vaso de mis manos y dio un sorbo. Luego lo dejó en el aparador.

—¿No habéis podido obtener el perdón de ese hombre? —pregunté.

—El perdón total, no. —Se sentó pesadamente en una silla.

Me acerqué para arrodillarme a su lado. Estaba tan encorvado que teníamos la cabeza a la misma altura. Abría los ojos, pero no me miraba. Contemplaba un punto lejano, un lugar oscuro adonde yo no podía acceder.

—¿Serviría de algo el dinero? —pregunté—. Podéis disponer de todo lo que tengo. El collar que me legó mi madre. Cualquier cosa.

Sonrió y me acarició como si fuera la primera vez que me veía de verdad en casi un año.

—Mi dulce Zarita —dijo—. Qué buena eres, como tu madre. Tanto como impulsiva, demasiado para tu propio bien.

—¿No perdonarán a ese anciano? —le pregunté.

Esperó un momento antes de responder.

—En cierto modo, he logrado que tengan... piedad con él.

—¿No van a quemarlo en la hoguera?

—Lo quemarán —respondió mi padre, bajando el tono de voz—. Pero no estará vivo cuando lo hagan.

19

SAULO

Nos encontrábamos a tres días de Barbate cuando el desastre se abatió sobre nosotros.

Seguíamos un rumbo sur por la costa atlántica andaluza, con la intención de virar al este para volver al Mediterráneo, cuando una fuerte tormenta procedente de alta mar nos apartó de nuestro rumbo. Habíamos dejado atrás el invierno, pero durante las pasadas semanas presenciamos cómo enormes bandadas de aves migratorias sobrevolaban el estrecho procedentes de África, un fenómeno que anunciaba la inminente llegada de la primavera a las tierras del continente europeo. El invierno había sido tan moderado, que aquel tiempo tan severo nos cogió desprevenidos en pleno abril. El granizo sacudió la embarcación, y el fuerte oleaje nos llevó a poniente, amenazando con sepultarnos.

El capitán me gritó al oído.

—¡Imagina con qué furia debe de golpear este temporal en pleno océano! ¿Acaso alguien que no fuera un lunático acompañaría a ese Colón a afrontar semejantes tormentas?

—¡Sí! —grité a modo de respuesta mientras el agua me azotaba el rostro, y mi mente y mi corazón entonaban un canto de regocijo ante el poder de los elementos de la naturaleza—. ¡Yo, sin ir más lejos!

Aferramos la vela y aseguramos la estiba de nuestro precioso cargamento, y después me agarré con fuerza hasta que hubo pasado lo peor, lo que sucedió al cabo de un tiempo. La luz del sol atravesó el gris del firmamento, y el fuerte oleaje terminó por serenarse. Panipat y los remeros siguieron achicando agua, mientras el guardián comprobaba el cargamento y el carpintero-cocinero y el velero examinaban el palo, que había sufrido un fuerte castigo y necesitaba reparaciones.

Ocupados en despejar la cubierta mientras las nubes densas y amenazadoras se deslizaban a estribor, nadie reparó en la vela blanca que había asomado por el horizonte.

No habíamos apostado vigía. Todo el mundo estaba ocupado en algo, incluido el capitán. Se había quitado la túnica azul para arrodillarse a proa y comprobar la estanquidad de la caja de mechas. Los hombres escurrían sus posesiones. A mi lado, en la sentina, Lomas comprobaba que el contenido de su bolsa estuviese seguro. De pronto levanté la cabeza y vi el barco que cerraba por el costado, apenas a cien pasos de distancia.

Se me estranguló la voz en la garganta. Tan sólo pude asir del brazo a Lomas y gruñir una advertencia.

Siguió la dirección de mi mirada y gritó a pleno pulmón:

—¡A vuestros puestos! ¡A vuestros puestos!

Los hombres corrieron a sus puestos, y yo salté a la pasarela. Se produjo un estruendo. El otro barco había efectuado un disparo de cañón que pasó por encima de nuestra cubierta. Lomas me tiró del tobillo y caí de bruces.

—Agáchate —gritó—. ¡A menos que quieras perder la cabeza!

Era un corsario de tres palos, que artillaba un cañón por costado; ondeaba de la driza la luna creciente.

Uno de los esclavos musulmanes lanzó un grito de alegría, antes de hablar a sus compañeros. Todos levantaron la mano, señalando la bandera, sonrientes, haciendo gestos con los brazos.

Vi que la pieza de proa escupía una llamarada. La bala levantó una columna de agua por nuestro costado.

—¡Tiene la cubierta demasiado alta! —gritó un hombre delante de Lomas—. A esta distancia no puede alcanzarnos con el cañón.

—Yo no estaría tan seguro de ello —respondió otro cuando la siguiente bala nos pasó rozando, sacudió el palo, que se tambaleó, y arrastró consigo el toldo que había sobre la mesa del capitán.

—¡Basta de hablar! —ordenó Panipat, furioso—. ¡Aprovechad la energía para remar!

Pero no había ninguna isla a la vista, y los turcos habían visto a los esclavos musulmanes, gritándoles que los rescataran. Recortaron la distancia que nos separaba, dispuestos a matar a todo aquel que no fuera de los suyos.

—Por el amor de Dios, soltadnos o nos ahogaremos si hunden la galera —rogó a Panipat uno de los esclavos.

—¿Para qué? ¿Para que saltéis por la borda? —preguntó a su vez el cómitre—. Nada de eso, perros. ¡Vamos, gusanos! ¡Con alma! —Y descargó un latigazo.

Gruñeron los remos a medida que bogaron los hombres. Los músculos de la espalda se tensaron como cuerdas. El capitán dio pisotones en cubierta, llevado por la frustración. Nos habíamos alejado de nuestro rumbo, y sin saber cuál era nuestra ubicación no podía dar a Panipat un rumbo adecuado. Los turcos nos tenían al alcance de la mano, y no había ningún sitio al que pudiéramos ir.

—¡Oh, señor, líbranos de caer en sus manos! —rezó el guardián mientras repartía lanzas a los miembros de la tripulación.

Uno de nuestros remeros libres se dirigió a mí:

—Si sabes lo que te conviene, muchacho, aprovecha para huir. Cuando nos aborden, aprovecha la confusión para saltar por la borda y alejarte a nado. Aférrate a cualquier cosa que flote, y procura huir. Es preferible morir ahogado a dejarse apresar por los infieles. Esos paganos abusarán de ti sólo para divertirse, antes de abrirte el vientre y echarte a los peces.

Rocé el dobladillo de la cintura donde llevaba escondido el cuchillo.

El corsario ya estaba tan cerca que podíamos ver a los hombres alineados en cubierta con los garfios de abordaje, dispuestos a arrojarlos para atraernos hacia su barco. Daban gritos a los esclavos árabes, quienes respondían en su propia lengua.

—¡Decidles lo buen patrón que he sido! —rogó nuestro capitán Cosimo a los árabes que llevaba encadenados a bordo—. Siempre os di de comer y os traté con justicia.

Los esclavos se rieron en su cara y soltaron los remos, desafiantes, desobedeciendo las órdenes de Panipat.

—¡Hablemos! —El capitán Cosimo pasó entonces a dirigirse al barco enemigo en una docena de lenguas distintas, en todas las que era capaz de decir—: ¿Cuáles son las condiciones de la rendición?

La respuesta fue una lluvia de flechas, por tanto no habría discusión. Se habían propuesto arrebatarnos todo lo que teníamos.

Un garfio de abordaje alcanzó con un golpe seco nuestro costado, pero no logró aferrarse y cayó al mar. El siguiente recorrió la crujía hasta clavarse a proa. La galera sufrió una sacudida, y el enemigo lanzó un estruendoso grito de alegría. No hizo falta que nadie me dijera lo que debía hacer. Corrí hacia proa, solté el garfio y lo arrojé al agua. Las flechas me llovieron alrededor, una de ellas me rozó el brazo. Me situé de un salto entre los remeros para ponerme a salvo. Estos me vitorearon mientras yo me agachaba a sus pies.

Entonces un viento contrario apartó de nosotros la embarcación enemiga. Nuestros hombres renovaron los vítores y bogaron con fuerza. La distancia entre ambas embarcaciones aumentó, pero sin duda los turcos se contaban entre los mejores marinos que habíamos conocido. Alteraron el rumbo para abordarnos de nuevo.

—¡Vira! ¡Vira! —ordenó a Panipat el capitán Cosimo—. ¡No podemos permitir que nos aborde por el costado!

Los hombres bogaron con ganas. El barco viró como un corcho en el río.

—Puede que no podamos superarlos con los cañones —gritó el capitán Cosimo—, ¡pero nuestra embarcación es más marinera que la suya!

Dio la impresión de que no exageraba. Los perdíamos. Carecían de remeros que pudieran permitirles cambiar de rumbo, pues únicamente dependían del viento, y la suerte estaba de nuestro lado. Pero ¿por cuánto tiempo más?

Los remeros libres obedecieron a ciegas las órdenes de boga, y al poco tiempo se abrió una brecha entre ambas embarcaciones.

El capitán había calculado un rumbo aproximado que comunicó a Panipat. ¿Era posible que pudiéramos huir?

Los remeros libres y los esclavos del costado de babor empezaron a remar a buen ritmo. La embarcación avanzó, ayudada por el oleaje.

Pero los remeros árabes aflojaban, no había duda al respecto. Hacía ocho meses no habría percibido el movimiento del barco en el agua, pero había adquirido la experiencia necesaria para sentir en los huesos cómo se arrastraba.

Panipat se puso como un loco. Corrió hacia la proa y empezó a golpear sin piedad a los esclavos árabes. Éstos se inclinaron sobre los remos y encajaron los golpes, todo ello sin alterar el poco empeño que ponían en remar. Finalmente, sacó del cinto el cuchillo de hoja larga, y lo puso tras la oreja del esclavo que tenía más cerca.

—Rema, hijo de Satanás —le amenazó—, o te rajo el cráneo y me siento en tu lugar.

Los árabes empezaron a remar con más fuerza.

Nuestra nave era ligera y rápida, y contaba con hábiles remeros y una sólida tripulación. Como habíamos puesto cierta distancia entre nosotros y el barco de mayor porte, el capitán contaba con que lograríamos huir. Pero el corsario había efectuado una virada, y los turcos braceaban las vergas para orientar las velas.

Aún podíamos huir. ¿Por qué el capitán no ordenaba un cambio de rumbo?

Panipat contempló el oleaje, antes de devolver la mirada al capitán Cosimo.

—¡Cambiad nuestro rumbo! —gritó.

La distancia que nos separaba se estrechó rápidamente.

Entonces caí en la cuenta de que, a esa distancia, el capitán Cosimo era incapaz de ver el barco enemigo que aproaba hacia nosotros.

Me desplacé por la pasarela hasta la plataforma de mando, donde cogí al capitán del brazo.

—¡Viene hacia nosotros! —exclamé—. ¡Ha logrado virar!

El capitán Cosimo pestañeó, incrédulo. Se produjo una pausa interminable. Entonces, al cabo de medio minuto, comprendió lo que le había dicho.

Treinta segundos más tarde de la cuenta.

Una sombra se alargó sobre nuestras cabezas cuando la proa del corsario se abatió sobre nosotros. Con un fuerte crujido de la madera, que saltó astillada en todas direcciones, nos abordó en plena mitad del costado.

20

SAULO

La fuerza del golpe proyectó a los hombres en todas direcciones, Panipat entre ellos, pues a pesar de lo grande que era, el abordaje lo zarandeó como al juguete de un niño. Cayó de nuevo en cubierta, aturdido. Una docena de remeros libres se vieron atrapados bajo el casco del barco enemigo, desparecidos bajo el tablonaje quebrado, entre el zumbido de astillas, los crujidos y unos gritos horribles. En el extremo de popa, quienes sobrevivieron al impacto se pusieron a achicar el agua que ya les cubría los pies.

No nos había partido en dos. Más bien la proa del barco turco nos había atravesado como un espetón, como un pez atravesado por una lanza. Y, ya fuera por suerte o por acto deliberado, los turcos nos habían alcanzado por la mitad de popa, razón por la cual fueron los remeros libres quienes se llevaron la peor parte, mientras que los árabes y los demás esclavos quedaron ilesos a proa.

Panipat se puso en pie y empezó a reunir a la tripulación. El guardián ya se había situado al cañón, con el capitán Cosimo a su lado, haciendo chispa para prender la mecha de la caja de cartuchos. La riña sería a muerte.

Disparó nuestro cañón. David contra Goliat. Un estampido, seguido por un silbido. El olor acre de la pólvora. Pero con ese ángulo la bala de cañón alcanzó la mesana del corsario y produjo un enorme rasgón en la lona.

—¡Toma ésa! —Enardecido, el loco de nuestro capitán sacudió en alto el puño—. Conque me has abordado, ¿eh? ¡Pues ahora pagarás por ello!

El guardián también dirigió una retahíla de insultos al barco enemigo. El resto de nuestros tripulantes y los remeros se sumaron a ellos, creando tal estruendo que pudo decirse que rivalizó con los gritos y órdenes procedentes de nuestros atacantes. El guardián tomó otra bala rasa, dispuesto a cargar de nuevo la pieza, pero un proyectil del corsario lo alcanzó y cayó muerto sobre nuestro cañón.

Uno de los remeros árabes empezó a dar alaridos. Llevado por la furia, Panipat empuñó el cuchillo y le asestó una puñalada en el cuello. La sangre salpicó a quienes se encontraban a su lado. Una lluvia de flechas cayó en torno al cómitre y una se hundió en su pierna. Él partió el asta, que arrojó a un lado con desprecio, de pie aún, bien erguido entre el caos y el tumulto reinantes.

A mí el golpe me arrojó al costado opuesto. Me incorporé y avancé en dirección a la proa, dispuesto a ayudar al capitán. Juntos apartamos del cañón el cadáver del guardián.

—Esta vez apuntaremos a los marineros —dije ajustando el ángulo de la pieza.

—Sí —se mostró de acuerdo el capitán—. A ver si logramos que unos cuantos salten por los aires.

Disparamos de nuevo. El cañón expulsó una llamarada, anunciada por un fuerte estampido. La bala abrió una brecha entre la prieta línea de marineros subidos a la regala de la nave turca.

—¡Ya son nuestros! —grité—. ¡Ya son nuestros!

El capitán rió complacido.

—A ver si entienden nuestros argumentos. ¡Repitamos el mismo disparo de la última vez!

Pero nuestro éxito no hizo sino servir de reclamo a más gente armada. Los vi agruparse en la regala, y eché mano de otra bala de cañón. Justo cuando se disponían a asaetearnos, cargué de nuevo la pieza.

—El metal te quemará —me advirtió el capitán—. Ten cuidado, muchacho...

Me quemé un poco la piel de las manos con el metal al rojo. Grité de dolor y reculé de un salto.

En ese momento, los turcos efectuaron otro disparo de la pieza que montaban a proa, cuya munición constaba de metralla. Contemplé horrorizado cómo, justo enfrente de mí, el capitán Cosimo caía en cubierta. Tenía agujereada la pechera de la camisa y la sangre manaba generosa de sus heridas.

De pronto el estruendo de la batalla me pareció surgido de un lugar muy lejano. Me postré junto al cuerpo de nuestro capitán, consciente apenas de las balas de cañón que me silbaban por encima de la cabeza.

Me rasgué la camisa para intentar comprimir la sangre que manaba de sus heridas. La cubierta estaba resbaladiza, teñida de rojo. Cosimo agonizaba. Yo lo sabía, y él también.

—La túnica —murmuró con la dentadura ensangrentada—. Alcánzame la túnica.

Extendí el brazo para satisfacer su petición y tenderle la túnica azul. La levanté con torpeza y lo cubrí con ella. Exhaló un suspiro mientras la acariciaba. En menos de un minuto, su rostro abandonó el tono bronceado en favor de una intensa palidez. Y murió allí, ante mis ojos, con lo que se me antojó una expresión de satisfacción en el rostro.

Basculé el peso del cuerpo sobre los talones. El capitán había muerto. Nuestro valiente e insensato, orgulloso y loco capitán Cosimo ya no erraría más el rumbo. Me sentí desolado. Aparte de la deuda que tenía con él por haberme enseñado durante los meses que llevaba a bordo, comprendí que había perdido tanto un amigo como un mentor. Tenía el rostro bañado en lágrimas.

Un grito me devolvió al presente. Lomas me hacía gestos.

—¡Ponte a cubierto, muchacho! ¡Escóndete!

No había tiempo para llorar al capitán Cosimo. El enemigo cargaba de nuevo los cañones, mientras las flechas, las lanzas y las piedras nos llovían en cubierta. A pesar de recurrir a lo que encontraban al alcance de su mano, buena parte de los nuestros cayó víctima del ataque. El velero se precipitó al mar por el costado, con el vientre atravesado por una lanza. La estrategia de los turcos era muy sencilla: nos matarían a todos desde la seguridad que les ofrecía su cubierta, y luego nos abordarían para liberar a los esclavos. Me hice un ovillo y me parapeté con la pieza de artillería en la medida en que fui capaz.

Entonces, un ruido distinto resonó en toda la galera. Dadas las circunstancias, fue el sonido más extraño que había oído nunca. Nuestros supervivientes habían prorrumpido en vítores y silbaban como locos.

Me asomé por la borda y vi un barco que se nos acercaba con buena andadura. Era un transporte de tropas que enarbolaba una bandera con los escudos de Castilla y Aragón. Lo seguía una embarcación similar.

También yo grité de alegría, pero tuve la sensatez necesaria para hacerlo sin abandonar mi escondite.

El primero de los barcos de los Reyes Católicos alcanzó nuestra posición y efectuó una salva sobre la popa de la nave turca. Los marineros enemigos corrieron hacia el extremo opuesto de su nave, dispuestos a defenderla. El segundo barco se situó por nuestro costado de estribor, dispuesto a abarloarse. Nos arrojaron una red por el costado, para que nuestros supervivientes trepasen por ella. El casco aún aguantaba, y aunque los pocos que quedábamos a bordo chapoteábamos en el agua, logramos salir.

El barco turco intentó apartarse de nosotros, decidido a emprender la huida.

—¡Que se queden hasta que los nuestros puedan transbordar! —gritó Panipat a los marineros que habían acudido en nuestro auxilio—. Es lo único que impide que nos hundamos. ¡Si se aleja nos iremos al fondo en un abrir y cerrar de ojos! —Y volviéndose hacia el resto de nuestros hombres, ordenó—: ¡Abandonad el barco! ¡Abandonad el barco!

Me encontraba en lo alto de la red cuando oí las voces de los esclavos.

—¡Ayudadnos! —rogaban—. ¡No nos abandonéis a nuestra suerte!

—¡Socorro, nos ahogamos!

A mis pies, mientras el barco turco intentaba alejarse de nosotros, la proa de la galera se posó en el mar, que se disponía a anegarla. Me volví hacia nuestros salvadores.

Los marineros estaban demasiado pendientes del combate con los turcos para ver o comprender lo que sucedía al pie de su cubierta. Nadie acudiría en ayuda de los hombres encadenados.

—¡Piedad! ¡Tened piedad! —Sus súplicas eran tan desesperadas como lastimeras.

Los hombros de uno de los esclavos árabes, un hombre fornido, ya se encontraban bajo el agua.

Titubeé. La proa volvió a sumergirse. Se le sumergieron cuello y rostro. Cuando tragó agua, se le ahogó la voz.

El resto de los hombres gritaron más alto. Los gritos moribundos de los ahogados fue más de lo que pude soportar. Cuando bajé por la red, me crucé con Panipat.

—Dame la llave —dije.

Él sacudió la cabeza.

—Que se ahoguen como las ratas de un barco que se hunde. Es culpa suya que estemos así. Habríamos logrado huir si no se hubiesen relajado a los remos y negado a obedecer mis órdenes.

En parte era cierto. Si los remeros árabes no hubiesen obrado en contra nuestra, podríamos haber ganado la distancia necesaria para huir, pero en realidad fue la mala suerte y la incipiente ceguera del capitán Cosimo lo que nos condujo al desastre.

—No merecen morir ahogados —empecé a decir—. Si el capitán...

Panipat echó el puño hacia atrás y me dio un puñetazo en la boca.

—Morirán donde están sentados —declaró—. Hasta el último de ellos.

Los hombres encadenados lanzaron alaridos. Los dos esclavos árabes tiraban frenéticamente de las cadenas mientras se sumergían en el agua. Uno de ellos había levantado la pierna e intentaba cortarse el pie a mordiscos. De los cuatro esclavos sentados en el costado de babor, tres levantaban el cuello para seguir respirando por encima del agua, y aunque el último, un hombre alto llamado Sebastien, intentaba mantenerlos a flote, el peso de los grilletes y las cadenas los arrastraban al fondo. El barco sufrió una nueva sacudida, y uno de los esclavos se hundió. Era Jean-Luc. Vi las burbujas y la mirada aterrada de los tres supervivientes.

Me volví hacia Panipat.

—¡Dame la llave!

—Nunca te la daré —aseguró—. ¡Jamás!

Dicho lo cual, arrancó la llave de la cuerda de la que colgaba en torno a su muñeca y, seguidamente, se la introdujo en la boca.

21

ZARITA

Bartolomé fue llevado en procesión junto al resto de los prisioneros.

Todos contuvimos el aliento cuando aparecieron. El que iban a quemar en la hoguera llevaba un largo gorro cónico y un tabardo que mostraba imágenes de demonios y llamas en vivos tonos rojizos, anaranjados y escarlata.

Habíamos oído mencionar sucesos como ése registrados en otras partes de la península. Las Conchas era una población portuaria, razón por la cual circulaban muchos mercaderes, arrieros, marineros, buhoneros y demás. Los relatos que hacían en las tabernas del puerto se extendían por el mercado y se convertían en la moneda de cambio local. Pero si bien repetíamos esos relatos y nos preguntábamos hasta qué punto serían ciertos, yo siempre di por sentado que no eran más que exageraciones.

La realidad era mucho peor, más abominable que la recopilación de todas aquellas historias dramáticas.

Las transgresiones menores debían ser las primeras en ser castigadas. Sufrirían latigazos, a excepción del más joven, un niño de unos once o doce años, a quien decidieron golpear con una vara. Había confesado ser el responsable del robo de fruta a un hacendado, cuyo muro había escalado para acceder al huerto.

Una mujer se lamentó entre la multitud.

—Es muy joven para que lo castiguéis de ese modo.

—El pecado debe ser castigado, mejor en este mundo que en el otro —replicó una anciana con cara avinagrada—. Tomó lo que no era suyo. Eso lo convierte en un ladrón. Va en contra de la ley de los hombres y de Dios.

—¿No es eso algo que suelen hacer los chicos de su edad? —preguntó un hombre.

—Silencio, silencio. —Una joven intentó hacerlo callar—. No habléis así.

Garci se volvió para mirarla.

—Que la leche de vuestra madre se os espese en los pechos —dijo—. Mira que negar lo que es un comportamiento normal en un niño.

Ella reculó bajo su fiera mirada y yo miré con desaprobación a mi sirviente. No debió mostrarse tan duro con ella. Dos niños pequeños se cogían al vestido de la joven. Ella no negaba la verdad de las palabras de Garci, tan sólo temía llamar la atención sobre esa parte del gentío donde intentaba proteger a sus hijos pegados a sus faldas.

Apareció mi padre, avejentado, más agobiado de lo que lo había visto desde el día que falleció mi madre. Empecé a comprender la gravedad de su situación. En calidad de juez local, era responsable de ejecutar toda sentencia impuesta por el tribunal de la Inquisición a los desdichados acusados. Los agentes del Santo Oficio no tenían jurisdicción sobre nuestros cuerpos. Los culpables debían ser puestos en manos de los alguaciles y responsables, quienes ejecutarían la sentencia. Fue responsabilidad de mi padre despejar la plaza mayor para reunir a los habitantes, tal como había ordenado el padre Besian, y preparar la zona para recibir el equipamiento apropiado para llevar a cabo hechos tan grotescos.

El muchacho recibiría los golpes de vara. Los demás pecadores, incluido Bartolomé, serían sometidos a azotes.

El hereje ardería en la hoguera.

Mi padre y los agentes del tribunal tomaron asiento sobre una tarima. A sus familiares y servidumbre nos colocaron en un lugar de importancia y nos situamos de pie a un lado, delante de la multitud. Cuando llegamos, Lorena saludó con un gesto a Ramón Salazar, que se acercó para unirse a nosotras.

Acompañaron al niño al frente, y, después de quitarle la camisa, lo ataron al poste.

Al menos fue breve.

Lo golpearon seis veces rápidamente en la espalda, un golpe por cada pieza de fruta que había robado. Los gritos de dolor del chaval pusieron los pelos de punta a todos los niños presentes entre la multitud, que ya habían percibido la tensión en los adultos.

Garci, que era un hombre devoto, me dijo al oído:

—No es la obra de Dios la que se ejecuta hoy aquí.

Llegó el turno de Bartolomé de ser conducido al lugar donde se ejecutaría el castigo. Fueron necesarios dos hombres para arrastrarlo allí, porque aunque era mentalmente débil, físicamente era muy fuerte. Su habitual sonrisa beatífica se había visto sustituida por una expresión de temor y confusión. Abría desmesuradamente los ojos y miraba a su alrededor como una fiera acorralada, gruñendo y gritando, asustado.

Yo estaba tan espantada que fui incapaz de apartar la vista. El padre Besian había dejado claro que los habitantes del pueblo debíamos presenciar los castigos. Quien no acudiera, a menos que estuviese gravemente enfermo, cualquiera que apartara la vista cuando se administrase el castigo, sería sospechoso de simpatizar con los culpables. Ardelia y Serafina no se separaban, mientras que Garci intentaba abarcarnos a las tres con sus brazos.

En el último momento, justo antes de alcanzar el poste, Bartolomé reparó en nuestra presencia entre el gentío. Volvió el rostro al reconocernos. Forcejeó con intención de liberarse y gritó desesperado el nombre de Serafina.

—¡Tía Serafina! ¡Ayudadme! ¡Ayudadme, por favor!

Lo cogieron con fuerza para arrastrarlo hasta el lugar del castigo. Allí lo azotaron con un látigo, cuya punta remataba en una pieza de metal, hasta que, despellejado, acabó con la espalda cubierta de sangre.

Cerré los ojos cuando sacaron a dos mujeres, halladas culpables de prostitución. ¿Había sido por causa de mi denuncia, por haber repetido al padre Besian los rumores que había escuchado de los actos inmorales que tenían lugar en ciertas casas situadas en las inmediaciones del muelle? Les habían cortado el pelo, y les bajaron el vestido hasta la cintura antes de atarlas al poste. Sus gritos reverberaron en mi cabeza.

Por último, leyeron en voz alta los pecados del hereje. Sus vecinos habían verificado que era un converso, un antiguo judío que, años atrás, se había convertido al catolicismo. Después de observarlo con atención, había quedado demostrado que en secreto practicaba la fe judía, cosa que admitió durante el interrogatorio. Arrastró los pies al andar hacia la estaca. Al principio pensé que era debido a que llevaba los tobillos cubiertos de grilletes, pero entonces vi que era porque lo habían torturado. Sus extremidades ya no obedecían a su voluntad. Lo ataron a la estaca y luego prendieron fuego a la leña que había a su alrededor.

—¿Es cierto que a veces humedecen la madera para que se quemen más lentamente? —preguntó mediante susurros Lorena a Ramón.

Lo dijo fingiendo un tono tan lastimoso que me dio náuseas.

—He oído que acorta el sufrimiento, porque las víctimas se asfixian por el humo antes de quemarse —le aclaró él, después de inclinar la cabeza hacia su oído para responder, lo que ella aprovechó para acercársele más.

—Ah, es terrible verlo. —Se humedeció los labios con la lengua. Estaba horrorizada, pero al mismo tiempo el espectáculo la excitaba de un modo perturbador. Arrimó más el cuerpo a Ramón y pareció medio desmayarse. Él la sostuvo con el brazo.

Frotaron pedernal para encender un trozo de leña alargado, cuyo extremo estaba empapado de brea. Aplicaron esta antorcha a la pila de madera. Se oyó un crepitar cuando el fuego prendió, y luego, lentamente, las llamas se extendieron por el resto de la madera. Los presentes exhalaron un suspiro al unísono, se apartaron y luego recuperaron la posición. Las llamas se alzaron aún más, fuego rojo que devoró los extremos de la ropa que vestía el anciano. Éste empezó a gritar, primero al padre Besian, a quien pidió que tuviera piedad, y luego se dirigió a Dios. Su voz se transformó en una serie de gritos confusos.

Tuve la visión de que me encontraba en mitad de aquel fuego. Sentía el calor en las suelas de los pies.

Las llamas me rodean... Retuerzo el cuerpo para evitarlas y un gemido escapa de mis labios. El calor abrasador resplandece entre la leña. A mi alrededor hay puntos de fuego que arden con mayor fuerza, como ojos que me perforan y me rasgan el cuerpo. Entonces una llama, una llama auténtica, da un brinco. Prende el borde de la falda del vestido. Es un vestido gris de tela áspera que llevo puesto. La llama asciende por mi falda con la intención animal de devorarme. Me alcanza el pecho.

Estoy atónita. Me alcanza la cabeza. Tengo en las fosas nasales el olor a chamusquina del pelo quemado, el olor acre de la ropa quemada, y también el olor nauseabundo de la carne devorada por el fuego.

No puedo moverme. Se alza el humo, que me estorba la visión.

No puedo ver. Ni respirar. Intento llevarme una mano a la garganta.

Soy incapaz de moverme. Tengo los brazos atados a los costados. Mi respiración surge en cortas bocanadas. Lanzo un modesto grito lastimero...

El padre Besian volvió lentamente la cabeza, como si detestase apartar la vista del espectáculo de un hombre quemado vivo. Sus ojos recalaron en mí, perforaron mi mente hasta la parte posterior del cráneo.

Me tambaleé, y me habría desmayado si Garci no lo hubiera impedido. El padre Besian me dedicó una mirada fugaz antes de desviar la atención. Pero detuvo de pronto el movimiento del cuello, y de nuevo sus ojos se clavaron en mi rostro.

Mi padre también movió la cabeza para ver qué sucedía. Arrugó el entrecejo y me observó con una intensidad que no reconocí en él.

De nuevo los ojos del padre Besian se detuvieron fugazmente en mí. Hizo un gesto con la mano derecha. Era para mostrar piedad. El verdugo se situó detrás de la estaca para agarrotar al condenado. Los gritos del hereje cesaron.

Pero el humo asfixiante se alzó hasta envolverme.

22

SAULO

Los esclavos que se ahogaban alzaron un quejido cuando Panipat cerró la boca para tragarse la llave.

Llevé la mano a la cintura del calzón, y empuñé el cuchillo, con el que le ataqué. Empeñando todo el peso del cuerpo en el golpe, herí al cómitre en el ojo. Lanzó un grito e intentó cubrirse con las manos. Con la otra mano le mantuve la boca abierta. Él quiso cerrarla, pero con el dorso de la mano me las ingenié para taparle la nariz, hasta que terminó por abrirla para respirar, maldiciéndome a gritos.

Me había hecho con la llave. ¡Había recuperado la llave!

Di un salto hasta caer en la cubierta de la galera. Me volví hacia la proa. Los esclavos tiraron de una de las cadenas. La embarcación sufrió una fuerte sacudida.

Retrocedí. Era consciente de que si me acercaba a ellos me despedazarían.

—¡Tengo la llave de los grilletes! —grité para imponer mi voz al tumulto—. Pero sólo liberaré a quien se esté quieto en el banco. —Levanté la llave para que pudieran verla—. ¡Si alguien se abalanza sobre mí o intenta hacerse con la llave, la arrojaré por la borda!

Dejaron de tirar de las cadenas.

—¡Sentaos! ¡Estaos bien quietos!

Pero en esto no llegaron a obedecer. Inclinaron las rodillas un poco para mostrar que prestaban atención. Mascullaron y rebulleron inquietos, observándome.

Me acerqué con cautela. Estaba tan concentrado en ellos que olvidé que a mi espalda, en la red, había quedado Panipat. Por tanto, no vi cómo echaba mano del largo arpón que utilizaba para pescar peces. Fue uno de los esclavos, Sebastien, quien me advirtió de su presencia con un grito, al tiempo que señalaba detrás de mí.

Me di la vuelta. Panipat se alzaba sobre mí. Echó el brazo hacia atrás y me arrojó el arpón como si se tratara de una jabalina. Aparté la cabeza a un lado, y la afilada punta del arma me hirió la mejilla antes de hundirse en la madera del palo. Acto seguido, incliné el cuerpo y me arrojé sobre el cómitre con la cabeza por delante para darle un golpe en el vientre.

Rió con desprecio ante mi debilidad, me aferró del pelo y me zarandeó por la cabeza. Dejé la garganta al descubierto. Rió de nuevo mientras echaba mano del cuchillo de larga hoja que llevaba hundido en el cinto.

Pero yo no había sido tan insensato como para abalanzarme sobre Panipat, pensando en superarlo únicamente por la fuerza bruta. Ya había logrado adelantarme a él y le había arrebatado el arma, con la cual lo hostigué hasta lograr herirle el brazo.

Lanzó un gruñido y quiso apartarme para ganar espacio y darme un golpe más meditado. Me puse en guardia, armado con el cuchillo. Sobre nuestras cabezas, oímos una fuerte sacudida, acompañada por el crujido que hace la madera al romperse. El impacto del arpón, hundido con fuerza en el palo, fue el último castigo que éste pudo soportar. Con un fuerte crujido se partió en dos y la parte superior cayó sobre nosotros. Yo me vi arrojado sobre el cómitre.

Tras el contacto, Panipat trastabilló. La llave se me escapó de las manos y fue a caer en la cubierta. Un sonoro lamento se alzó de labios de los esclavos. Se hundieron otros dos más, situados en el costado de babor, y el último de ellos en ese costado corría peligro. Era Sebastien.

Panipat se desplomó. Sangraba por la herida del pecho. Tenía el cuchillo hundido en las costillas, cerca del corazón. La fuerza del palo al caer me había empujado sobre el cómitre, a quien clavé su propio cuchillo. Aturdido como estaba, me desplacé a rastras por la cubierta y recuperé la llave. Luego me dirigí a proa del costado de babor. No había burbujas donde los otros dos se habían ahogado. El agua había alcanzado un punto tan alto que tuve que hundir la cabeza y bucear, para ver dónde introducir la llave.

El rostro muerto de Jean-Luc, con los ojos desmesuradamente abiertos, chocó con el mío. Lancé un grito, ahogado por el agua, y asomé a la superficie, escupiendo. El esclavo superviviente, Sebastien, me miró con los ojos muy abiertos, perdida la esperanza. Se hundió de hombros, sumergiéndose en el agua con gesto cansino, como si anhelara la paz del descanso. Llené de aire los pulmones y volví a sumergirme. Giré la llave en la cerradura del grillete de Sebastien. Cuando sintió que se libraba del peso, sacudió la pierna y se levantó con el agua goteándole del pelo, y las lágrimas resbalándole por las mejillas.

Me abrazó en cuanto salí a la superficie. Ambos nos volvimos sin titubear hacia los dos árabes que podíamos rescatar en el otro costado. Tenían los brazos en alto, pero se hundían rápidamente. Sebastien se sumergió a mi lado para incorporarlos en la medida de lo posible, mientras yo trataba de introducir la llave en la cerradura. En cuanto aflojamos las cadenas, los arrastramos hacia la parte que no estaba sumergida de la embarcación, junto al cadáver de Panipat, al pie de la red, y allí hicimos cuanto pudimos para reanimarlos hasta que logramos que expulsaran el agua que les encharcaba los pulmones.

A continuación los ayudamos a subir por la red. Ambos, que habían pedido ayuda a gritos a los turcos que los liberaran, imitaron el ejemplo de Sebastien, quien gritaba al límite de sus pulmones:

—¡Por las reglas del combate en el mar soy un hombre libre!

—¡Larga vida a la reina Isabel de Castilla!

—¡Larga vida al rey Fernando!

Y así, al llegar a bordo, yo también me declaré un hombre libre, leal a los reyes de Castilla y Aragón.

23

ZARITA

Lorena sonreía de un modo que yo era incapaz de comprender.

—Zarita... —dijo mi padre con suavidad, tanta que, de hecho, levanté la cabeza para mirarlo. Fue como si hubiera pasado una eternidad desde que se había dirigido a mí con tanta ternura. Nuestra casa aún se recuperaba tras la partida hacía unas semanas del padre Besian y sus agentes de la Inquisición.

—Ha venido a visitarnos un caballero. —Mi padre me presentó a un hombre a quien no había visto nunca, don Piero Álvarez—. ¿Tal vez queráis pasear juntos por el jardín?

Don Piero inclinó la cabeza ante mí.

—Eso sería muy agradable —dijo.

Sonreí para mostrar mi conformidad.

Don Piero estaba muy nervioso. Se secó la frente con el dorso de la mano y me ofreció el brazo. Tenía la edad de mi padre y di por sentado que se trataba de alguien relacionado con sus negocios, porque nunca había oído mencionar su nombre entre las amistades de la familia.

Lorena se encontraba junto a las altas ventanas que daban al jardín. Cuando pasamos por su lado, puso la mano en la de don Piero, levantó la vista hacia él y rió, acompañando su risa con un comentario trivial, mientras se enredaba un mechón de pelo con los dedos.

Don Piero no respondió como solían hacerlo los hombres, es decir, mirándola con interés. En lugar de ello, reculó un paso y se inclinó formal ante ella.

Me sentí próxima a aquel hombre mayor.

«Por fin conozco un hombre lo bastante sabio para no caer en su trampa ni dejarse engatusar por su charla inane», pensé.

—Quizá quieras mostrar a don Piero el jardín de tu madre —sugirió mi padre—. Podríais pasear hasta allí. Debo atender unos asuntos y firmar unos documentos, pero estaré por aquí si quieres llamarme.

Le miré. ¡Qué comentario tan extraño! No era como si me acompañara un joven como Ramón Salazar. En mi ignorancia y estupidez, no comprendí qué se tramaba sin mi conocimiento.

Lorena se humedeció los labios y rió de nuevo, la risa de quien está en el ajo.

Mi padre la miró ceñudo, y ella agachó los ojos, gesto que aprovechó para dirigirme una extraña mirada. Por lo general, sus ojos traicionaban su antipatía, pero en esa ocasión hubo un brillo triunfal en ellos.

Acompañé a don Piero a los rosales que mi madre había cultivado. Era verano y florecían. El caballero admiró su color y belleza. Aspirar su fuerte aroma me devolvió la presencia de mi madre, acompañada de una dulce melancolía. Casi era agosto, pronto habría pasado un año de su muerte. Para mi sorpresa, descubrí que podía hablar de ella con aquel extraño, igual que lo habría hecho con un tío anciano o incluso un abuelo. Don Piero era amable y cortés, y escuchaba con atención. Al cabo, dijo:

—¿Podríamos descansar un rato, Zarita?

Volví la vista atrás, hacia la casa. ¿Cuánto tiempo querría mi padre que hiciera compañía al caballero? Nos sentamos en un banco, a la sombra de unos arbustos.

—Contadme más cosas acerca de vuestra madre —me pidió don Piero, cogiéndome las manos—. Entiendo que supuso una grave pérdida para vos.

—Sí —admití. Se me llenaron los ojos de lágrimas. En casa no tenía ocasión de expresar lo que sentía por mi madre. Mi padre se había distanciado de mí, y también Ramón se mostraba distante cuando abordaba el asunto. Era un alivio conocer a alguien que parecía entender mis necesidades.

—Estáis sola. —Inclinó la cabeza, con mis manos en las suyas—. Eso puedo verlo porque yo también lo estoy.

—Vuestra esposa... falleció —murmuré a modo de respuesta. Recordé que mi padre había mencionado, cuando nos presentó, que su esposa había fallecido más o menos cuando lo hizo mi madre.

—Fuimos muy felices juntos —dijo—. Disfrutamos de nuestra mutua compañía, y me dio cuatro hijos estupendos.

—Ah, sí —dije con el tono teñido de resentimiento—. Los hijos que se supone que debe dar toda mujer a su esposo.

—¿Lo teméis, Zarita?

—¿El qué? —pregunté, asustada.

—Tener hijos.

—En realidad, no he pensado en ello —respondí. ¡Qué giro tan peculiar había tomado la conversación! No estaba segura de si era apropiado que hablásemos de ese tema.

—Tan sólo me preguntaba por qué no parecéis tener intención de casaros —titubeó don Piero—. La mayoría de las jóvenes de vuestra edad están al menos formalmente prometidas. Poseéis una belleza indiscutible y estoy seguro de que sois una buena moza. —Dijo apresuradamente estas últimas palabras—. De veras que sí. No digo todo esto para halagaros.

—Os creo. —Reí, incómoda.

—Y si es el otro asunto el que os desazona, entonces tened por seguro que no os incomodaré de ese modo.

No tenía ni idea de a qué podía referirse, pero me parecía tan agradable que no quise mostrarme descortés. Esbocé una sonrisa fugaz e intenté ver si mi padre nos saludaba desde la ventana. A esas alturas, tenía por fuerza que haber terminado su trabajo y podríamos regresar a la casa.

Retiré las manos de las de don Piero, e hice ademán de levantarme del banco del jardín.

—No, quedaos —me rogó—. Hay algo más de lo que debo hablaros.

Me recosté en el respaldo del banco, y don Piero continuó hablando. Tartamudeando, más bien.

—Vuestro padre y yo hemos hablado de ello. Llegamos a un acuerdo, y yo seré muy amable. Nos imagino sentados en el silencio de la noche, conversando. Podría contaros cosas de mi vida, y vos me hablaríais de asuntos relacionados con la casa. Podríamos viajar. Tengo el anhelo de ver otras tierras antes de morir. Dicen que las islas griegas son muy hermosas, y hay en ellas infinidad de ruinas antiguas. Estoy seguro de que os complacerá verlas, y juntos podríamos...

Me volví hacia él. ¿Había perdido el juicio, tal como le sucedía a veces a la gente mayor, y había empezado a hablar sin pensar, a dar voz a pensamientos que no podían considerarse más que tenuemente relacionados con las realidades del mundo?

—Señor —empecé diciendo—, no tengo idea de lo que me habláis. ¿Cómo iba yo a viajar con vos? Eso no sería propio de un hombre de vuestra edad y una joven.

—Pero os prometo —dijo don Piero con una nota de ruego en la voz— que yo lo que busco es la compañía. No os incordiaría en el aspecto íntimo.

De pronto comprendí. Y entonces caí en la cuenta de a qué obedecían las sonrisas de Lorena. ¡Se había propuesto librarse de mí casándome con aquel anciano!

Contuve el aliento, ultrajada.

—¡Señor! —Me puse en pie de un salto, haciendo a un lado el decoro y los modales—. Debo, debo... —Eché a andar hacia la casa, en cuyo interior me refugié.

Encontré a mi padre sentado a su escritorio, pluma en mano. ¿Estaba a punto de firmar mi entrega? Debía de haber sido cosa de esa intrigante de Lorena, que había logrado persuadirlo. Se encontraba de pie a su espalda, con las manos sobre él, masajeándole los hombros y el cuello.

Cuando mi padre sufría dolores de cabeza debidos a la tensión, era yo quien se encargaba de ello. Verla ahí, ocupando mi lugar, no hizo sino sacarme aún más de mis casillas.

—¡Cómo os atrevéis! —protesté, caminando a paso vivo por la estancia.

—Vaya, Zarita —dijo Lorena, mirándome y abriendo mucho los ojos—, ¿se puede saber qué sucede?

Y al verla con aquella fingida inocencia, eché la mano hacia atrás y le di una sonora bofetada en la mejilla.

Ella gritó, dolorida y asustada, mientras yo disfrutaba de aquel momento gratificante y del regocijo que me proporcionó.

Confundido, desconcertado, don Piero contemplaba lo sucedido desde las puertas abiertas del jardín. Se volvió hacia mi padre.

—Vos me asegurasteis que vuestra hija no era una revoltosa... —Su mirada de repugnancia hizo más por devolverme la sensatez que la ira de mi padre o los sollozos de Lorena.

Comprendí que había perdido algo. Mi dignidad, o mi orgullo. No supe exactamente cómo llamarlo. Me había rebajado al permitir que Lorena me arrastrara al punto de perder el control de mis emociones. Sí, me había provocado hasta que monté esa escena, y yo se lo había permitido.

Don Piero se marchó, y mi padre me requirió para mantener con él una fría charla en su despacho.

—Zarita, cuando estuviste a solas con don Piero, ¿te hizo daño?

—No, padre.

—¿Te hizo alguna clase de proposición deshonesta?

—No.

—¿Se comportó de forma incorrecta?

Negué con la cabeza.

—¿Qué dijo para que te pusieras de ese modo? —Cuando no respondí, mi padre me levantó la voz—: Zarita, ¿cómo se comportó don Piero en tu presencia?

—Fue muy amable y decente —admití.

—¿Te gustó?

—Sí me gustó, pero...

—No hay peros que valgan. Te hemos proporcionado mucho más de lo que reciben otras jóvenes de familias en circunstancias similares, Zarita. Has tenido tiempo para reunirte y conversar con un hombre a quien considero un marido adecuado para ti. Tú misma dijiste que te causó una impresión favorable. Son muchas las mujeres que ni siquiera tienen ocasión de ver al pretendiente hasta el día de la boda.

—Padre, no puedes estar hablando en serio. Ramón Salazar y yo...

—Sería mejor que olvidaras a Ramón Salazar.

—¡No!

—¡Escúchame, Zarita! —exclamó mi padre, airado—. Intento ser considerado con tus sentimientos. —Me puso las manos en los hombros—. ¿Es que no puedo inculcarte un poco de sabiduría en esa cabeza? No viviré eternamente. ¿Qué crees que va a pasar cuando muera?

Aquella pregunta me dejó sin aliento.

—Yo seguiré aquí —respondí—. ¿Qué otra cosa iba a hacer?

—Éste no es tu hogar. No lo será cuando yo muera. Pertenecerá a Lorena.

«¡Lorena!»

—¿Qué? —Vi la verdad en sus ojos. Mi madrastra sería la propietaria de las tierras, de la casa. Si tenía que depender de su buena voluntad, me pondría en la calle con la ropa que llevara puesta. Limpiaría el establo, pisoteada, humillada.

—No me casaré con ese anciano —dije, tozuda—. No podéis obligarme.

Mi padre exhaló un suspiro.

—No te corresponde a ti decidir qué puedes o no hacer, pero sea como fuere te describí a don Piero como alguien amable y dócil. Dudo que sea capaz de contraer matrimonio con una joven tan iracunda. —Me miró como si no me conociera—. Le dije que eras una hija obediente que haría cualquier cosa para complacer a su padre y obedecer sus deseos.

Levanté la cabeza y me encaré a él.

—Ya no, padre —repliqué—. Eso se acabó.

Lorena dominaba mi vida.

Tenía la posición asegurada. Era consciente de que sería la dueña y señora de la casa cuando mi padre muriera, así que había decidido empezar a ejercer el mando. Superada la amenaza inminente de la Inquisición, pues se sabía públicamente que nuestra población había sido inspeccionada, era menos probable que sus agentes regresaran. El comportamiento de mi madrastra empeoró. Cuando mi padre no estaba en casa, se mostraba menos discreta con sus diversiones.

Invitaba a la casa amistades de su edad, hombres y mujeres con quienes cotilleaba durante horas. En una ocasión, me vi obligada a sentarme con ellos y escuchar sus ociosas hablillas. Algunos profesaban un amplio conocimiento de los asuntos más mundanos. Cuando hablaban de esas cosas, me guardaba mucho de intervenir. Había más sabiduría en la cerrada comunidad formada por las monjas de mi tía que en aquellas gentes que se consideraban sofisticadas.

Un día, su conversación se centró en el tema de las exploraciones y la noticia de que el rey y la reina meditaban la posibilidad de financiar una expedición encabezada por un marino desconocido, cuya intención consistía en descubrir la existencia de otras tierras a poniente de la Mar Océano.

—Dicen que en las islas que se extienden más allá hay personas que no son del todo humanas, hombres que sólo lo son a medias —comentó una mujer.

—Entonces, ¿por qué deberíamos destinar nuestras contribuciones a la Corona a financiar una expedición así? —preguntó otra—. No podremos hacerlos nuestros esclavos. Los hombres no nos serán de ayuda si sólo son medio humanos.

—Eso depende de qué mitad podamos aprovechar —dijo Lorena, antes de lanzar una risotada. Sus acompañantes se sumaron a sus risas.

Al principio guardé silencio por no comprender la naturaleza de la broma. Pero me sonrojé cuando la entendí, lo que supuso para ellos un nuevo motivo para reírse a mi costa.

—Zarita necesita casarse. —Lorena hizo un gesto en mi dirección—. Supera los dieciséis años de edad, y aún no sabe de qué extremo de la flauta surge la mejor melodía.

—Chitón —dijo una de sus amigas—. Perdió a su madre, que podría haberle contado todo lo que debería saber. De todos modos —añadió, bajando el tono de voz—, salta a la vista que no es más que una pueblerina inútil.

Me sonrojé aún más, pero no de vergüenza sino de ira.

Cerré con un chasquido el abanico, me levanté y abandoné la sala. ¡Cómo me despreciaba Lorena! Claro que tenía derecho, después de todo yo era alguien despreciable. Había empeorado las cosas cuando quise ayudar a Bartolomé, con lo que no logré sino ponerme en contra al padre Besian. Había insultado a don Piero, había ofendido a un hombre amable y honorable por mostrarme incapaz de rechazar con elegancia su oferta de matrimonio. Y lo que aún era peor: mis lágrimas, los lloros egoístas de una niña engreída, habían causado la ejecución de un hombre.

Subí a mi dormitorio, me quité el vestido y el corpiño, me solté el pelo y me tumbé en enaguas en la cama. Al día siguiente era el aniversario del fallecimiento de mi madre. Otra ocasión en la que me comporté de malos modos, pues en lugar de considerar las necesidades ajenas, tan sólo había pensado en las propias. Debí de sentarme a su lado y cogerle la mano. En su lugar, me arrojé en su lecho de muerte, rogando entre lloros que no me abandonara. Un dolor sobrecogedor me atenazaba las sienes, una migraña de tal intensidad que no podía ni levantar la cabeza. Ardelia entró para acariciarme. Humedeció un paño de algodón en agua fría y me lo extendió sobre la frente.

Sentí que las lágrimas se me agolpaban bajo los párpados.

—Ay, llora, cariño —dijo, tratándome con mayor familiaridad de la habitual—. Llora, mi niña. Llora por tu madre, y por tu hermano fallecido que habría evitado esto si él o ambos hubieran sobrevivido. Llora por tu niñez, perdida para siempre. Y llora por tu padre, porque temo que también él se ha extraviado.

Ardelia me canturreó antiguas canciones de cuna, intentando calmarme. Pero me pasé horas llorando; toda esa noche y la siguiente, y la otra también, y más hasta que me debilité y luego contraje fiebre, y fui incapaz de distinguir la noche del día.

Avisaron al médico, un gordo inútil que no sabía nada de enfermedades del cuerpo o de la mente.

—Finge estar enferma —apuntó alguien con tono iracundo.

Era Lorena.

—Tal vez... —se mostró de acuerdo el médico, no muy convencido—. Nunca se sabe. Está ruborizada y tiene la frente ardiendo, y dicen que se registró un caso de peste no muy lejos de aquí. Recordad que vivimos en una población costera. Todos esos barcos nos traen las enfermedades.

—En ese caso hay que aislarla —dijo Lorena con un tono más firme—. Lo dispondré todo para su traslado lejos de aquí.

Aquellas palabras reverberaron en mi cabeza.

—Bien lejos de aquí.

«Lejos, lejos, lejos...»

24

SAULO

Sólo siete de nuestros remeros libres y un miembro de la tripulación lograron salvarse. De los remeros, dos sucumbieron a sus heridas al día siguiente. Uno de ellos fue Lomas.

Fui a verle. El médico de a bordo le había administrado opiáceos para calmarle el dolor, pero no había nada más que pudiera hacerse por él. Estaba lúcido cuando me habló por última vez.

—Coge mis cosas. —Señaló la bolsa con las posesiones que había recogido cuando abandonó a toda prisa la galera—. El dinero que tengo es para mi mujer y mi hijo. ¿Podrías ir a entregárselo?

Cuando prometí que lo haría, Lomas me dio su apellido y la ubicación del pueblo donde vivían.

—Diles... —Le tembló la voz, quizá por su estado, o puede que fuese la emoción—. Diles que todo lo que hice..., lo hice por ellos.

Seguí sentado a su lado una hora después de su muerte, experimentando una intensa sensación de pérdida. Lomas me había tratado como a un hijo, y su muerte me trajo recuerdos de mis padres. Me acaricié la garganta para calmar la sensación asfixiante que tenía siempre que pensaba en mi padre. Recordé lo sucedido en el patio del juez, y cómo don Vicente Alonso golpeó a mi progenitor en la boca. Pensé en mi reacción cuando Panipat me hizo aquello mismo, el cuchillo en la mano y cómo le herí el ojo. ¡Pero el destino que yo había planeado para el juez y su familia era aún peor! Tenía pensado mantener la promesa que había hecho a Lomas de buscar a su esposa e hijo, porque supe que regresaría a la península para vengarme.

Cuando el cañoneo de ambas embarcaciones con pabellón de Castilla obtuvo la rendición de los turcos, se procedió al abordaje del corsario para apresar a los hombres y apropiarse del cargamento y los objetos de valor antes de dejar el barco a la deriva. Nuestra galera seguía parcialmente sumergida, abordada por la proa del barco turco. Subí de nuevo a bordo con el último tripulante que nos quedaba, el carpintero-cocinero, para recoger las cosas que encontrásemos de valor.

El cadáver de Panipat yacía donde lo habíamos encontrado, medio sentado con la empuñadura de su propio cuchillo asomándole del pecho. Lo saqué y volví a guardármelo, antes de que el carpintero-cocinero lo viera y se preguntara cómo había muerto el cómitre. Atamos pesos a los pies de los cadáveres antes de arrojarlos por la borda y sepultarlos en el mar. Tuve que usar la fuerza para desprender los dedos rígidos del capitán Cosimo de la túnica. Me planteaba la posibilidad de cubrirlo con la prenda, ya que pesaba lo bastante para arrastrarlo al fondo del mar, cuando el carpintero-cocinero se apresuró a decir:

—Quédate con la túnica, muchacho. Considéralo tu legítimo botín de guerra. Yo me quedaré con el resto de las cosas del capitán.

Se dirigió a la diminuta cabina de Cosimo y allí forzó la caja del dinero y se hizo con las pocas monedas que había en el interior.

Me guiñó un ojo y se tocó con un dedo el costado de la nariz.

—Seamos discretos con lo que nos traemos entre manos.

Interpreté que quería decirme que si no mencionaba que se había apropiado del dinero, él no diría a nadie que yo había subido a bordo en calidad de esclavo, a cambio de un barril de vino barato. Recogió sus herramientas y utensilios de cocina y se marchó. Levanté la funda con los mapas y el instrumental de navegación. Cargado con éstos y la túnica de color azul, me las apañé para subir por la red.

Un hombre alto de pelo rubio se encontraba en el portalón del barco. Se inclinó por el costado para ayudarme y no quitó ojo a los instrumentos de navegación y la funda con los mapas.

—Soy marino y explorador —dijo—. Me interesaría echar un vistazo a los objetos que habéis recuperado. Si me son de utilidad, podría ofreceros un buen precio a cambio.

—No sé qué deciros —respondí—. Nuestro capitán me estaba adiestrando para convertirme en navegante y... Y... —Para mi vergüenza, la emoción me quebró la voz al pensar en el capitán Cosimo, que descansaba sepultado en el fondo del mar.

—Ah. —El hombre alto me miró como si supiera lo que me pasaba por la cabeza—. Esas cosas tienen un valor para vos que no puede pagarse con dinero.

Asentí.

—¿Cómo os llamáis? —preguntó con amabilidad.

—Saulo —murmuré.

—¿Y vuestro capitán pereció defendiendo a su barco y a sus hombres?

Asentí de nuevo, sin estar muy seguro de ser capaz de pronunciar palabra.

En un gesto de compasión, me puso la mano en el hombro.

—Verás, Saulo —dijo, tratándome con familiaridad, como si algo nos hubiera acercado—, los lazos de lealtad que se forjan en el mar son muy intensos. —Esperó a que me recuperase, antes de añadir—: Permíteme al menos echar un vistazo a esas cartas. Cuando te atiendan la herida de la mejilla y hayas descansado, ven a buscarme. Soy Cristóbal Colón.

Los barcos navegaban rumbo a Gran Canaria, en las islas Canarias, territorios situados fuera del Mediterráneo, en el Mar Océano, que hacía muy poco se habían sometido a la Corona de Castilla. Era intención de la nación conquistadora plantar caña de azúcar, puesto que la tierra era adecuada para esta cosecha. Los barcos transportaban plantas y toda suerte de cosas: muebles, alimentos, suministros para la guarnición, soldados y colonos, porque el reino de Castilla y Aragón quería establecer una base frente a la costa africana que igualase la que había establecido el reino de Portugal.

Después de saquear a conciencia la embarcación turca, los barcos de la península reanudaron su viaje. Cristóbal Colón se hallaba en cubierta, conversando con el comandante de los soldados, cuando me acerqué para hablar con él al día siguiente. Ése era el hombre que el capitán Cosimo había mencionado: el marino y explorador que estaba convencido de que había un modo de viajar a un lugar situado en el dorso de las cartas marinas.

—El capitán de mi galera era genovés —expliqué a Colón—. Él os mencionó. Dijo de vos que erais explorador y un buen marino, aunque siempre afirmaba que los genoveses eran los mejores de todos.

Colón asintió.

—Génova es un estado pequeño sin posibilidades de expandirse por tierra. Nuestra subsistencia siempre dependió del mar para el comercio, los viajes y la colonización. Somos expertos mercaderes y navegantes. —Pronunció esta última frase sin rastro de presunción. Era como si estuviera expresando un hecho que nadie en su sano juicio pondría en duda—. Tu capitán tuvo la desdicha de que ese barco turco lo alcanzara.

—No fue tanto cuestión de mala suerte —dije, y procedí a hablarle de su pérdida de visión y de cómo eso le había costado la vida.

—Un capitán debe tomar decisiones duras constantemente, pero nunca debería arriesgar las vidas de sus hombres si no es necesario.

—¿Acaso no es eso lo que os habéis propuesto hacer cuando naveguéis al otro lado del Mar Océano?

—No —respondió Colón—, porque he pasado años investigando y planeando hasta el último detalle. Existirá el peligro de lo desconocido, pero ¿de qué sirve vivir, sin vivir una aventura? Y la mar me conmina a navegar en su seno y a explorar sus misterios.

Sus sentimientos coincidían con los míos, y creo que Colón lo percibió. Pasamos el resto del viaje disfrutando de nuestra mutua compañía, y me habló de sus pasadas expediciones, de sus sueños de encontrar nuevas tierras. Me preguntó por mí, y yo le conté buena parte de mi vida, sin incluir lo relativo a la muerte de mi padre y el anhelo de vengarme de quien lo había asesinado.

Colón inspeccionó mis cartas y me dio unas monedas a cambio de contar con mi permiso para tomar notas de algunas de ellas. Por lo demás no le fueron de utilidad. Las cartas del capitán Cosimo eran de las que se conocen por el nombre de portulanos, me explicó Colón, pues únicamente mostraban la vista de tierra observada desde el mar, con las montañas y otros rasgos característicos señalados para que los capitanes que navegasen por la costa pudieran determinar su posición. Algunos de los mapas que poseía Colón eran de otra clase, como vistos desde el cielo. Mostraban los mares del mundo conocido, sus países, ciudades y poblaciones. La persona que los había trazado se hizo pasar por un ave, o un dios capaz de flotar en lo alto, sobre la tierra y los mares, y observar todo lo que había debajo.

Colón había vivido una temporada en Portugal, intentando, sin éxito, convencer a las autoridades que invirtieran en su expedición. Después se empeñó en lograr el patrocinio de la reina Isabel y el rey Fernando, cuyo apoyo tenía esperanzas fundadas de lograr. Le habían dicho que un comité de sabios de la corte estudiaría su petición. En la actualidad se había embarcado en un viaje para explorar la posibilidad de utilizar el puerto de Las Palmas de Gran Canaria como última etapa antes de poner rumbo a poniente. Ya había navegado al sur por la costa africana, en compañía de los portugueses, con la esperanza de alcanzar el extremo del continente y encontrar el modo de doblarlo y alcanzar la India y el Lejano Oriente. Pero, a pesar de sus esfuerzos, no había logrado encontrar el extremo de las tierras del sur.

—África es infinitamente mayor de lo que ningún cartógrafo haya proyectado hasta ahora —me contó Colón.

—¿Vale la pena explorarla? —le pregunté.

Me contó historias de su viaje por la costa occidental de ese gigantesco continente, donde los colores del oleaje exhibían el azul iridiscente del martín pescador y había cascadas tan altas que parecían precipitarse desde las puertas del cielo. Me atemorizó y entusiasmó a partes iguales la mención de la existencia de tierras donde abundaban unas cornudas bestias mágicas y se rumoreaba que los hombres se mataban entre sí para devorarse. Los nativos asomaban corriendo a la playa para saludar a los barcos que pasaban, sacudían lanzas en el aire y entonaban cantos en lenguas que nunca se habían escuchado. A veces salían en embarcaciones alargadas para comerciar con comida y agua. Allí Colón había comido fruta y plantas desconocidas en Europa. Escucharlo me estimuló los sentidos. Era un magnífico narrador. Había leído los diarios de Marco Polo y otros exploradores, y contaba sus historias de cómo habían encontrado piedras preciosas, perlas y ámbar, relatos que mezclaba con sus propias experiencias. De noche me sentaba en cubierta con las velas largadas en todo su esplendor en el aparejo, escuchándolo, atento a cómo se le ruborizaba el rostro, al brillo de sus ojos a la luz de la linterna de a bordo, y cada vez ansiaba más convertirme en explorador.

Pero el principal interés de Colón estaba a poniente, donde el océano se extendía hasta el infinito. Más allá se encontraba el extremo lejano de la Tierra, y quién sabe qué esperaba a ser descubierto en esos lugares. Había oído que allí habitaban los demonios que habían escapado de los reinos infernales, utilizando sus enormes garras para trepar desde las profundidades. Navegaban también por sus aguas en compañía de grotescas criaturas marinas y peces de gigantescas dimensiones con dientes de sierra y tentáculos punzantes. Éstos eran capaces de expulsar sustancias venenosas en los ojos de un hombre, hasta que su cuerpo y su rostro se volvían negros en cuestión de minutos y moría entre gritos de dolor. La mayoría de la dotación consideraba una locura aventurarse tan lejos en esa dirección. A pesar de sus improperios y advertencias, Cristóbal Colón estaba decidido a navegar hacia allí y sortear cuantos peligros encontrase en su camino.

Cuando se le inquiría al respecto, puestas sus creencias en entredicho, se limitaba a inclinar la cabeza y, con una expresión mezcla de fanatismo y determinación, aseguraba:

—El mundo es redondo. Puedo... No. Navegando a poniente, daré con el paso que conduce al este.

25

ZARITA

Mi padre acudió a visitarme al convento hospital.

Mi tía había insistido en llevarme allí cuando contraje la fiebre que el doctor no pudo nombrar. Quiso cuidarme personalmente y descartar sus sospechas de que padeciera la peste; afirmó que yo estaba exhausta y necesitada de reposo. Me cuidó como a un niño enfermo, me dio de comer y escuchó en silencio mis desahogos emocionales.

—Padeces de un dolor retrasado por la pérdida de tu madre —me dijo sin más—. Perder a la madre a cualquier edad supone un terrible golpe, pero tú estabas en la cúspide de tu condición de mujer y te afectó profundamente. Además —continuó mi tía Beatriz, que se esforzaba por expresarse sin que pareciera que se mostraba demasiado crítica con otra persona—, la decisión de tu padre de contraer un nuevo matrimonio tan rápidamente te ha dificultado mucho dar salida a ese sentimiento. —La sacudió un temblor—. Por no mencionar las recientes visitas que han frecuentado la casa.

Supuse que se refería al padre Besian.

—Bartolomé ya no es el joven feliz que conocí —dije, entristecida—. Dudo que llegue a recuperarse.

—Lo hará con la ayuda de Dios. —La tía Beatriz me besó en la frente—. Y también tú lo harás.

Al cabo de unas semanas, me encontraba lo bastante recuperada para sentarme en el salón de mi tía, cuando llegó mi padre y se me acercó.

—He oído que casi te has recuperado del todo, Zarita —dijo—. Sin embargo, no creo que puedas volver a mi casa —añadió, tenso, incapaz de mirarme a los ojos.

—¡Padre! —Quise tomar su mano, e intenté levantarme de la silla, pero él se apartó de mí.

—Es mejor así —continuó. Y, dirigiéndose a mi tía, dijo—: Aportaré una generosa suma al convento. Podéis nombrar la cantidad.

Mi tía quiso mirarlo a los ojos, pero de nuevo mi padre apartó la vista.

—Cuando acepto aquí a una novicia, no es por dinero —dijo—. Para hacerse monja, una mujer debe tener vocación. Tiene que conocerse bien. Zarita es muy joven.

Mi padre hizo un ruido de protesta.

—A su edad las jóvenes suelen estar casadas y ser madres. He consentido su volubilidad, pero ha llegado el momento de arreglar las cosas y...

—¿De qué estáis hablando? —pregunté, paseando la mirada de uno a otro—. ¿Es mi futuro de lo que habláis?

—Quiero que estés a salvo y segura —afirmó mi padre—. Entiendo que sientas aversión por el matrimonio, y éste es el único lugar donde puedo tener la certeza de que se atiendan tus necesidades.

—¡No! —protesté, porque no quería verme emparedada en un convento, por mucho que mi tía y sus hermanas pareciesen felices allí. Pensar que sería incapaz de ir a donde quisiera, que se me negara la alegría de pasear de noche a la luz de la luna por tener que retirarme temprano a la cama, no volver a montar a caballo, cantar o bailar cuando me placiera... La perspectiva me horrorizaba—. No siento aversión por el matrimonio —dije a mi padre.

Pensaba en casarme con Ramón. Si eso sucedía, entonces tendría a mi cargo mi propia casa y cierta suma que gestionar, que por modesta que fuera me proporcionaría independencia. Mi padre tendría que aportar una buena dote. Aunque de linaje aristocrático, la familia de Ramón, como la de Lorena y tantos otros nobles, carecía de dinero. Por eso mi madrastra había acudido en busca de un anciano con dinero. Ella tenía una posición y un lugar en la sociedad gracias al apellido de mi padre, pero no podía permitirse vestidos nuevos ni joyería sin poder acceder a la fortuna de su esposo. Si mi padre podía permitirse casarse, entonces también podría pagarme la boda.

—Dejad que me case.

—¿Y con quién vas a casarte, Zarita? —me preguntó mi padre con frialdad.

—Pues con Ramón Salazar, por supuesto —dije—. Tenemos un acuerdo. —Hice una pausa y recordé que durante aquellos últimos meses, Ramón había evitado hablar de nuestros planes de futuro.

—Ramón Salazar... —empezó diciendo mi padre.

Mi tía rozó con los dedos su manga.

—Sed amable, mi buen hermano don Vicente. Zarita no está al tanto de los recientes sucesos.

—¿De qué no estoy al tanto? —pregunté—. ¿A qué os referís?

Mi padre, impaciente, apartó la mano de mi tía.

—A eso es exactamente a lo que me refiero. La joven debería haberse convertido en una mujer, pero todavía se comporta como una niña. Y es culpa mía. Sí, eso lo admito. La he protegido demasiado. —Se volvió para mirarme con expresión pesarosa—. Presté atención a tu madre y te mimé, y por eso lo siento. Significa que te protegí más de la cuenta, y que ahora ignoras cuál es la verdadera naturaleza de las cosas.

—Decidme qué es eso que debería saber —le pedí mientras se me aceleraban los latidos del corazón.

—La familia de Ramón Salazar no quiere tener nada que ver contigo —respondió mi padre sin andarse con rodeos.

—Eso no puede ser cierto —repliqué—. Ramón me miraba de cierta manera. Aún hablamos... con frecuencia.

Llegó mi turno de titubear, pues pronunciadas en voz alta aquellas palabras, comprendí que debía admitir ser consciente de que Ramón había enfriado su actitud hacia mí.

—Lo veo en sus ojos... —quise añadir.

—Lo que ves en sus ojos es el deseo, es como cualquier hombre desearía a una mujer tan hermosa como tú —dijo mi padre, suavizando el tono—. Pero por mucho afecto que sienta él por ti, su familia jamás permitiría que os casarais.

—¿Por qué no? Nunca tuvieron nada que objetar.

—Acordamos poner fin a la negociación. —Mi padre titubeó antes de continuar—. Y debo añadir que eso no me contrarió. Pretextaron diferencias e inconveniencias. Por lo visto, Ramón ha ido a la corte, donde residirá con su tío, que es quien está al cargo de las tropas que toman parte en el asedio de Granada, lugar donde la reina y el rey se han propuesto aplastar definitivamente a los nazaríes.

—¿Por qué Ramón iba a marcharse sin despedirse de mí? No me ha enviado ninguna carta. ¿Por qué cambiarían sus familiares de parecer, cuando fueron ellos quienes con tanto interés aspiraron a que su hijo me pidiera en matrimonio?

—Caíste en desgracia, niña. —De nuevo mi padre fue incapaz de mirarme mientras me hablaba—. El asalto de aquel mendigo en la iglesia te convirtió en una candidata menos atractiva. Por eso procuré casarte con otra persona. Don Piero dijo que necesitaba una compañera. Estaba al corriente de lo que te había pasado en la iglesia, pero te creía una víctima inocente.

—¡Y es que lo fui! —protesté. Recordé que don Piero insistió en que me consideraba una buena persona. No se me había ocurrido pensar que pudiera haber alguna duda al respecto—. No está bien que la reputación de una mujer pueda sufrir menoscabo por los actos de otra persona. ¡Sea como fuere, el mendigo apenas me tocó!

Mi padre hizo un gesto de negación.

—No deberías cambiar tu versión de lo sucedido, puesto que no conviene a lo que pretendes. El daño ya está hecho.

—No sufrí ningún daño —dije, desesperada—. Quise explicároslo entonces, pero no quisisteis escucharme. Estabais tan desolado por la pérdida de madre y el niño...

Él levantó la mano.

—¡Silencio! —me ordenó—. Los detalles no tienen ninguna importancia, Zarita. Tu persona sufrió un asalto. Cambió tu personalidad. Te hizo hacer y decir cosas que no habrías hecho o dicho antes, y has llegado a amenazar y golpear a otros. Ahora la situación es tan seria que no se te puede permitir la misma libertad que tuviste antes. Es por tu propia seguridad que debemos recluirte en algún lado. —Y por último, añadió—: Y por la seguridad del prójimo.

—¡Esto no puede ser! —protesté.

—No sólo puede, sino que así es —aseguró mi padre, hosco—. He tomado una decisión y no pienso cambiarla. No puedes casarte. No puedes volver a casa. ¿No lo entiendes? No hay otra salida, Zarita. Debes encerrarte en un convento.

26

SAULO

Atracamos en el muelle de Las Palmas. Aquel nuevo asentamiento de Castilla era un conjunto desordenado de calles y callejuelas, con una iglesia modesta, un cuartel para las tropas del ejército, unos edificios de aspecto oficial y puestos de mercado rodeados por almacenes y casas más imponentes.

Cristóbal Colón llevaba cartas de presentación para el gobernador de la isla, y al presentarlas le fue asignado un alojamiento. Me ofreció hospitalidad hasta que los barcos estuviesen listos para zarpar y pudiéramos volver a la península.

—Un cartógrafo y cosmógrafo de renombre se ha instalado aquí, y tengo intención de encontrar su paradero. Sospecho que llevas el mar en la sangre, Saulo, así que tal vez quieras acompañarme a visitarlo. Te beneficiaría adquirir mayor conocimiento acerca de las estrellas y la navegación.

Lo primero que tuve que resolver fue cómo adquirir documentos que me acreditaran como súbdito del reino, lo que demostró ser bastante sencillo. Cristóbal Colón dio fe de que me había encontrado en un barco que navegaba bajo bandera castellana, y que había naufragado de resultas de una agresión enemiga durante la cual perdí mis efectos personales. El gobernador ordenó que me prepararan una carta de credenciales, y puesto que tenía algunas pertenencias del remero libre que me había protegido a bordo de la galera, pensé que podía hacerme pasar por un miembro de su familia. Así me convertí en Saulo de Lomas. Cuando el escribiente del gobernador me preguntó por mi ocupación, Cristóbal Colón dio un paso al frente y dijo:

—Escribid «piloto de derrota».

Mientras resolvía aquel asunto, antes de despedirme del escribiente del gobernador, Colón me dio una palmada en la espalda y dijo alegre:

—Saulo, conmigo como patrón, serás piloto de derrota.

Y así pasé los siete meses siguientes, más o menos, bajo la tutela de Cristóbal Colón. Me enseñó los rudimentos del latín, el griego y el árabe, para que entendiera mejor los textos tanto antiguos como modernos relativos a la información sobre las estrellas. Leí mucho: tanto en los libros de la biblioteca del gobernador, como en los de la colección de Colón, una miríada de materias relacionadas con el mar y la exploración. Él había estudiado las obras del viajero inglés sir John Mandeville, quien escribió sobre la existencia de monstruos, y también los relatos menos imaginativos de Marco Polo. Tenía un amplio abanico de cartas y mapas, reunido principalmente durante la época que pasó en Portugal. Me mostró las cartas de ánimo que le habían dirigido respetados estudiosos y cartógrafos de distintos países, como el famoso doctor florentino Toscanelli. Estas muestras enardecían la confianza que tenía en sus propias convicciones, así como su entusiasmo. Empecé a comprender que Cristóbal Colón no era el loco o soñador que el capitán Cosimo y otros me habían dibujado. Era un hombre con una visión, pero sus ideas para su aplicación práctica se cimentaban en el cúmulo de sus conocimientos y las habilidades que había desarrollado.

Mientras viajamos a bordo del barco que nos salvó, Colón tomó nota de las corrientes marinas, de la fuerza del viento, para perfeccionar sus cálculos acerca de los vientos predominantes que soplaban en dirección oeste en la latitud de las islas Canarias, y volvían al este hacia Europa sobre las Azores. Alquiló una embarcación, y pasamos el verano y el otoño costeando por las aguas septentrionales de Gran Canaria, comprobando las corrientes y la fuerza del viento. Me mostró cómo era posible conocer la latitud de tu barco en el océano, midiendo de día la altura en grados del sol, y de noche la altura de la Estrella Polar.

—Utilizamos un cuadrante, pero antiguamente los árabes aprendieron a navegar sirviéndose de un instrumento llamado *kamal*, que consiste de un trozo de madera y un pedazo de cordel que cuenta con varios nudos.

No era la primera visita de Colón a las Canarias. Me contó que ya había viajado hasta el lejano poniente, tan lejos como habían alcanzado a dibujar las cartas, hasta las Azores y las islas de Cabo Verde. Allí los habitantes le habían mostrado vainas de semillas que habían recogido de las playas. Colón estaba convencido de que pertenecían a plantas desconocidas en el mundo occidental. Los isleños le describieron las facciones de cadáveres que llegaban arrastrados por la corriente, hombres que no eran parecidos a ninguna de las razas que habitaba a ese lado del Mar Océano.

A medida que nos hicimos amigos, llegó a confiar en mí lo bastante para dejarme echar un vistazo a los mapas secretos que se proponía emplear en su aventura de cruzar el Mar Océano. No se parecían a nada que yo hubiera visto. El mundo conocido y el mundo proyectado por él se combinaban, con mar y tierra trazados en un mismo documento, con todos los accidentes inscritos en una pauta de líneas de longitud y latitud. Se refería a la latitud como la «altura», y tenía cuadernos de notas con listas de la posición que había tomado en todos los puertos de los territorios descubiertos.

—Si viajamos lo bastante al sur, la Estrella del Norte desaparecerá bajo el horizonte, así que se vuelve esencial encontrar nuestra posición utilizando el sol. Entonces es necesario hacer ajustes para acomodar la posición variable del sol en el firmamento durante las cambiantes estaciones.

Fue como cuando despeja la bruma. Comprendí que de esa manera uno no tenía que pegarse a la costa para navegar con precisión. También podía hacerse con un nivel razonable de certidumbre en aguas abiertas que no estuviesen cartografiadas. Incluso sin contar con los mejores instrumentos de navegación, cierta aptitud a la hora de calcular la posición por estima suponía que podías regresar a tu posición anterior con un alto grado de precisión.

Colón me observaba con atención mientras yo hacía mi descubrimiento.

—Los portugueses lo saben desde hace años —dijo—. Y ahora, no sólo poseo este conocimiento tan útil —prosiguió, dándose palmadas en la cabeza—, sino que, además, disfruto del saber de las gentes de la antigüedad, y la sabiduría de las mejores mentes de nuestros tiempos.

Una noche, tarde, me llevó a visitar a un cartógrafo con quien ya había tenido ocasión de conversar. Era un árabe, y su tienda se encontraba en una calle trasera cercana al muelle. Cuando entramos, Colón murmuró un saludo en árabe y el anciano también respondió en voz baja. Cruzaron un gesto mientras yo paseaba junto a los estantes y echaba un vistazo a los pergaminos antiguos y los libros encuadernados en cuero con cierre y bisagra. El dueño de la tienda asomó por la puerta, echó un vistazo a un lado y a otro de la calle, cerró la ventana y, una vez dentro, cerró también la puerta echando el cerrojo.

—Venid por aquí —dijo. Apartó una cortina gruesa, tejida con hilo verde y rojo, y nos condujo a su cuarto.

Allí abrió un arcón, de cuyo interior sacó un objeto envuelto en tela de terciopelo. Cuando apartó la envoltura, quedó al descubierto una pelota grande hecha de madera con el perfil de las tierras y los mares del mundo conocido pintado en su superficie. Colón la tomó en las manos y la examinó con atención.

—Mira, Saulo —dijo con un tono vibrante por la emoción—. ¡La primera representación con forma de globo que existe del mundo!

Seguí la dirección en que apuntaba su dedo, mientras trazaba una línea desde las islas Canarias, donde nos encontrábamos, a través del Atlántico hasta donde el cartógrafo árabe había bosquejado la costa soñada y desconocida de la lejana Catay.

—Sí —dijo Colón, conteniendo el aliento—. Esto es exactamente lo que quiero. Con esto convenceré al rey de Aragón y la reina de Castilla, y a quienes los aconsejan, de que mi plan es factible.

27

SAULO

Volvimos a visitar en diversas ocasiones la tienda del árabe, casi siempre después de anochecer. Escuchando las conversaciones que tenía con Colón, aprendí más acerca de las olas, los vientos y las tormentas en el mar de lo que cualquier libro podía enseñarme.

Así fue pasando el tiempo, mientras aumentaba mis conocimientos, hasta que un día a principios de diciembre tuvimos noticia de que el barco se disponía a regresar a la península.

—Debo apresurarme para terminar los detalles de este mapa redondo —dijo el cartógrafo cuando Colón le dio la noticia.

—Tenéis toda mi información y mis cálculos —dijo el genovés.

—Sí... —El árabe titubeó.

Cristóbal Colón lo miró a los ojos.

—¿No creéis que mis cálculos sean correctos?

—Hay discrepancias. Se ha calculado varias veces la circunferencia de la Tierra, y el vuestro es un cálculo conservador.

—Utilizo más de una fuente. ¿Dónde está el problema?

—El Atlántico... El Mar Océano, como vosotros lo llamáis. Para alcanzar el extremo oriental de Asia, el trecho de agua que separa esta isla de Gran Canaria de las costas de Catay tiene que ser mucho más amplio.

—Hay pruebas en la Biblia que aseguran que existe la misma proporción de tierra que de mar —aseguró Colón con convicción.

El anciano no dijo nada.

—Y mis fuentes más antiguas se remontan a tiempos de los egipcios.

—Ah, sí, Tolomeo —dijo el árabe con un gruñido.

Gracias a los libros que había leído, sabía que no todas las suposiciones de Tolomeo habían sido acertadas.

—Tolomeo, y los demás —replicó Colón—. No me equivoco en esto. Sé que no me equivoco.

Crucé la vista con el árabe, que enseguida apartó la mirada. Era demasiado inteligente para ponerse a discutir con alguien tan seguro de sus convicciones. También reparé en la tozudez de Colón, un defecto de su carácter que en ocasiones lo llevaba a despreciar las opiniones ajenas, siempre que no coincidían con las suyas.

A pesar de sus recelos en cuanto a la exactitud de sus anotaciones, el cartógrafo árabe cumplió con lo que le habían encargado y terminó y barnizó aquel mapa trazado en una esfera redonda de madera a tiempo de que embarcásemos en el barco de regreso a la península.

Colón se quedó en el coronamiento del barco, contemplando Las Palmas mientras nos adentrábamos en mar abierto.

—Cuando regrese, ¡lo haré encabezando una expedición sin par en la historia de la humanidad! —exclamó.

Me despedí del esclavo Sebastien, que había decidido no regresar a la península. Le gustaba el clima cálido de las Canarias, y se había unido a una orden de monjes mendicantes que establecían una comunidad para ayudar a los habitantes del lugar.

Me sentí afortunado de verme de nuevo en el mar. Tuve la sensación de encontrarme allí como en casa, y tuve la oportunidad de observar a una dotación considerable y de llevar a cabo las labores de un piloto de derrota, además de comprobar la aplicación práctica del conocimiento teórico que había aprendido a lo largo de aquellos últimos meses. Pronto comprendí que la teoría difiere de la práctica, lo que mencioné a Colón.

—Sin experiencia es imposible alcanzar la pericia —admitió él, inclinando la cabeza.

—A pesar de lo cual, vos no conocéis por experiencia las aguas que os habéis propuesto navegar —dije.

El día que avistamos la costa peninsular, ambos nos encontrábamos en cubierta.

—Saulo —dijo Colón—, eres joven y fuerte. Tienes sólidos conocimientos de navegación para ser un marino. Si recluto a mi tripulación en un futuro cercano, me gustaría saber si estarías disponible.

Se me aceleró el corazón y la cabeza me dio vueltas. ¿Qué clase de aventura sería aquélla? ¡Cruzar el Mar Océano! Me vi en la cubierta de un barco lo bastante imponente para emprender semejante travesía, navegando con objeto de avistar una tierra que ningún hombre había pisado.

—El capitán Cosimo me contó que otros han intentado lo que vos pretendéis, pero han fracasado y, en el mejor de los casos, han tenido que volver a puerto —dije.

—Navegaron con rumbo oeste desde aguas septentrionales, yendo deliberadamente contra el viento, porque temían que de no hacerlo no tendrían viento que los llevara de vuelta a casa. Yo me he propuesto hacerlo desde mucho más al sur del lugar donde soplan esos vientos del oeste. Castilla tiene ahora puerto en las islas Canarias, que está lo bastante al sur para que pueda aprovechar los vientos predominantes que soplan de este a oeste. Tú mismo has podido comprobarlo. Así es como haré el viaje a la ida. Cuando haya descubierto la ruta occidental a Oriente y logrado recalar, entonces navegaré con rumbo norte por la costa de Oriente para sacar partido a los vientos del oeste que me llevarán de vuelta a casa.

—Esos vientos que soplan por los océanos... ¿Y si caen por completo? —pregunté—. ¿Y si sufrís una encalmada?

Me miró con una sonrisa de oreja a oreja, a pesar de que de algún modo le llevaba la contraria.

—Vaya, por lo visto has estado pensando en ello. Te intriga la perspectiva de abrir nuevas rutas de navegación.

Y habló animadamente del astrolabio que había comprado al cartógrafo árabe. Reparé en que no había respondido a mi pregunta.

—Este conocimiento adicional despejará cualquier duda existente y desterrará cualquier objeción que puedan presentar los consejeros reales. Llevo muchos años buscando patrocinio —continuó Colón—, pero esta vez tengo confianza. El rey y la reina no tardarán en finalizar la empresa granadina. A finales de año la ciudad caerá. Este próximo año de mil cuatrocientos noventa y dos cabalgarán triunfantes por las calles de Granada hasta el palacio de la Alhambra. Y una vez que hayan terminado esta empresa, estarán de buen humor para escucharme. Veo en ellos algo de mí mismo. El rey Fernando accedió al trono de Aragón e Isabel al de Castilla tras afrontar no pocos contratiempos y revueltas. Tuvieron éxito porque creyeron en sí mismos. Yo también creo en mi destino.

—¿Y pensáis que respaldarán vuestros planes?

Colón se dio palmadas en el jubón. Dentro llevaba la última carta de uno de sus más fervientes partidarios, el padre Juan Pérez del monasterio de La Rábida, donde estudiaba el hijo pequeño de Colón.

—¡El padre Pérez me ha escrito para contarme que la reina Isabel desea hablar conmigo! El tesorero real le ha enviado un adelanto para pagarme ropa de calidad, de modo que pueda acudir a la corte adecuadamente vestido. Por tanto sé que ahora prestarán atención a mis palabras.

Más tarde, cuando me disponía a dormir, pensé en la única ropa que tenía, prendas de prestado que Lomas terminó por regalarme cuando crecí tanto que las que llevaba al llegar a la galera se me quedaron pequeñas, y otras que me había comprado Colón: un par de sandalias, unas calzas y una túnica, y... la espléndida pero no muy útil túnica que en tiempos perteneció al capitán Cosimo. La saqué de la bolsa de Lomas y acaricié con aire ausente el brocado de la tela. La vendería en cuanto desembarcara, y aprovecharía el dinero para encontrar un modo de regresar a Las Conchas. La tela era demasiado gruesa, por no mencionar lo que abultaba la prenda. Me dispuse a dejarla a un lado.

Pero en lugar de ello la levanté. Había reparado en algo peculiar. Había como un peso dentro de la túnica que no correspondía al acolchado o al bordado. Empuñé el cuchillo que llevaba en la cintura para descoser el forro.

Y descubrí el segundo secreto del capitán Cosimo.

Comprendí entonces por qué no habíamos encontrado mucho dinero a bordo de la galera, a pesar de la astucia del capitán para el comercio, por qué nunca perdía de vista la túnica y por qué, a pesar de lo mucho que pesaba, se la había llevado consigo cuando embarrancamos en la isla desierta y tuvimos que emprender la huida para salvar la vida.

El día que recogió las ganancias obtenidas por la venta del cargamento, me dejó en el mercado y no se había ido a jugárselo todo. En lugar de ello, debió de pagar a uno de los sastres locales para que le cosiera unas monedas en el forro de la túnica, algo que debió de repetirse en todos los puertos en que comerciamos. Mi astuto capitán no había dilapidado su dinero, sino que lo había ahorrado para cuando llegara el día en que no pudiera seguir navegando para ganarse la vida.

Introduje los dedos por el agujero que acababa de hacer con el cuchillo. Florines, leonesas, reales, ducados, doblones, toda clase de monedas de oro y plata cosidas entre las costuras, en dobladillos, en la cintura.

Una auténtica fortuna en mis manos.

Cristóbal Colón volvió a dirigirse a mí cuando el barco atracó en el puerto de Cádiz y nos preparamos para el desembarco.

—Me gustaría mucho tomar parte en una empresa de exploración como la vuestra —le dije— , pero debo atender unos asuntos. Cosas de familia que debo... solucionar.

Si bien no albergaba esperanzas de encontrar a mi madre con vida, supe que debía regresar a Las Conchas para buscarla. Pero que estuviera viva o muerta no influía en mi decisión de volver, ya que tenía intención de encararme al juez que había mandado ejecutar a mi padre.

—También yo tengo que cuidar de mi familia —dijo Colón—. Debo ir a Palos para ver a mi hijo. Después de vernos, viajaré a la corte reunida en Granada, donde pediré audiencia con la reina. Si cambias de planes, Saulo, allí me encontrarás.

Lo vi alejarse por el muelle. Creía que su destino estaba escrito, pero tenía que luchar para cumplirlo. Yo tenía intención de navegar para ver mundo, y esperaba que algún día pudiera subir a bordo de un barco mandado por Cristóbal Colón.

Pero antes tenía que cumplir con mi misión.

Lomas me había encargado asegurarme de que su familia recibiera sus ahorros. Al morir, sus últimas palabras fueron para ellos: «Diles que todo lo que hice, lo hice por ellos».

Pensé en mi propia familia. A mi padre le avergonzaba tener que mendigar, pero eso no le impidió hacerlo; por el mismo motivo, Lomas se había enrolado como remero en una galera, lo hizo para que su familia pudiera comer. Igual que a la familia de Lomas se le debía su jornal, a mi padre se le debía justicia.

Así que localizaría a la familia de Lomas y les entregaría sus ahorros. Pero lo haría mientras me dirigiese de camino a buscar a don Vicente Alonso de Carbazón. Regresaría a Las Conchas y me acercaría a la casa del juez para quemarla y cumplir con el juramento que había hecho de vengarme.

TERCERA PARTE

Prisionera de la Inquisición

1491-1492

28

ZARITA

La hermana Magdalena me acercó las tijeras a la oreja. Siguió el chirrido desapacible del metal contra el metal.

Mi cabello, los sedosos rizos negros que mi madre había cepillado cada noche, y que mi padre había trenzado antes de salir juntos a caballo por la mañana, se precipitaron sobre el frío empedrado.

Las lágrimas me resbalaban por las mejillas. Los demás siempre habían admirado mi cabello. Muchos decían que era lo que hacía que mi belleza llamase la atención. Desde que era una niña, Ardelia, mi aya, me había contado el cuento de la princesa a quien rescató un príncipe de una torre, sirviéndose del cabello para trepar por él hasta alcanzarla. Ardelia me aseguró que algún día, un príncipe rico y atractivo llegaría a caballo hasta nuestra casa, se enamoraría locamente de mí y me convertiría en su prometida, todo por el lustre y la longitud de mi precioso pelo.

Sor Magdalena fue a coger una escoba y me la dio para barrerlo del suelo.

—El cabello de una mujer puede suponer su cautiverio —se apresuró a decir—. Piénsalo, hermana Zarita de Marzena.

En la orden de mi tía, una monja podía conservar su propio nombre. A partir de entonces sería Zarita, y había decidido adoptar el apellido de la familia de mi madre en lugar del apellido de mi padre, quien, tal como yo lo veía, me había abandonado. No mucho después del terrible día en que me contó lo que iba a ser de mí, supimos que Lorena estaba embarazada. Comprendí que mi padre no tardaría en acomodarse a su nueva familia y que no volvería a haber sitio para mí en su casa. No me quedó otra opción que ingresar en el convento.

Mi tía no hizo comentario alguno al respecto. No quiso criticar a mi padre. Yo no estaba muy segura de que su reacción estuviera relacionada con uno de los votos de su orden, que consistía en mostrarse caritativo en todo. Supuse que no debía apoyar el punto de vista de mi padre. En una ocasión en que lo critiqué en su presencia, dijo:

—A veces las personas hacemos lo que creemos mejor, y nuestras intenciones son malinterpretadas.

Me tapé las orejas al escuchar eso.

—No estoy dispuesta a oír justificaciones de ningún tipo. He decidido desterrarlo, igual que él me ha desterrado a mí.

Y así fue como, convertida en Zarita de Marzena, empecé mi nueva vida de novicia en el convento de las Hermanas de la Compasión.

El verano se enfrió con la llegada del otoño, y pronto el otoño se convirtió en invierno, pero para mi sorpresa el gris del cielo no se reflejó en mi ánimo. La comunidad de monjas de clausura estaba impregnada de una alegría que me resultó inesperada. Las hermanas se deleitaban en su trabajo y las plegarias. Reían cuando comían y cosían juntas, y disfrutaban cada noche cantando y tocando música durante vísperas.

Alejada de la tensión de mi hogar y las constantes riñas con Lorena, me contagié de la calma mental y empecé a adquirir una paz y perspectiva que nunca habían estado presentes en mi vida. Mi tía procuraba que sus monjas no abandonaran su educación, y las animaba a hablar de historia, filosofía, política y ciencia. Muchos de los textos que utilizaba provenían de estudiosos judíos y de libros que ella había traducido del árabe. Gracias a la correspondencia que recibían de familiares y amistades, la comunidad de clausura se mantenía informada de todo lo que sucedía en el mundo exterior.

Y así supimos de la finalización del proceso inquisitorial en el caso del santo niño de La Guardia. En noviembre de 1491, se llevó a cabo un auto de fe en el que tres personas de origen judío, acusadas de secuestrar, torturar y crucificar a un niño cristiano, fueron condenadas a morir en la hoguera.

—A pesar de que ninguna familia denunció la desaparición de su hijo durante el tiempo en que el muchacho se suponía que había desaparecido. —Sor Magdalena sacudió la cabeza—. Y a pesar de que no hallaron el cadáver. Eso sí, hubo denuncias, circularon historias. Es probable que los agentes de la Inquisición empleasen las mismas tácticas que utilizaron aquí para lograr que los habitantes se denunciaran mutuamente.

Las noticias nos llegaron en diciembre. Yo estaba con mi tía y sor Magdalena en el cuarto de coser, concentradas en bordar una sabanilla para el nuevo altar de nuestra capilla, con vistas a las Navidades.

—Esto es lo que sucede cuando se da rienda suelta al miedo y las suspicacias —comentó mi tía Beatriz—. Se necesita mucha disciplina para refrenar las propias emociones y actuar con consideración.

Me eché a llorar.

Ambas monjas se volvieron hacia mí, antes de cruzar la mirada entre ellas. No se levantaron para rodearme los hombros con el brazo, o darme una palmada en la espalda.

—Hermana Zarita —dijo mi tía con calma—, contadnos qué os aflige.

—Soy una cría insensata —dije entre sollozos—. Me comporté como aquellos a quienes criticáis. Cuando estuvo aquí la Inquisición, yo fui una de esas personas que traicionó a sus propios paisanos. Cuando oí los gritos de Bartolomé la mañana que empezaron a torturarlo, cuando vi lo que le habían hecho, cuando... —Tragué saliva ruidosamente, las lágrimas y la tensión me hicieron un nudo en la garganta que bastó para que me temblara la voz—. Cuando supe que planeaban causarle más atrocidades, hubiera dicho cualquier cosa, cualquier cosa, para detenerlos. —Me sacudió un temblor—. Habían puesto al rojo los atizadores, las pinzas metálicas, y... y... —Acudió a mi mente el recuerdo de aquel día en el pajar, y fui incapaz de continuar.

—Era de esperar que reaccionaseis de cierta manera si presenciabais la tortura y sufrimiento de alguien a quien apreciáis —dijo mi tía con un tono de voz neutro. Desde que me había hecho novicia, me trataba con menos familiaridades que de costumbre en presencia de los demás.

—Un ser humano inocente —puntualizó sor Magdalena.

—Sí, por supuesto, sor Magdalena. Un ser humano inocente, sometido a un dolor intenso —continuó mi tía—. Es normal que cualquiera adopte medidas para impedir que algo así continúe. Yo no me culparía a mí misma por algo semejante.

Me enjugué las lágrimas e intenté recomponerme. Si me había propuesto reconocer mi culpa, entonces debía hacerlo de la forma apropiada, y no dejándome llevar por una rabieta disfrazada por la preocupación del bienestar ajeno.

—Ni siquiera tengo esa excusa. Hablé porque otra persona había denunciado al médico que vive en el barrio judío.

—Entonces denunciasteis a alguien para proteger a otra persona —dijo sor Magdalena, leal.

—No. Hablé para distraer la atención del padre Besian del médico, pero sólo fue en parte para protegerle. Sobre todo lo hice para protegerme a mí. —Por fin había sido capaz de confesar mi cobardía. Me quedé cabizbaja, avergonzada por mis acciones, y a pesar de ello me invadió una intensa sensación de alivio—. Pensé que si el padre Besian interrogaba al médico, podría enterarse de que le había consultado, y entonces la tomaría conmigo.

—¿Consultasteis con el médico judío, Zarita? —preguntó, sobresaltada, sor Magdalena.

—Acudí a la casa del médico judío para preguntarle si conocía a una mujer enferma en la zona. Fue él quien me condujo al lugar donde agonizaba la esposa del mendigo.

Sor Magdalena se volvió hacia mi tía.

—No sabíamos que hubiese sucedido así. Cuando acudisteis a nosotras con la mujer moribunda, pensamos que la habíais localizado por vuestros propios medios y comprendimos que necesitaba cuidados médicos.

—¿Quién más está al corriente de esto? —preguntó mi tía.

—Nadie más, sólo nosotras. Y Garci —añadí.

—¿Estáis segura?

—Sí, ¿por qué lo preguntáis?

—En una población pequeña como ésta, es normal que todo el mundo sepa las cosas de los demás. O los miembros del servicio pueden estar al corriente de los asuntos de los compañeros —añadió tras un instante de reflexión.

Las miré angustiada.

—¿No habré traído problemas a vuestra puerta? No tenía ni idea...

Mi tía esbozó una sonrisa tranquilizadora.

—No ahondemos en este asunto. El padre Besian se ha marchado, y esperemos no volver a verlo por aquí. Somos peces pequeños, comparados con la pesca mayor que emprenderán cuando finalmente caiga Granada.

Hubo un silencio en el cuarto, que rompió al cabo sor Magdalena para preguntar:

—¿A quién denunciasteis?

—Hablé en contra de las mujeres del muelle que seducen a los marinos. Y me siento responsable de que dos de ellas acabasen siendo castigadas en público. Aunque son malas mujeres —añadí.

—¿Lo son? —preguntó mi tía en voz baja—. ¿Os sorprendería saber que atendemos a algunas de ellas entre estas paredes, con discreción y sin cobrarles?

—No —respondí—. Aunque sé por los meses que llevo aquí que vuestra compasión y piedad os lleva a poner sin dudar vuestras habilidades al servicio del prójimo.

—¿Y os sorprendería saber que tienen otros clientes, aparte de los marineros y buhoneros que circulan por los muelles?

—No sé a qué os referís —dije, mirando a mi tía con los ojos muy abiertos.

—Me refiero a que los hombres respetables de esta población visitan esos lugares cuando cae la noche. Hombres de todas clases y posiciones. Maltratan y utilizan a esas mujeres. Si quedan embarazadas, por lo general las abandonan, a veces incluso las exhortan a matar al hijo antes de que nazca, y luego, cuando desobedecen, intentan castigarlas por ello.

—Pero ¿su comportamiento licencioso no las hace tan culpables como a ellos? ¿Por qué iba una mujer decente a vivir de ese modo?

Mi tía se inclinó en la silla y me miró a la cara.

—¿Cómo sobrevivirías tú, Zarita, apartada de tu padre, si no tuvieras una amable tía dispuesta a acogerte en su casa? —me preguntó con la familiaridad de antaño.

Me llevé las manos a la cabeza.

—Soy tan débil —susurré.

—Sois joven —dijo sor Magdalena—. Adquirir sabiduría no es tarea fácil.

—No debí denunciarlas. Soy culpable de pecar contra la caridad.

—De un modo u otro, todos somos culpables —replicó mi tía—. También yo lamento cómo actué. No debí hablar con el padre Besian del modo que lo hice. Fue como si lo desafiara. Dije que haría el ridículo si utilizaba una infusión de menta y un niño medio tonto como ejemplos de herejía. También fue el orgullo lo que me empujó a mostrarle la escritura mediante la cual la reina Isabel me concedía las tierras y aprobaba la institución de mi orden. Debí haber actuado con mayor humildad, haber permanecido callada cuando me regañó. Pero no lo hice. Creo que nuestra entrevista lo molestó hasta tal punto que cuando vio que no podía conmigo decidió maltratar al pobre Bartolomé. Recuerda que yo había excusado a Bartolomé por su comportamiento al salir de la iglesia tras la misa que ofició el padre Besian.

Me sacudió un temblor. También yo había intentado interceder por Bartolomé.

—No es sabio ponerse en contra de alguien tan vengativo —me advirtió mi tía—. El padre Besian no es de los que olvidan una afrenta, sino de los que nunca lo hacen, de los que son capaces de esperar a que llegue el momento de vengarse de la persona que creen que los ha ofendido.

29

SAULO

Para mí la venganza era lo más importante del mundo.

Más que el oro que había descubierto en la túnica del capitán Cosimo, y más que viajar con Cristóbal Colón para descubrir nuevas tierras, anhelaba cumplir la promesa que me había hecho a mí mismo de acabar con la vida del juez. Las pesadillas, que hasta cierto punto habían disminuido durante la temporada que pasé en las islas Canarias, volvieron a atormentarme regularmente a mi vuelta a la península.

Pero el lugar adonde regresé en 1491 me parecía distinto del que me había visto obligado a abandonar casi dieciocho meses atrás. Mientras viajaba al este desde Cádiz para localizar a la familia del remero libre, Lomas, vi gente afectada por los juicios inquisitoriales. En los puertos donde había comerciado el capitán Cosimo, los mercaderes a menudo eran judíos, pero ahora, tierra adentro, vi pruebas de que muchos de los negocios regentados por judíos habían cerrado sus puertas. Los aldeanos y los dueños de las tabernas recelaban de los extraños. ¿O acaso siempre había sido así, y yo sencillamente era tan joven, estaba tan protegido por mis padres, que era incapaz de comprender lo que sucedía en el ancho mundo?

Cuando hice un alto para comer, reparé en que los dueños hacían gran ostentación ante sus parroquianos de que en sus negocios se servía carne de cerdo. Por lo visto, esa medida tenía por objeto dar pruebas de que no tenían relación ni sentían la menor simpatía por las costumbres ajenas a las prácticas cristianas, ya que el cerdo estaba prohibido por ciertos credos. La gente se guardaba mucho de hablar abiertamente, y sobre todo se hablaba mucho del caso del santo niño de La Guardia, en Toledo. Creí entender que un niño había desaparecido de esa población, y que al cabo de un tiempo, durante un interrogatorio, un judío confesó haberlo crucificado. Semanas antes, en noviembre, ese judío, junto a otros dos, fue quemado vivo en la hoguera.

Cuando comenté que cualquiera podía llegar a confesar cualquier cosa, dependiendo del método de interrogación utilizado por el interrogador, me vi al poco rato sentado a solas a la mesa. Al cabo de unos minutos, el dueño de la taberna se me acercó para informarme de que no disponía de una habitación libre para mí.

Me desplacé tan rápidamente como pude, y al cabo de un tiempo llegué al norte de Málaga, y una vez allí localicé el pueblo situado en lo alto de una colina donde residía la familia de Lomas. Añadí algún dinero de la túnica al que me había dado el remero antes de morir, pero rechacé la oferta que me hicieron de quedarme a cenar y pasar la noche. Su pena era demasiado grande para que pudiera soportarla, pues me traía recuerdos de la muerte de mi padre. Por tanto, me eché de nuevo al camino, anduve en dirección este, con al alma enardecida por el deseo de venganza.

Cuando alcancé las afueras de Las Conchas y volví a ver las calles próximas a los muelles, me embargó una fuerte emoción.

Había comprado un buen caballo y ropa oscura para viajar rápidamente y sin llamar la atención, y llegué a la población a mediados de diciembre cuando caía la noche. Fui inmediatamente a la casa donde mi padre alquilaba una sórdida habitación. La encontré ocupada por otra familia, así que fui a buscar al dueño, a quien pedí información acerca de los antiguos inquilinos. Por temor a que me delataran, no me presenté como pariente de la familia por la que preguntaba, pero tuve la certeza de que nadie me reconocería. Había crecido; tenía la piel más oscura y más rubio el pelo. Ya no era un niño desnutrido. Calculaba mi edad en torno a los diecisiete años, probablemente más, y si antes era flacucho, ahora tenía un cuerpo musculoso. Tenía un aspecto distinto, y hablaba de forma distinta. Era alto y ancho de hombros, y había adquirido la confianza que dan el dinero y la experiencia.

Además, me sentía osado porque estaba decidido a matar.

El dueño inspeccionó mi ropa, mi complexión y mis modales. Respondió, contándome que el ocupante del cuarto había muerto ejecutado, a su hijo lo habían condenado a galeras y la mujer había fallecido, y sin duda su cadáver descansaba en la tumba propia de un mendigo. Me miró con astucia, entornando los ojos, y dijo:

—Dejaron a deber un dinero...

Me llevé la mano al cinto, donde llevaba el cuchillo de Panipat.

—Pero no importa —se apresuró a decir el dueño, reculando—. No tiene importancia.

Al amparo de la oscuridad, me situé a la salida de la propiedad del juez en Las Conchas.

Fui al mismo punto en el muro al que me había encaramado casi hacía año y medio para alcanzar a mi padre. El asidero seguía allí, el lugar donde mis pies desnudos habían practicado un hueco para alcanzar la parte superior del muro. Era más fuerte y más alto, y en cuestión de unos instantes me encontré sentado arriba, a horcajadas. Tal como había supuesto, encontré perros en el patio. Les arrojé la carne envenenada que llevaba encima. Hubo algunos gañidos, seguidos por el ruido de las mandíbulas que desgarraban la carne, luego gruñidos apagados, y finalmente el silencio. Transcurrieron otros diez minutos antes de saltar del muro y acercarme con sigilo a la casa, una sombra en mitad de la noche.

Aguardé en la oscuridad.

Si hubiera encontrado viva a mi madre, quizás habría demorado mi venganza. Aunque supe que era una esperanza vana imaginar que pudiera seguir con vida, ver confirmada su muerte me había avivado la ira hasta tal punto que temblaba ante lo que me disponía a hacer.

Me situé al pie del árbol del que habían ahorcado a mi padre. Palpé la superficie del tronco. Me había dado un tremendo golpe con él cuando me levantaron con fuerza. El horrible recuerdo del rostro de mi padre apareció ante mi mirada. La expresión de terror, el ruido de la asfixia. Me tapé los oídos como si pudiese servirme de algo.

Saqué el cuchillo y corté una tira en la corteza que abarcó todo el diámetro del tronco. Después, de una bolsa del cinto, saqué una sustancia que había comprado al mismo alquimista que me vendió el veneno para los perros y procedí a extenderla en el trecho de tronco que había quedado al descubierto.

Procedente del lugar donde dormía la servidumbre, sobre el establo, en un lateral de la casa, me llegó un rumor de voces. A pesar de lo tarde que era, algunos de los sirvientes seguían despiertos. Tenían cerradas las puertas que daban al exterior para protegerse de los rigores del tiempo invernal, y a menos que tuviera mala suerte, hacía demasiado frío para que a alguien se le ocurriese abrirlas y echar un vistazo al exterior. Pasé de largo del edificio a hurtadillas, y seguí caminando hacia el pajar situado al final del establo.

Estaba vacío. Encontré las linternas de aceite y vertí el contenido en el suelo. Antes de recurrir a la yesca y el pedernal para hacer fuego, saqué agua del comedero, humedecí la paja en ciertos puntos para retrasar que prendieran las llamas. No quería que el incendio llamase la atención de los ocupantes de la casa, antes de que lograse introducirme en el interior para acabar con ellos. Había planeado exactamente lo que me proponía hacer.

Había luz en una ventana de la planta baja. Me pegué a la pared, junto a la ventana, incliné la cabeza y me asomé.

Don Vicente Alonso se encontraba sentado al escritorio de su despacho. Tenía montañas de documentos ante sí, pero no los consultaba. En lugar de ello, miraba al vacío. Estaba más canoso de lo que lo recordaba, y también tuve la impresión de que tenía más arrugas en el rostro, alrededor de los ojos y los labios.

Me deslicé por la pared hasta alcanzar la puerta trasera, que era de sólido roble. No podía forzarla. Tampoco podía romper la ventana, porque hubiera comprometido el factor sorpresa.

Probé a abrirla, sin más, y la puerta se deslizó hacia dentro sin hacer un solo ruido. El destino estaba de mi parte. Debían de confiar de tal modo en la protección proporcionada por los perros guardianes, que ni siquiera se molestaban en cerrar de noche la puerta. Probablemente era responsabilidad de don Vicente echar el cerrojo cuando la servidumbre se retiraba a sus dependencias, situadas sobre el establo. Probablemente lo dejaba para el último momento, antes de retirarse a dormir. Esbocé una sonrisa torcida cuando deslicé el cerrojo para cerrarla. Era un error que don Vicente pagaría con la vida.

Silencioso como un gato, recorrí el salón y abrí la puerta del despacho.

—Buenas noches, don Vicente Alonso de Carbazón, juez de Las Conchas.

Dio un salto al tiempo que soltaba un grito ahogado, fruto del susto. Crucé la habitación y le puse el cuchillo al cuello.

—¿Dónde está vuestra familia, don Vicente Alonso?

Boqueó, incapaz de decir nada hasta que el instinto lo empujó a responder.

—No tengo familia. Sal de mi casa.

—Al menos tenéis una hija. Estoy seguro de ello. Y para tener una hija, un hombre como vos necesita casi con toda seguridad esposa.

—¿Quién eres? —preguntó con tono de exigencia—. ¿Qué haces aquí? ¿Por qué has irrumpido en mi casa?

Lancé una carcajada burlona.

—Es demasiado tarde para que hagáis preguntas —dije—. Debisteis preguntar hace más de un año, en agosto. Entonces habríais sabido la verdad y no os habríais apresurado a la hora de ahorcar a un inocente.

Me miró con los ojos desmesuradamente abiertos.

—Eres el hijo de ese mendigo. Debí ahorcarte junto a tu padre, bandido, ladrón, gusano...

Le di un puñetazo con la otra mano para que se callara.

—Vais a decirme dónde puedo encontrar a vuestra familia. Si no lo hacéis, os arrancaré los ojos.

—No haré tal —replicó, desafiante.

—De acuerdo. Primero voy a ataros. Después registraré la casa.

Titubeó al oírme decir eso. Luego habló con arrogancia.

—Mi hija está en la corte, alejada de la basura como tú.

—¿Y vuestra mujer?

—No —respondió—. Soy viudo. Mi mujer falleció... Había fallecido aquel día. —Se recompuso—. El incidente al que te refieres tuvo lugar el día... De hecho, apenas unos segundos después de que mi mujer abandonara este mundo.

Entorné los ojos, atento a la expresión de su rostro. Había hablado con seguridad cuando afirmó que su hija no estaba en la casa, una seguridad que no mostró al mencionar a su mujer. De hecho, había mirado fugazmente en dirección al techo.

—¿Podría ser que os casarais de nuevo? —aventuré. En cuanto hube pronunciado aquellas palabras, supe que había dado en el clavo. Le rasgué la piel del pescuezo con la hoja del cuchillo.

—Ahora mismo vais a llamarla —ordené.

—No está aquí.

En ese momento, se oyó procedente del techo el crujido de la madera.

—Ambos sabemos que vuestra esposa está en la casa. Llamadla para que acuda al despacho.

—No —respondió—. No lo haré.

—Os mataré.

—Vas a hacerlo de todos modos. Así que adelante. No pienso obedecerte.

Su obstinación me asustó, tuve la sensación de que iba a precipitarme.

—Como deseéis —dije—. La quemaremos viva. —Tomé el candelabro y lo acerqué a la cortina. Luego levanté la lámpara de vidrio y la arrojé al suelo. El aceite se extendió por las baldosas y las llamas no tardaron en alcanzarlas. Pronto el fuego envolvió las patas de la mesa.

—Esperaremos a que arda la cama de vuestra mujer en la primera planta —dije, fingiendo que el fuego no me importaba.

—Admito que tengo esposa —dijo entonces don Vicente, que estaba alterado—. Pero hablemos de la situación. También tengo dinero. Mucho dinero. ¿Cuánto quieres?

—¿De veras creéis que podéis compensar con dinero lo que hicisteis? —pregunté, escupiendo las palabras.

Se limpió la saliva del rostro.

—Te lo daré todo. Cualquier cosa. Lo que sea.

El ambiente del despacho empezó a caldearse y a llenarse de humo. El fuego ya había alcanzado la parte alta de las cortinas y se desplazaba por el techo.

—Vos me arrebatasteis todo lo que he amado —le acusé.

—Te daré todo lo que tengo. Todo. —Jadeaba y agitaba las manos en el aire, desesperado—. Todo esto.

—Quiero vuestra vida, y la vida de todas las personas que significan algo para vos. Erradicaré vuestra estirpe y vuestra descendencia —dije, cuidando de citar casi las palabras exactas que pronunció cuando me ahorcó junto a mi padre.

Lo vi muy asustado. Me regocijó contemplar la expresión de sus ojos, de su rostro.

—¡Piedad! —me rogó, extendiendo las manos hacia mí en un gesto de súplica—. ¡Piedad!

Me incliné sobre él. Tal vez tuviera piedad, pero por el momento saborearía la exquisita sensación de venganza.

Sin embargo, el juez era listo y astuto, y estaba fingiendo para cogerme desprevenido. Se zafó y echó a correr en dirección a la puerta, gritando.

—¡Lorena! ¡Encerraos en vuestro cuarto y pedid ayuda, Lorena! ¡Lorena! ¡Abrid la ventana y pedid ayuda!

Pareció tropezar al alcanzar el pie de la escalera, y cayó al suelo tras llevarse las manos al pecho. Lo alcancé enseguida y le di una patada, igual que él había hecho con mi padre.

No se movió.

Lo tanteé con la bota y le ordené que se levantara, pero no se movió. Luego me arrodillé con cautela, y le di la vuelta para ponerlo boca arriba.

Me miraba sin expresión, con los ojos abiertos como platos. Estaba muerto.

Don Vicente Alonso, el juez, había muerto. Tenía el rostro enrojecido. Debía de haber sufrido un ataque al corazón.

En lo alto de la escalera apareció una mujer que lanzó un grito al verme. Volvió a gritar, señalando detrás de mí. Al darme la vuelta, vi que el salón estaba envuelto en llamas. A mi espalda y a mi alrededor, el fuego lo devoraba todo a su paso.

La mujer gritó de nuevo.

—¡Ayuda! ¡Ayuda! ¡Salvadme! ¡Salvadme!

Las llamas nos envolverían. Fui a la puerta principal y la abrí.

La mujer bajó la escalera y me siguió. Me di la vuelta. Le caía el pelo sobre los hombros, se había puesto un sobretodo sobre la camisa de dormir, pero al mirarla no pude dejar de advertir que estaba embarazada.

«Su descendencia —pensé—. Tendría que acabar con la vida de ese niño, igual que se propuso hacer él cuando mató a mi padre. Tendría que empuñar el cuchillo y asesinarla aquí mismo.» Tenía los ojos inyectados en sangre, y en la boca el sabor de la venganza. Pero no me moví.

La mujer se me quedó mirando. Le estaba bloqueando la salida de la casa. Se puso a agitar los brazos fuera de sí, y vi que el fuego la había alcanzado y le devoraba la ropa y el cabello. Cargó sobre mí como una loca.

Me aparté para dejarla pasar, y ella salió corriendo en dirección al pajar.

—¡No! —grité—. ¡Hacia allí no!

Cuando desapareció en el interior del pajar, se produjo un fuerte estampido, y el techo saltó por los aires. Trozos de madera fueron proyectados con fuerza y cayeron a mi alrededor. Debía haber pólvora almacenada en el interior. La mujer embarazada no podía haber sobrevivido. Cuando comprendí el alcance de lo que le había sucedido, me temblaron las piernas.

Hubo una calma. El aire arrastró la ceniza. Sobre el establo se alzó un coro de voces, corrí en dirección al muro y me encaramé sobre él de un salto. No me detuve un instante para echar la vista atrás.

El juez, don Vicente Alonso, había muerto. Su anterior esposa había fallecido. Su actual esposa y el niño nonato también habían muerto.

La desaparición de mis enemigos tendría que haberme alegrado. Pero las sensaciones predominantes que me inundaban la mente eran el horror y el desprecio hacia mí mismo.

30

ZARITA

La casa ya no tenía techo. El viento soplaba a través de las vigas, y las cabras se apartaron a mi paso. Alguien salió del establo. Aunque hacía unos pocos meses que lo había visto, me costó reconocer a Garci, el capataz de mi padre. Era otro hombre, el cabello casi le había encanecido por completo y arrugaba el entrecejo.

Yo vestía el hábito gris del convento, con la cofia y el griñón, cuando me miró.

—Zarita —dijo con tristeza—. Tuvieron que cortaros el pelo.

Recordé lo que me había dicho sor Magdalena respecto al cabello de una mujer, y pensé en la de tiempo que me ahorraba a diario cepillándomelo y arreglándomelo. Además..., en un convento había pocos espejos.

—Al principio me importó, pero ahora ya ni pienso en ello —respondí con sinceridad.

Serafina y Ardelia, ambas desoladas, se hallaban en la puerta de las dependencias del servicio. Tras ellas alcancé a ver en un rincón a Bartolomé, hablando solo en susurros mientras echaba el cuerpo hacia atrás y hacia delante. Se me encogió el estómago. Aquel muchacho perpetuamente alegre no había vuelto a sonreír desde el día de su arresto por la Inquisición.

Garci me observó mientras mi mirada recorría la propiedad. Fruncí el entrecejo al ver el árbol que se alzaba ante la entrada principal. Había una hendidura en la corteza y se había formado en ella una capa de podredumbre. Habría muerto antes de la llegada de la primavera. El capataz paseó la vista entre el árbol y yo. Ambos recordábamos el día en que mi padre ahorcó al mendigo, el día en que falleció mi querida madre. Eché un vistazo al árbol con el tronco mutilado y sentí un escalofrío.

Me volví hacia la casa.

—¿Sabemos quién fue el responsable? —pregunté a Garci.

—¿Cómo saberlo? —Se encogió de hombros—. Hoy en día hay tantas riñas entre cristianos, judíos y moros, que los criminales se aprovechan de los conflictos para formar bandas de bandidos que roban y asesinan sin necesidad de ser fieles a ninguna causa.

—¿Ha habido asaltos en otras haciendas recientemente?

—No que yo sepa.

—Entonces escogieron la de mi padre.

—Ya había pensado en ello —dijo Garci, que no era ningún tonto—. Habría sido más inteligente escoger una propiedad más aislada. Esta casa está más cerca del pueblo. Hay otras propiedades de familias más acaudaladas, situadas a mayor distancia de un lugar del que pueda provenir ayuda.

—¿Fue quizás un acto de venganza?

—Cualquier persona a quien vuestro padre sentenciara podría haberle guardado rencor —respondió Garci—. Pero no creo que se propusieran hacer saltar por los aires el pajar. Por si acaso recibía órdenes del gobierno, instándole a formar una milicia, vuestro padre almacenaba pólvora y algunas armas en el antiguo sótano del pajar. Pero, aparte de vuestro padre y de mí, nadie estaba al corriente de ello. El calor del incendio debió provocar la explosión, que se oyó hasta en el pueblo. La gente acudió con baldes de agua. Logramos apagar las llamas en la casa, pero no hubo tiempo de evitar los daños.

Me dirigí a la casa.

—Muéstrame dónde encontrasteis el cadáver de mi padre —le pedí.

Cuando Garci me llevó al interior del edificio, me inundó una sobrecogedora tristeza. Había pasado muchos días felices allí. Mi padre, mi madre y nuestra hermosa casa habían desaparecido.

El capataz señaló al pie de la escalera.

—Vuestro padre yacía allí.

Con los ojos empañados por las lágrimas le pregunté cómo creía que había muerto.

—Debió de ser muy rápido —me aseguró—. No presentaba signos de violencia. El médico que lo examinó determinó que había sufrido un ataque al corazón. Vuestro padre no se lo había contado a nadie, pero yo sabía que hacía un año que se quejaba de dolores en el pecho. —El hombre hizo una pausa, y luego añadió—: Desde la muerte de vuestra madre.

De modo que mi padre había sufrido tanto como yo. Fue como si su muerte me hubiera acercado a él. Sin embargo, había vuelto a casarse tan pronto. Cuando pensé en ello, le pregunté a Garci:

—¿Sólo encontraron un cadáver?

—Sí.

—¿Y... Lorena?

—Creemos que salió de la casa y fue hacia el pajar. Ardelia está segura de haber oído a alguien corriendo al pie de la ventana, una persona que iba gritando, poco antes de producirse la explosión del pajar. Lorena debió de ser víctima de la explosión. No se han encontrado sus restos.

Se me encogió el estómago al pensar en la muerte de mi madrastra. Había sufrido un final terrible, y, a pesar de lo mucho que me desagradaba su persona, jamás le habría deseado semejante destino, y tampoco al niño inocente que había muerto en su vientre.

—¿No tenía que dar a luz dentro de poco?

—En cuestión de semanas, sí.

¿Qué otras alternativas había a su muerte? Una pandilla de ladrones no habría secuestrado a una mujer embarazada.

—Cuéntame qué sucedía en la casa antes de la llegada de esos hombres.

—Vuestra madrastra, Lorena, se había retirado a dormir. Cada vez estaba más cansada. Los últimos días estaba agitada y tenía problemas para descansar. Aunque faltaban semanas para el parto, Ardelia dijo que creía que el niño se movía mucho y que estaba dispuesto a nacer. Lorena se había ido a dormir. Vuestro padre estaba sentado en su despacho, leyendo unos documentos. Recientemente había dedicado mucho tiempo a ordenar los libros mayores. Tenía encendidas lámparas y velas. Le llevé una copa de vino y le di las buenas noches, confiándole el cierre de la casa desde dentro, tal como hacía siempre. Recorrí el perímetro, como de costumbre. Todo estaba tranquilo, nada estaba fuera de lugar. Dejé entrar a los perros en el patio, cené en compañía de Serafina y nos fuimos a la cama. Casi todo el mundo dormía. Ardelia y la doncella de la señora, que comparten cuarto, seguían despiertas, cotilleando, pero no tardaron en quedarse dormidas. El primer ruido que se oyó fue el correspondiente a la explosión, aunque Ardelia cree que despertó poco antes cuando oyó los gritos de Lorena.

Recorrí el salón y lo que quedaba de la cocina y el comedor. Aquello no había sido obra de una banda cualquiera de bandidos. Sin ir más lejos, no se habían llevado los objetos de valor: la plata y todo lo demás estaba intacto.

En el despacho me acerqué a los restos chamuscados del escritorio, y pensé en mi padre. Lo imaginé enfrentándose a esos hombres. No se habría sometido fácilmente a sus exigencias o amenazas.

Orgulloso, altivo, debió de hacer todo lo que pudo para proteger a Lorena y al niño nonato. Miré hacia arriba. ¿Habría oído ella el tumulto? ¿Habría bajado a ver lo que sucedía? ¿Y mi padre? ¿Había podido avisarla? Era un hombre honorable. Debió de hacerlo, a pesar de haber muerto intentándolo.

Caminé lentamente de vuelta al pie de la escalera. Ése era el lugar donde había fallecido. Supuse que habría echado a correr hacia allí y que murió intentando proteger a su familia. Y Lorena, cuando le oyó gritar, debió de asomarse al descansillo de la primera planta. La imaginé mirando desde allí a los bandidos. Mi padre debió de gritarle que se hiciera fuerte en el dormitorio.

Hice ademán de subir la escalera.

—Los peldaños no son seguros —me advirtió Garci.

—Quiero subir —dije.

Fue a buscar una escalera, y luego me ayudó a subir por ella. El suelo crujió bajo nuestros pies.

—No vayáis a la salita —me aconsejó.

Era el salón de mi madre, la misma estancia que Lorena había utilizado para recibir a sus invitados en aquellas fiestas absurdas que organizaba.

El dormitorio principal se encontraba a la derecha, y allí el suelo era más firme. El fuego no había alcanzado esa zona, los únicos desperfectos los había causado el humo. Encontré la puerta entreabierta, la ropa de cama desordenada. Lorena no había llegado a encerrarse allí. Examiné la superficie de la puerta. No había marcas de hacha, ni una mella en la madera. En el tocador había un joyero abierto. Acaricié con las yemas de los dedos la superficie de las cuentas cubiertas de hollín.

Comparadas con la vida humana, qué triviales e insignificantes resultaban todas aquellas cosas.

Miré a mi alrededor, pensativa. Si Lorena no se había escondido allí, ¿había intentado huir por la ventana? El marco estaba intacto y la ventana cerrada. Exhalé un suspiro y me apoyé en el cristal. Garci tenía razón: debió de huir en dirección al pajar, donde murió de resultas de la explosión.

Miré al exterior. Aquella habitación miraba al establo, el pajar y el bosque. Más allá del camino que discurría al salir de la puerta trasera se alzaban los árboles, tanto de hoja caduca como de hoja perenne. Recordé los paseos que habíamos dado mi madre y yo por allí; las historias que me había contado de lobos y duendes. Me advirtió que no anduviera sola por el camino, y también que no fuera allí de noche. Pero Lorena no había oído aquellos cuentos. Si mi padre le advirtió a gritos de la presencia de los bandidos, quizá logró escapar de ellos. Si se las ingenió para salir de la casa, entonces tal vez el bosque no se le antojó un lugar aterrador, sino un refugio.

Me di la vuelta y salí a buen paso de la habitación.

—Ensíllame un caballo, Garci —dije—. Voy al bosque.

31

ZARITA

No nos costó encontrar a Lorena.

Estaba medio recostada en un tronco. No se había adentrado mucho en el bosque. Tenía la camisa de dormir renegrida, rota, y la mitad del pelo quemado. Desmonté, y Garci se hizo cargo de las riendas mientras yo me acercaba para arrodillarme a su lado. Lorena se apartó de mí. Anochecía y las sombras se alargaban en la maleza. Con la luz a mi espalda, supuse que tenía un aspecto amenazador, que tal vez me había confundido por un hombre.

—No temáis, Lorena —le dije—. Soy yo, Zarita. También Garci está aquí. Hemos venido a ayudaros.

—Los hombres —dijo—. Hay gente en la casa.

—Se han ido —le aseguré—. ¿Os encontráis bien?

—Vine al bosque —divagó, febril—. Quise esconderme. ¿Vuestro padre ha muerto? No es culpa mía. Gritó para advertirme. Rogué piedad. Pensé que aquel hombre iba a matarme, pero me dejó marchar. No me adentré mucho. Tenía miedo.

—Ya pasó todo —dije—. Se han ido.

Lorena gruñó mientras intentaba levantarse, pero no pudo. Le rodeé el hombro con mi brazo.

—¿Os habéis roto el tobillo? ¿La pierna?

—Mi hijo. —Se señaló el vientre—. Es pronto para salir de cuentas, pero creo que mi hijo está a punto de nacer.

Garci echó a correr en busca de un carro, mientras yo intentaba ayudar a Lorena a incorporarse. Me hundió las uñas en el brazo y ganó impulso, pero al final perdió pie y acabó a cuatro patas. Ahogó un grito.

—Algo va mal. Hace horas que tengo estas contracciones, y el niño no se mueve.

—Mi madre estuvo dos días y una noche de parto —dije.

—¡No quiero oír hablar de vuestra madre! —protestó con rencor—. Decidme qué queda de la casa. Habladme de cualquier cosa que me distraiga del dolor.

—La casa ha sufrido... daños.

—¿Y mi marido? ¿Ha muerto?

—Mi padre ha... —Titubeé. La promesa que había hecho como novicia de mostrarme caritativa en todas las cosas me vino a la mente, e intenté responder con amabilidad—. Lamento decir que vuestro esposo ha muerto.

—Lo sé —dijo—. Lo vi desplomarse. Intentó avisarme.

No me había equivocado. El último acto de mi padre fue noble.

—Bajé corriendo la escalera para reunirme con él. —Lorena rompió a llorar.

—Fuisteis muy valiente —dije, decidida a calmarla.

—Me gritó que me encerrara en el dormitorio.

—Sí, sí. Mi padre quiso protegeros al niño y a vos.

Lorena esbozó una sonrisa amarga. Dio la impresión de disponerse a decir algo, pero justo entonces regresó Garci, acompañado por Ardelia y Serafina. Entre todos subimos a mi madrastra al carro, y luego la transportamos tan rápido como pudimos al convento hospital. Sor Magdalena se hizo cargo de ella, y mi tía Beatriz y yo nos dispusimos a ayudarla.

—Preparad una infusión de hojas de frambuesa —nos ordenó—. Favorece la dilatación. Vamos. A la cocina las dos. Yo le aplicaré un ungüento a las quemaduras y la prepararé para el parto.

Al cabo de unos minutos, sor Magdalena se reunió con nosotras en la cocina del convento. Estaba muy seria.

—El niño está cruzado —anunció—. Además, Lorena ha empezado a sangrar profusamente. Para traer a este niño al mundo es necesaria más habilidad de la que yo tengo.

—Avisemos a un médico —sugerí.

—Aquí tratamos a víctimas de la peste y las mujeres de los muelles que contraen toda clase de enfermedades por juntarse con clientes aquejados de infecciones —explicó sor Magdalena—. El médico del pueblo no vendrá.

—¿Qué podemos hacer?

—No lo sé —respondió mi tía.

—Entonces, ¿quién lo sabe?

—Nadie. —Sor Magdalena se persignó—. Si es la voluntad de Dios...

—¡La muerte de una madre y su hijo no puede ser la voluntad de Dios! —exclamé—. No puedo creerlo, no estoy dispuesta a creerlo.

—Silencio, Zarita. —Mi tía me puso la mano en el brazo—. Eso que dices suena a blasfemia.

Aparté su mano.

—No puede ser la primera vez que sucede algo así. Habrá alguien que sepa más que nosotras acerca de las complicaciones de un parto.

El vívido recuerdo de la muerte de mi madre me hacía un daño terrible. Cada vez que Lorena lanzaba un grito, oía los gritos de mi propia madre inmersa en un parto que nunca daría fruto. A pesar de los casi dieciocho meses transcurridos, recordaba perfectamente cómo el miedo en estado puro se había apoderado de mí. Fue en parte el motivo de que hubiese avisado a Ramón para que me escoltase a la iglesia para hacer una ofrenda. La cobardía me llevó lejos de la casa. Cuando recordaba lo sucedido aquel día, lamentaba mis acciones. ¿Habría preguntado mi madre por mí mientras yacía moribunda y yo no estaba presente?

Me acaricié las sienes. Pensar así era inútil. Sabía por experiencia que arrastraba mi mente en una espiral de autocompasión capaz de desanimarme por completo. Me regañé. El tiempo que llevaba en el convento, siendo testigo de los actos totalmente desinteresados de las hermanas, me había ayudado a madurar. No podía justificar comportarme de un modo tan egoísta. Esos pensamientos no me llevarían a ningún lado.

—Alguien tendrá los conocimientos necesarios, de los que nosotras carecemos —dije.

Aparte del corpulento médico del pueblo, ¿a qué otros médicos conocía? Sólo se me ocurrió uno.

Eché a correr para alcanzar la capa que colgaba del perchero del recibidor, diciendo al tiempo que corría:

—Volveré en cuanto pueda. Y cuando lo haga, me acompañará un médico.

32

SAULO

No volví la vista atrás para contemplar el incendio que envolvía la casa del juez don Vicente Alonso.

Una vez en el camino mayor, me alejé a caballo de Las Conchas y cabalgué toda la noche y buena parte del día siguiente. Al cabo, el cansancio pudo conmigo y me vi obligado a hacer un alto en una fonda. Pagué una habitación y caí sin desnudarme rendido en la cama, donde dormí hasta que desperté con un tremendo dolor de cabeza y calambres en el estómago.

Era de noche. No tenía idea de dónde estaba o de si sería tarde o muy temprano. Había soñado que estaba en el mar, hundido hasta el cuello en el agua de un barco que naufragaba...

Las caras hinchadas de los marineros ahogados desfilaron ante mis ojos. Uno de ellos era Jean-Luc. Tenía la boca abierta y gritaba socorro. Sin embargo, yo no oía nada. Por encima de mi cabeza, el palo se partía como alcanzado por una bala de cañón. Mi padre cuelga de allí, con los ojos salidos de las órbitas. Lenta y silenciosamente, el palo se dobla sobre mí. Intento apartarme de su trayectoria, pero mis piernas no responden a mi voluntad. Estoy paralizado cuando la muerte se abate sobre mí. Suelto un gemido de terror y levanto las manos para protegerme del golpe. Abro los ojos y me incorporo en la cama, tembloroso, llorando.

Los días siguientes transcurrieron de forma similar. No tenía idea de a donde iba ni de lo que estaba haciendo. De día cabalgaba hasta caerme de la silla. Luego disfrutaba del sueño de los condenados, plagado de terribles pesadillas sin fin. El dolor del estómago aumentó hasta tal punto que tuve que consultar con el médico de uno de los pueblos donde paré a descansar.

Dijo que no encontraba nada malo en mí, excepto que parecía necesitar una larga noche de sueño reparador. A cambio de una moneda más, me ofreció un bebedizo que me ayudaría a dormir. Negué con la cabeza e hice ademán de abandonar la casa. Cuando me acompañó a la salida, volvió a mirarme con atención y preguntó:

—¿Cuándo comisteis por última vez?

Volví a la fonda y me obligué a comer los primeros alimentos que había probado en cinco días. Al cabo de veinticuatro horas de agonizantes calambres estomacales, empecé a recuperarme.

Me sentía cada vez más avergonzado cuando pensaba en lo que había hecho. Hice a un lado ese sentimiento y lo sustituí por otro, alentando a la ira a imponerse y salir a la superficie. Me dije a mí mismo que la vida me había engañado. Don Vicente y su esposa habían muerto por accidente, y no precisamente por mi mano.

Pero la hija aún seguía con vida. El juez había mencionado que estaba en la corte.

Pregunté por la dirección de Granada y descubrí que me había desviado bastante del camino. A la mañana siguiente, me levanté y me dirigí con mayor lentitud hacia el lugar donde la reina Isabel y el rey Fernando habían establecido temporalmente su corte.

Un lastre frío y duro había sustituido el odio que anidaba en mi interior. Cargué con él como la piedra que utilizan los campesinos para lastrar las bolsas donde introducen las crías de animales que no pueden mantener.

No hubo nada capaz de moverlo o reducirlo: ni beber hasta acabar inconsciente, ni las noches que pasé en compañía de mujeres, ni el juego, ni cualquier otro supuesto placer al que los hombres suelen recurrir para pasar el tiempo. Había muchos entretenimientos así a mi alcance. Cuando me acerqué a Granada, encontré todas las poblaciones a rebosar de seguidores y comerciantes del tren de suministros del ejército.

Una mañana, en una población que distaba menos de tres horas a caballo de Granada, me tomé el tiempo necesario para mirarme en el vidrio que colgaba de la puerta del dormitorio. El rostro de un rufián me devolvió la mirada. Si quería continuar con mi misión, tendría que hacer algo con mi aspecto. Me afeité y me di un baño, y después de sacar unas monedas de la túnica que guardaba enrollada en la alforja, fui en busca de ropa más elegante. Encontré un sastre que me aseguró que cortaba personalmente los atuendos de los nobles más prestigiosos de toda la península, incluidos miembros de la familia real: el príncipe, las infantas, e incluso la reina Isabel y el rey Fernando.

—Aunque sois más alto que su majestad, tenéis planta de aragonés —dijo mientras me tomaba las medidas.

Lo dijo en un tono más bien interrogativo, pero yo no estaba dispuesto a dar un brinco para morder el anzuelo, como un pescadito.

—¿De veras?

Reculó un paso para verme bien.

—¿Tal vez venís de Cataluña? ¿Cómo van las cosas por ahí?

Aquel sastre no sólo quería conocer mis orígenes, sino también mi opinión sobre ciertos aspectos políticos. En mis viajes tuve ocasión de enterarme de que muchos catalanes no veían con buenos ojos algunos aspectos de la política del rey Fernando de Aragón.

—No sabría deciros —repuse—. Hace poco regresé del mar.

—¡Un marino! —exclamó—. ¿Como el famoso Cristóbal Colón, a quien los reyes han dado audiencia estos últimos días?

—Lo conozco. Sí —respondí con un gruñido.

El sastre siguió parloteando acerca de su pericia para vestir también a los marinos, todo ello sin dejar de aprovechar la menor ocasión de sondearme en busca de información personal. Me pregunté si era uno de los espías que se rumoreaba abundaban en las sedes de gobierno, o un mero informador, como tanta otra gente. Fue cuando mencionó el tema del dinero, pues se negó a cortar una sola tela a menos que le diera un adelanto, que comprendí que la mayor parte de todas aquellas preguntas iba destinada a averiguar si tenía posibles para pagar su trabajo. Qué sensación tan grata fue sacar una moneda de oro, hacerla girar sobre el canto en la mesa y decir, como si nada, que me llevaría dos, no, mejor tres trajes completos de cortes distintos, además de una gruesa capa de invierno. Y sí, tuve que aceptar que si tenía intención de presentarme en la corte, necesitaría echarme a los hombros su lujoso capotillo de piel, la prenda más cara que tenía.

Al final me fue muy útil, porque gracias a su empeño de obtener información me puso al corriente de cómo obraba la corte. Me aconsejó sobre la ropa más adecuada para acudir a las recepciones, cómo debía comportarme en situaciones específicas, cómo presentarme, cuándo era adecuado guardar silencio y muchos otros apuntes sobre modales y costumbres.

Mientras me confeccionaban la ropa, pregunté dónde se encontraba reunida exactamente la corte y cómo podía acceder a ella. No olvidaba las palabras del juez don Vicente Alonso. Cuando pregunté por el paradero de su hija, me dijo que estaba a salvo, protegida, en la corte. En un lugar donde la gente como yo nunca podría encontrarla.

Fruncí los labios mientras reflexionaba en cómo me había cambiado la suerte. Yo, Saulo, hijo de una madre enferma y un mendigo, tenía un contacto en los círculos de la realeza. Pensé en el marino Cristóbal Colón, que aspiraba al cargo de almirante de la Mar Océano. Era mi amigo. Admiraba mi destreza y me recibiría con los brazos abiertos. Bajo su amparo tendría derecho a acceder a la corte, al círculo más íntimo de la realeza, hasta los mismos pies del rey y la reina.

Por bien protegida que estuviera, llegaría a donde quiera que estuviera la hija del juez. Acabaría con ella. La culpaba por el resentimiento que seguía anidando en mi interior, resentimiento que se debía a ella. Ella había sido la causa de todas mis desgracias. Estaba convencido de que mi padre sólo le había pedido una moneda, y si ella se la hubiese dado, él, y probablemente mi madre, seguirían vivos. Era culpa suya que no lo estuvieran.

Así que tenía que encontrarla. Y cuando diera con su paradero, la mataría.

33

ZARITA

—Primero debéis lavaros las manos y los brazos.

Sor Magdalena lanzó un resoplido y miró con los ojos muy abiertos al médico judío.

—Estamos al corriente de las normas de higiene.

Él miró alrededor y observó los limpios e inmaculados suelos y la ropa de cama. Hizo un gesto afirmativo con la cabeza.

—Salta a la vista, y os felicito por ello. No obstante, insisto en que os lavéis de nuevo. Podría haber traído conmigo la infección. Por tanto, debéis remangaros hasta el codo y lavaros concienzudamente la piel que quede al descubierto.

Mi tía titubeó. No era correcto que un hombre, y menos uno que no era cristiano, viese la piel desnuda de una monja.

—¡Vamos, hacedlo! —exclamé de malos modos. Los aullidos de Lorena me habían alterado. Me remangué hasta donde pude y me lavé las manos y los brazos. Mi tía y sor Magdalena imitaron mi ejemplo.

—Ahora debo examinar a la paciente. —El médico judío se acercó al lecho, donde habló con susurros a Lorena. Le preguntó el nombre y le aseguró que haría todo cuanto estuviese en su mano para ayudarla. Su sosegada autoridad pareció tranquilizarla. Si ella cayó en la cuenta de que era judío, no dio muestras de ello.

Mi tía introdujo las manos bajo la manta para retirar la camisa de Lorena. Luego dobló la parte inferior de la sábana para que el estómago fuese lo único que quedara al descubierto. El médico palpó. Mi madrastra torció el gesto, pero la expresión del galeno no dio indicios de qué opinión le merecía el estado de su paciente. Cuando hubo terminado, se incorporó.

—Se ha producido una irregularidad —dijo—. Debo efectuar un nuevo examen.

Se impuso el silencio en la estancia. Lorena se mordió el labio. Incluso mi tía, menos pacata, se mostró sorprendida.

—El canal del parto —dijo lentamente el médico, como si no quisiera que malinterpretaran su intención—. Debo palpar el conducto para determinar si hay algo que lo bloquea e impide que el bebé sea expulsado por él.

—Eso sería impropio —susurró mi tía.

—¡Dejad que lo haga! —gritó Lorena—. Soy yo, no vos, quien está sufriendo este dolor.

Levantó ambas piernas y la sábana se deslizó hasta el suelo de tal modo que quedaron al descubierto las nalgas y sus partes íntimas.

—¡Dejad que mire lo que tenga que mirar! —gritó, acompañando sus palabras de una risa histérica—. ¡No será el primer hombre que lo hace! ¡A eso se debe mi estado!

¿A qué se refería? Todos en la habitación evitamos mirarnos a la cara.

Mi tía volvió la vista hacia la puerta.

—No sabéis lo que decís —dijo, intentando acallar los comentarios de mi madrastra.

Sor Magdalena retiró de debajo de las caderas de Lorena las toallas empapadas en sangre, que sustituyó por otras limpias.

—Debéis inmovilizar las piernas, dobladas y echadas hacia atrás —ordenó el médico a las dos monjas.

Mi tía y la hermana Magdalena cruzaron la mirada. Fue esta última la primera en dar un paso al frente para obedecer sus instrucciones.

El médico observó el rostro de Lorena mientras tanteaba sus partes íntimas.

—Vuestro hijo está cruzado en la abertura del útero. No puede nacer en esa posición. Quizá sea posible moverlo, lo que no está exento de riesgos. Además, sufrís una hemorragia interna cuyo origen no he podido determinar, y dudo mucho que pueda detenerla.

El rostro de Lorena había adoptado un intenso rubor, y sus ojos brillaron febriles. Como ella no respondió al médico, mi tía preguntó:

—¿Qué alternativa hay?

—Podríamos abrirle el vientre e intentar sacar al niño. La muerte de ella es casi segura, y lo más probable es que su hijo tampoco lo supere.

—¿Y si no hacemos nada?

—Su sufrimiento aumentará tanto que podría enloquecer. Al cabo, el dolor la matará, y entonces también morirá su hijo.

—¡Adelante! —exclamó apresuradamente Lorena, como si hubiera estado escuchando, pero no hubiese llegado a una conclusión hasta ese momento—. Proceded. Dadle la vuelta al niño y librad a mi cuerpo de él.

El médico judío se volvió hacia mí.

—En este estado, la paciente no puede dar su permiso. Si se derivara un desenlace fatal de esta decisión, podría deducirse que yo la ataqué de la forma más vil. Que me aproveché de una mujer mientras estaba fuera de sus cabales. Necesito que alguien con quien tenga una relación legal, por ejemplo un familiar, confirme que tengo permiso para obrar así.

—Soy su... su... —Mi lengua tropezó con las palabras—. Soy su hijastra. Os doy el permiso que necesitáis.

Sor Magdalena se apresuró a redactarme un documento, que firmé mientras el médico volvía a lavarse las manos y regresaba junto al lecho. Puso manos a la obra en el vientre de Lorena, pero en esa ocasión no actuó con remilgos y no hizo el menor caso de los gritos de la paciente, mientras se esforzaba por girar al niño para que encarase correctamente el canal del parto. Sin cejar en su empeño, siguió manipulando al bebé en la dirección que deseaba. Como sudaba profusamente, las gotas de sudor centellearon en las cejas y la barba.

Lorena rugía. Las contracciones se sucedieron sin darle un respiro. Le sequé el sudor de la frente y ella sacudió la cama, y mi tía y sor Magdalena tiraron con suavidad del niño para sacarlo del vientre. Cuando asomó la cabeza, mi madrastra lanzó un grito ensordecedor, seguido por otro que reverberó en la estancia.

Era el insistente, arrebatador y desesperado grito de un recién nacido.

—Es niño —anunció mi tía, levantándolo ensangrentado, inquieto en sus manos. La alegría hizo que la cabeza me diera vueltas. Una enorme sensación de alivio me invadió el corazón.

El médico lo tomó en sus manos y lo declaró sano. Luego volcó de nuevo la atención en las partes íntimas de Lorena. Nos llevó aparte a mi tía y a mí, dejando a sor Magdalena al cuidado de la paciente.

—No tardará en morir —anunció en voz baja—. Tal como pensaba, sufre una hemorragia que no puedo detener.

—¿Hay algo que podamos hacer?

—Quizá queráis avisar a uno de vuestros sacerdotes para que guíe su alma a la otra vida que le deparen vuestro Dios y sus fieles.

Mientras el médico judío recogía el instrumental en una gastada bolsa de cuero, me sorprendió lo cansado que se le veía. Pensé en cómo debía afectar a un médico el hecho de saber que un paciente a quien había tratado moriría a pesar de todo su esfuerzo.

—Me duele el vientre —dijo Lorena con voz cansada—. Siento cómo sangro entre las piernas. ¿Hay algo que podáis hacer para impedirlo?

Me volví hacia el médico.

—¿Hay algo? —insistió Lorena.

—No —respondió éste, sin más.

—Entonces estoy condenada. —Las lágrimas le resbalaron por las mejillas.

—Dejadle ver al niño —nos pidió el médico—. Le dará fuerzas y esperanza. Al menos puede que extraiga fuerzas para lo que ha de afrontar, que sepa que ha dejado parte de sí misma en este mundo.

Pero Lorena giró la cara cuando le acercaron al pequeño.

—No —dijo con amargura—. No pienso mirarle. No permitiré que me vea. Será otra su madre, no yo.

Beatriz confió al recién nacido a la cuna que sor Magdalena había preparado, mientras yo me acercaba para sentarme en el lecho de Lorena.

—Se dice que cuando mueres confiesas la verdad —dijo, volviéndose hacia mí—. Yo estoy a las puertas de la muerte, así que os confesaré las maldades que he cometido. Puede que sea mi última oportunidad para entrar en el cielo. Porque si dependo de la vida virtuosa que he llevado, de la virtud de mi alma y de mi cuerpo... —Rió de pronto, y en ese momento vi en la palidez de su rostro un destello de la Lorena de antaño, con su áspera alegría—, entonces estoy perdida y condenada.

—Avisaremos a un sacerdote —dije.

—¡Ah, no! —Lorena se mordió el labio—. No. Provocaría tales pesadillas a un sacerdote y le inculcaría tales pensamientos que sería incapaz de aguantarlo. Entonces tendría que confesar a otro todo lo que había escuchado de mis labios, y éste a su vez haría lo propio, y el tercero a un cuarto, así que imaginad la que se armaría.

Hubo un tiempo en que tal conmoción habría encajado con el carácter de Lorena. Con lo que le gustaba que los hombres la mirasen, estuviesen pendientes de ella y revolotearan a su alrededor.

—Por favor, acompañad al buen médico a la entrada principal, y después id en busca de un sacerdote que pueda escuchar a esta mujer en confesión —pidió mi tía a sor Magdalena.

La monja asintió antes de acompañar afuera al médico, mientras mi tía Beatriz daba a Lorena la poción que éste nos había dejado. Nos dijo que podría confundirle las ideas, pero que al menos le proporcionaría un pasaje indoloro de este mundo al siguiente.

Lorena abrió los ojos desmesuradamente al mirarme.

—¿Por qué me habéis ayudado? —preguntó con tono exigente—. ¿Por qué, cuando yo os he maltratado tanto, os habéis molestado en salvarme la vida y atender la vida de mi hijo?

No podía responder por qué había obrado de ese modo. Ser monja suponía trasladar el amor de Dios en una serie constante de acciones caritativas, y no limitarse a recitar las palabras escritas. Pero no era eso, sino algo más.

—Fuisteis la esposa de mi padre —respondí—. Y el niño es, por tanto, pariente mío.

—Ese niño no es vuestro hermanastro.

—Por supuesto que sí —dije—. Procurad descansar.

—Os insisto, Zarita, que no hay una sola gota de la sangre de vuestra familia en las venas del recién nacido.

Di por sentado que el opiáceo comenzaba a hacer efecto. Tal como nos había advertido el médico, Lorena perdía las facultades mentales. Hice ademán de ponerle un paño húmedo en la frente, pero ella me apartó la mano con brusquedad.

—¡Escuchadme, Zarita! Vuestro padre anhelaba un hijo que por algún motivo no podíamos concebir. Intenté todos los remedios y pociones habidas y por haber, pero no surtieron efecto. Entonces empecé a pensar que se estaba cansado de mí y de mi atractivo, así que yací con un hombre más joven, cuya semilla pudiera dar fruto en mi vientre.

Mi tía la miró consternada.

—Decís sinsentidos, Lorena. Será mejor que guardéis silencio.

—¡No estoy tan confundida como para no saber quién es el auténtico padre de mi propio hijo! —protestó Lorena—. Y no me refiero a otro que a Ramón Salazar.

34

ZARITA

—¿Qué?

—El niño que tanto empeño habéis puesto en ayudar a nacer no fue concebido por vuestro padre, Zarita —explicó Lorena, enérgica—. Creedme, lo sé. Me las ingenié para lograr que mi marido creyese que era suyo, pero no es así. El niño fue concebido por mi arriesgado plan de darle el hijo que tanto anhelaba, y asegurar así mi posición.

—¿El padre de vuestro hijo es Ramón Salazar? —pregunté con voz rota, incapaz de creer lo que oía.

—Así es. Ramón tiene unas facciones tan comunes que pensé que el niño heredaría las mías. Pero no debí obrar de ese modo. Os ruego que me perdonéis.

Busqué una guía en mi tía Beatriz. Sin embargo, ella estaba tan sorprendida como yo. Mientras intentaba absorber lo que acababa de escuchar busqué unas palabras que fui incapaz de pronunciar.

—No se trata de un pecado que esté en posición de perdonar —dije a Lorena—. El mal que obrasteis fue para con mi padre, y me alegro de que él no esté aquí presente para descubrir la verdad.

—¡Pero en buena parte lo que motivaba a vuestro padre para querer un hijo era vuestro bien! —protestó Lorena—. Ah, sí, vuestro padre anhelaba un heredero que llevase su apellido, porque os consideraba demasiado joven y terca para ocuparos de vuestros propios asuntos. Le preocupaba que a su muerte, un hombre perverso pudiese engañaros y apropiarse de todas vuestras posesiones. Quería tener un hijo para que el muchacho, al crecer, acabara protegiendo a su hermana mayor.

—¿Tanto preocupaba a mi padre mi bienestar?

—Vuestro padre os quería mucho, pero los hombres son muy crédulos cuando desean a una mujer. Es fácil jugar con sus mentes y sus corazones. Aproveché la posición que ocupaba en los afectos de vuestro padre para ponerlo en contra vuestra. Le dije que me odiabais sin motivo alguno, y que contabais mentiras sobre mí a terceros. Le informé de que me habías robado cosas, mis efectos personales, y me las apañé para dejar ciertos objetos en vuestras habitaciones, de modo que vuestro padre los encontró allí.

Ahogué una exclamación de sorpresa.

—Mi padre no me mencionó nada al respecto.

—Por supuesto que no. Me hizo prometerle que nunca hablaría con nadie de lo sucedido. Pero eso le obligó a coincidir conmigo en que debíais vivir fuera, sobre todo cuando sugería que en vuestra enajenación podíais llegar a hacer daño al recién nacido. Cuando os vio abofetearme el día que don Piero acudió de visita para pediros en matrimonio, lo convencí de que habíais perdido el control. Dije que me habíais amenazado, que habíais sugerido las maldades que podíais cometer cuando naciera mi hijo.

No me sorprendió que mi padre me creyera medio loca y quisiera apartarme de su lado.

—Pero yo era la loca. —La respiración de Lorena se volvió agitada, a pesar de lo cual sacó fuerzas de flaqueza para hacerme una última confesión—: Estaba loca de celos del amor que os tenía. En lo que a mí respecta, no puedo decir que amase a vuestro padre. Me casé con él para salir de la casa de mi propio padre, donde nunca sobraba el dinero para fiestas o ropa bonita. Quería divertirme un poco y ser la dueña de mi propia casa, y con vos presente eso era imposible. Os siguió amando incluso después de haberos recluido en el convento. Hablaba a menudo de vos, de cómo solíais leeros mutuamente en voz alta de noche.

Me invadió una honda sensación de alivio. Por fin entendía por qué Lorena quiso verme lejos, y experimenté una sincera compasión por su posición.

—Necesito que me perdonéis —dijo, angustiada—. Os lo ruego. Por favor, decidme que me perdonáis para que pueda sufrir menos tormento en la otra vida.

—Os perdono. Os perdono. —Me arrodillé junto a su cama y le cogí la mano—. Yo os perdono, Lorena. No sólo vos os comportasteis erróneamente, pues yo debí daros la bienvenida a nuestro hogar. Comprendo ahora que no me importaba la felicidad de mi padre. Os culpé por retirar las cortinas negras de las ventanas. Pero era lo que debíais hacer: dejar que entrase la luz en la casa tras cuatro meses de dolor. Os perdono.

—Pero es que cometí un delito mayor. —A Lorena se le apagaban los ojos, se le cerraban los párpados.

—No tiene importancia, Lorena —aseguré—. Marchad en paz.

—No, debéis prestar atención, Zarita. Me comía la envidia. Hice lo posible por ser como vos. Escuché sus relatos, intenté leer sus libros, sus aburridos, sus plúmbeos libros. Pero él os amaba, os amaba sólo a vos. Así que pensé que si podía librarme de vos, entonces sería capaz de controlarlo a él y ser la dueña de la casa.

—En cierto modo os salisteis con la vuestra, Lorena. Mi padre me envió bien lejos.

—Sí, pero en cuanto lo hizo empezó a añoraros. Me contó que a diario dabais un paseo a caballo.

«Así que mi padre me había amado.»

Recordé las madrugadas de mi niñez en que acudíamos al establo cuando asomaba el sol, y la luna azul claro colgaba aún del firmamento. Él cabalgaba a mi lado mientras marchábamos a medio galope por el bosque hasta el verde valle, oyendo el canto de los pájaros y la llamada de la naturaleza, contemplando al cernícalo y al halcón. Un rápido galope por la pradera de suave hierba, seguido por un trote de vuelta a casa, momento que aprovechaba él para contarme anécdotas de su juventud. Sentí un fuerte dolor debido a la pérdida, y deseé que la última temporada que pasamos juntos hubiese sido más agradable.

—Vuestro padre languideció por vuestra culpa. —Lorena arrastraba las palabras, pero en su deseo de librar de peso a su alma se esforzó por continuar—. Yo me sentía rechazada. Y los sirvientes que no me querían desde mi llegada a la casa pasaron a odiarme. No habrían llegado a envenenarme, pero les ofendía que yo ocupase las habitaciones de vuestra difunta madre. Me miraban con desprecio, y llevaban a cabo sus obligaciones tan lentamente como les era posible, siempre que yo les daba órdenes. Os culpé de todo ello. Y entonces creo que vuestro padre empezó a alejarse de mí y adoptar un papel de observador. Su salud lo tenía preocupado. Empezó a arreglar sus papeles legales y atarlo todo para decidir el destino de sus tierras. Descubrí que había reunido una considerable suma de dinero que ocultó en alguna parte. Era para vos, por si algo le sucedía. Sufría un dolor recurrente en el pecho y creía que se le debilitaba el corazón. Creo que creía estar próximo a la muerte. Y comprendí que su siguiente paso sería desheredarme, y puede que desheredar hasta al niño si descubría que no era suyo. Así que hice planes para deshacerme de vos. —Levantó la cabeza de la almohada—. ¡Tomé la decisión de mataros!

—No exageréis —dije con firmeza—. Nos peleamos, eso es cierto, pero no hubo malicia.

—Sí hubo malicia por mi parte —dijo Lorena con voz ronca—. Debéis huir, Zarita. ¡Tenéis que huir!

—Aquí estoy a salvo —dije.

—En ningún lugar estaréis a salvo de ellos. —Miró de un lado a otro como una fiera acorralada—. En ninguna parte. Tenéis que abandonar la península.

Pero ¿qué locura era ésa? Deliraba. Tomé el paño húmedo, lo sumergí de nuevo en agua fría y se lo puse en la frente. Tenía la piel como mi madre el día de su muerte. Pronto fallecería.

—¿Dónde está el sacerdote? —pregunté a mi tía Beatriz.

—Iré a averiguar qué pasa. —Abandonó apresuradamente la habitación.

—¿Estamos a solas? —susurró Lorena.

—Sí. —Tuve que inclinarme para escuchar con claridad sus palabras.

—Os he traicionado, Zarita, del modo más... ruin que podáis imaginar.

—Os perdono cualquier cosa que hayáis podido hacerme.

—La carta... —Ya no sabía qué decía, pues su mente se enturbiaba al tiempo que el espíritu empezaba a disociarse del cuerpo, dispuesto a emprender el vuelo al otro mundo—. No hay escapatoria posible. La carta... La carta...

Se abrió la puerta y mi tía entró, acompañada por el sacerdote, quien dispuso los cuencos de los aceites en la mesilla, antes de abrir su devocionario.

—Zarita —dijo Lorena con un hilo de voz—, vais a arder… La carta…

Me costó entenderla, pero al final comprendí a qué se refería.

—Sí, quemaré la carta. —No tenía ni idea de qué carta era, pero no quise que sufriera más en sus últimos instantes de vida—. Quemaré todos vuestros documentos. —Lo cual ya había sucedido, pensé al recordar el incendio de mi hogar.

—Demasiado tarde —murmuró—. Está enviada.

Pero si había enviado la carta, entonces ¿a qué venía eso de quemarla?

Lorena murió en cuestión de un minuto. Su respiración se volvió trabajosa, hasta que al fin cesó. Mi tía aguardó unos instantes antes de tirar de la sábana que cubriría el rostro de la fallecida.

—¿Qué la tuvo tan afligida al final? —preguntó el sacerdote, mirándome con curiosidad.

—Divagaba —respondí—. No era cosa mía hacer una confesión en nombre de otra persona.

—Rezaré por su alma torturada —dijo el sacerdote, que seguidamente añadió, considerado—: Era como si cargase con una gran culpa y no quisiera presentarse ante el Hacedor con ella en la conciencia, algo concreto…, algo cuya naturaleza aún ha de revelarse.

35

SAULO

Una semana después de las Navidades, cabalgaba por las afueras del campamento militar de Santa Fe.

La corte se preparaba para la entrada oficial de los monarcas en Granada como nuevos gobernantes de la plaza. El sultán Boabdil había rendido la ciudad el 2 de enero. La reina Isabel y el rey Fernando habían ordenado que a continuación se celebrase una gloriosa procesión triunfal que marcaría el final de la Reconquista. Los moros habían sido vencidos, y los monarcas podrían emprender a continuación la unión de todos los reinos peninsulares.

Afuera de las murallas se reunía el clero y la nobleza en tiendas y pabellones provisionales. Los almacenes de madera que guardaban pertrechos y suministros se apiñaban en torno a este nuevo pueblo que la reina Isabel había ordenado levantar en la sólida roca, para que el ejército continuara el asedio durante el invierno. Tardé buena parte de la jornada en dar con noticias sobre el paradero de Cristóbal Colón. Ninguno de mis interlocutores sabía dónde estaba, muchos ni siquiera reconocían el nombre. Tal vez no fuera tan famoso en la corte como él me había asegurado. Entonces se me ocurrió buscar al astrónomo real, y, por supuesto, encontré alojado con él a Colón, a quien vi sentado en el pabellón del astrónomo, inmerso en una sesuda conversación con un grupo de hombres de aspecto importante.

—¡Saulo! —me saludó, alegre—. Veo que los asuntos que debías atender te han procurado pingües beneficios. —Señaló mi ropa nueva.

No respondí. No debía ponerle al corriente de mis asuntos, y por supuesto no debía mencionar una sola palabra acerca del motivo de mi presencia allí. Me invitó con un gesto a esperar de pie a su lado, mientras seguía conversando con aquellos caballeros, que eran consejeros de los reyes.

—Eso puedo hacerlo, os lo prometo —les aseguró Colón—. Si me proporcionáis fondos, entonces este año entrante de mil cuatrocientos noventa y dos será el año en que demuestre que mis cálculos son correctos. Seré el primero en encontrar el paso al oeste.

—Financiar semejante expedición costará una considerable cantidad de dinero.

Este comentario lo hizo un hombre ataviado de notario. Era sabido que los monarcas custodian sus bolsas del ruinoso coste de la guerra.

—Cierto, pero las recompensas compensarían con creces los costes. Y no sólo la riqueza nos mueve a ir a más. La reina Isabel juró que todos sus territorios serían católicos. Esto le permitiría tener la oportunidad de evangelizar territorio previamente desconocido.

—Una provechosa cosecha de almas para Dios —admitió uno de los monjes. Vestía hábito de franciscano, la orden que había favorecido a Colón.

Por un instante pensé en embarcarme en aquella peligrosa y ambiciosa expedición. Dejar atrás mis tribulaciones para emprender una aventura en un nuevo lugar. ¡Qué islas podríamos descubrir en el camino! Qué gentes fabulosas encontraríamos, qué sabores exóticos probaríamos, qué vistas contemplaríamos: animales, plantas que ningún europeo había visto jamás. Para mí no era tanto la gloria que podría derivarse de tales descubrimientos, sino la emoción de explorar, y creo que lo mismo le sucedía a Colón. Cambiaba de postura al hablar de planes y sueños. Sus ojos relucían febriles al descubrir lo que podría ser, las infinitas posibilidades de las tierras vírgenes, el asombro de conocer toda la creación divina. Consideraba su deber llegar a conocer los rincones más lejanos de nuestro universo. Ése era el motivo que empujaba a los franciscanos a apoyarle, porque seguían los preceptos del de Asís, para quien todo ser vivo era causa de asombro y respeto. Yo entendía que para Cristóbal Colón era casi como si encontrar la nueva ruta para transportar especias de Oriente, sin someterse al control del Imperio otomano, fuese un propósito secundario. Como una excusa que se le había ocurrido para convencer a quienes lo respaldasen y motivarlos a invertir en su empresa.

—El prestigio sería enorme —continuó Colón—. Ser el primer país en aventurarse tan lejos, la nación que demuestre que el mundo es redondo...

—¿Redondo...? Pero ¿en qué sentido? —preguntó uno de sus oyentes—. ¿Circular? ¿Una especie de disco? ¿Una cúpula?

—Como un globo —aclaró Colón, que hurgó en la bolsa que descansaba a sus pies, de cuyo interior sacó con gesto teatral la esfera de madera en cuya superficie estaban pintados los territorios conocidos de la Tierra—. Así.

—¡Oh! —exclamó atenta su audiencia, cuyos integrantes se inclinaron para ver mejor aquella representación.

—Si podéis viajar de oeste a este, y de este a oeste, por fuerza tiene que haber un territorio plano en lo alto y al pie —comentó uno de los sacerdotes.

—No lo creo —dijo Colón, muy serio—. Pienso que el mundo es completamente redondo, como esta esfera.

El sacerdote se inclinó aún más antes de preguntar:

—Entonces, ¿dónde están situados el cielo y el infierno?

Pregunta que desencadenó un vivo debate entre los miembros presentes del clero, respecto a si las ideas de Cristóbal Colón podían acomodarse en términos teológicos. Reparé en que, a pesar de que había quienes dudaban de ello, con el paso de los años había logrado reunir un grupo de partidarios leales e inteligentes. Pero aquel sacerdote en concreto no estaba dispuesto a ceder. Tomó la esfera de madera para examinarla.

—¿Cómo llamáis a esto? —preguntó.

—Es un globo, padre Besian —respondió Cristóbal Colón—. Representa el mundo en que vivimos.

—Un globo —repitió el sacerdote. Señaló el modo en que se curvaban los países en su superficie—. Si vivimos en una superficie curva, entonces, ¿cómo es posible que no nos caigamos? —preguntó con aire triunfal.

—Creemos que existe una fuerza que nos mantiene pegados a la Tierra —intervino el astrónomo de la corte.

—La voluntad del Todopoderoso —concluyó el clérigo.

Se hizo un silencio. Entonces, el sacerdote franciscano sonrió al padre Besian, a quien preguntó:

—¿Y qué otra cosa iba a ser?

Cuando los consejeros reales se hubieron retirado, Colón se acercó a la mesa situada junto a la ventana, donde había extendido uno de sus mapas. Puso las puntas de los dedos índice y corazón en la península, en el reino de Castilla y Aragón, y luego los deslizó por la superficie del mapa hasta alcanzar el extremo de la mesa donde el pergamino dejaba paso a la madera. Llevó el índice más allá, suspendido el dedo en el vacío, y luego hizo el gesto de que la mano se precipitaba al vacío.

—¿Crees que ése es el destino que me aguarda, Saulo?

Yo tenía la mirada gacha, pero volví a observar el mapa.

—No, no lo creo —respondí—. Creo que el viaje no está exento de peligros, por no hablar del regreso. Pero... Pensadlo bien: suponed que un hombre viajase a poniente y no regresara por el Mar Océano, sino que volviera navegando desde Oriente.

—¡Exacto! —exclamó Colón, visiblemente emocionado—. ¡Viajar alrededor del mundo, y volver cargado de regalos! ¡Desde Oriente, como los Reyes Magos, con oro e incienso! ¡Misterioso, exótico, maravilloso! ¡Cargado de plata, especias y sedas de Catay!

—Ésa es la tierra que me gustaría ver.

—En ese caso, tienes que acompañarme, Saulo —dijo, cogiéndome de las manos—. ¡Acompáñame! ¡Toma parte en mi aventura!

36

ZARITA

—Creo que deberíais visitar la corte.

Fue un día después de Navidad. Habíamos conseguido una nodriza para el hijo de Lorena, y uno de los mayores placeres de mi vida consistió en confiar los cuidados del pequeño a Garci, Serafina y Ardelia. Viviría con ellos en las dependencias de la servidumbre hasta que se hubiese llevado a cabo la reconstrucción de la casa. Ellos lo consideraban hijo de mi padre, y lo recibieron con los brazos abiertos. Descubrí también que aquel recién nacido se había hecho un hueco en mi corazón, que para mi sorpresa no se había hecho pedazos cuando descubrí que Ramón me había traicionado con Lorena. El capataz restauró mi antigua cuna, mientras Serafina y Ardelia confeccionaban la ropa adecuada para el pequeño. Lavaron sábanas y mantas, y yo lo llevé a la casa el día de Navidad. Cuando lo metieron en la cuna, el pequeño gorjeó. Me di la vuelta para marcharme, y vi a Bartolomé de pie, observando.

—¿Por qué no te acercas a saludarlo? —lo animé.

Se acercó con cautela a la cuna. Llevó la mano hacia el recién nacido, que alzó la suya para tomar su pulgar.

—Ah. —Bartolomé ahogó una exclamación de sorpresa, y por primera vez desde el terrible día de su arresto lo vi sonreír.

Fue a la mañana siguiente, en el convento, cuando mi tía Beatriz me hizo aquella propuesta.

—¿Yo? ¿Visitar la corte? —pregunté, atónita—. Pero qué locura. ¿Para qué iba a hacer tal cosa? ¿Y de dónde saldrá el dinero para costearlo?

Tía Beatriz sonrió como quien sabe algo y espera a que su interlocutor caiga en la cuenta.

—¡Ah! —Por fin lo había entendido—. ¿Fue aquí donde mi padre depositó esa secreta cantidad de dinero de la que habló Lorena cuando agonizaba?

Mi tía asintió.

—Me hizo prometerle que no te lo diría hasta que llegase el momento de hacer tus votos. Entonces debía contártelo para que pudieras escoger entre permanecer en el convento o vivir en el exterior, donde podrías llevar una existencia modesta e independiente.

Me tomé unos instantes para digerir todo aquello. Me pregunté cómo podía haber malinterpretado hasta tal punto las intenciones de mi padre.

—Pero aunque tuviera medios para pagarme el viaje, ¿por qué iba a visitar la corte real?

—Creo que es tu deber poner al corriente a Ramón de que ha tenido un hijo.

—Es posible que él no quiera saberlo —señalé. Me había sorprendido mi propia reacción al escuchar el secreto de Lorena. Por supuesto, me había sentido decepcionada por la traición de Ramón, pero descubrí que ya no me afectaba del mismo modo que lo habría hecho en el pasado. Antes hubiera sido presa de la angustia y la desesperación, pero ahora veía el asunto de un modo distinto. Sospechaba que mi relación con Ramón había sido muy superficial; nuestra atracción mutua se fundamentó en el atractivo físico y los posibles de cada uno. Los problemas que encontramos cuando murió mi madre no habían servido precisamente para acercarnos más, todo lo contrario, pues nos distanciaron. Después estuve tan pendiente de mis riñas constantes con Lorena que ni siquiera me di cuenta de lo que sucedía entre ambos, ni comprendí el alcance de los cambios que experimentó su comportamiento conmigo. Además, yo había sido muy inmadura para juzgar su carácter, pues aunque Lorena lo sedujo recurriendo a las armas de una mujer madura, no podía negarse que Ramón se había dejado seducir.

—La mayoría de los hombres se saben capaces de procrear —dijo mi tía—. Creen que pueden establecer una dinastía compuesta por varones. Es curioso, porque es la mujer quien mantiene unida a la familia, quien impide que una casa se aparte de su rumbo. Por tanto, podría suceder que Ramón no esté dispuesto a reconocer públicamente a su hijo, pero no sería adecuado por nuestra parte ocultar el nacimiento del niño a su propio padre.

Pensé en ello. ¿Qué complicaciones podrían derivarse de la noticia de que el niño no era de mi padre? Si dejábamos las cosas tal como estaban, heredaría las propiedades. A mí no me importaba. Yo dispondría de dinero suficiente para vivir holgadamente, tanto si permanecía en el convento como si decidía abandonarlo. No estaba convencida de que poner al corriente a Ramón fuese lo más adecuado. Quizá mi tía tuviera razón, o tal vez no, pero sea como fuere no quería volver a ver a Ramón Salazar. Había cuentas pendientes entre ambos.

—Tendrías que ir esta semana —insistió mi tía—. El inicio del año nuevo supondrá una nueva etapa de tu vida, Zarita. Mientras la corte se reúna a las afueras de Granada tan sólo un día de viaje te separa de allí. Me pondré en contacto con una antigua amistad que te buscará un lugar donde puedas alojarte y te acompañará a los eventos que puedan producirse.

—¿Una antigua amistad? —pregunté—. ¿Os referís a un hombre?

—Tuve más de un galante pretendiente —respondió mi tía.

Sus ojos apuntaron algo que no llegó a manifestar con palabras, así que insistí.

—¿Y vos favorecisteis a alguno en concreto de algún modo especial?

Se sonrojó.

—Oh, era perfectamente capaz de hablar con el lenguaje del abanico, tan bien como cualquier otra dama de la corte. —Hizo una pausa—. Sí, hubo uno en concreto. Pero no era un cortesano. Era de tan baja cuna que mi padre, tu abuelo materno, no hubiera aprobado nuestra relación, así que mi galán se distanció. Murió en la Guerra de Sucesión castellana, cuando los portugueses reclamaron para sí la corona. Creí que me moriría de pena. Mi padre tan sólo pensaba en mi bienestar, pero creo que lo juzgué con dureza, igual que tú hiciste con el tuyo. Con menor dureza, creo, una vez que descubrí qué había motivado en realidad sus acciones.

—No somos tan distintas, Zarita —continuó mi tía—. Yo era como tú antes de descubrir cómo funciona el mundo. Mi padre me acordó un buen matrimonio. Quiso que disfrutara de una posición segura y una buena renta, para que fuera capaz de llevar mi propia casa, pero yo era joven y terca, así que huí.

—¡Huisteis!

—Bueno, no te muestres tan sorprendida —rió—, que no pasé del convento más cercano. Por tanto, al principio no puede decirse que tuviera vocación religiosa. No acudí en busca del Señor, aunque en ocasiones pienso que fue él quien salió en mi busca, puesto que ha sido en este lugar donde he encontrado la paz y el amor.

Sí, mi tía y yo éramos parecidas. Y también yo había encontrado la paz entre los muros del convento, pero ¿había hallado el amor?

—Esta amistad de quien te hablo, Zarita, fue como una hermana para mí. Decidió casarse por conveniencia, en lugar de seguirme al convento. Y menos mal que fue así, porque imagínate a ambas aquí metidas, tan parecidas y ansiosas de diversión y baile. Se llama Eloísa, y voy a escribirle. Te recibirá en su casa, y podrás entrar y salir a tu antojo siempre bajo su amparo. Ella te conseguirá una cita con Ramón Salazar.

—De acuerdo —dije, dócil—. Pero iré en calidad de monja.

—No lo creo. —Mi tía sonrió con cierta travesura que no escapaba a su mirada—. Irás en calidad de princesa.

Me llevó al desván del convento, hasta un viejo baúl de madera.

—Lo traje al fundar la orden en este lugar. Me pregunto si aún me sentará bien alguno de estos vestidos.

Era más alta que yo, y, a pesar de ser mayor, conservaba la delgadez propia de una joven. La austeridad de la vida que llevaba no había dado pie a las redondeces del cuerpo que mi madre había desarrollado tras la maternidad y debido a su pasión por los dulces.

Abrimos el baúl, y allí, envueltos en capas de seda, estaban los vestidos que mi tía había llevado cuando acudió a la corte de joven. Sacó un vestido rojo con basquiña negra.

—Este estilo de vestir debe de pertenecer a otra época, pero el material es de la mejor calidad, y Eloísa tendrá una costurera de confianza que pueda ajustarlo. —Lo sacudió para probárselo por encima—. Solía llevarlo con un collar de rubíes.

Me llevé la mano al cuello. Recordé las cuentas renegridas del joyero de mi madre.

Mi tía Beatriz debió de intuir qué me pasaba por la cabeza.

—Nunca olvides, cariño, que una flor hermosa no necesita adornos.

Beatriz lloró al despedirnos.

—Envíame una carta en cuanto llegues. Da muchos recuerdos a Eloísa. Espero que todo salga bien.

Antes de subir al carruaje, tomé la mano de mi tía.

—No sólo se debe al niño que me disponga a viajar a la corte para entrevistarme con Ramón Salazar.

Mi tía me dio un beso de despedida en la mejilla.

—Lo sé, Zarita —dijo—. Lo sé.

37

SAULO

Fue idea de Cristóbal Colón que frecuentara la corte e intentara granjearme el favor de cuantas más personas influyentes posibles mejor.

—Saulo, las damas se desmayarán a tu paso —aseguró Colón—. Eres apuesto, con tu estatura y complexión, y esos ojos claros, azules después de haber pasado tanto tiempo en el mar. Sin embargo —hizo una pausa para inspeccionar mi atuendo—, quizás ese traje que llevas es demasiado elegante. Después de todo —añadió, dándome una palmada en la espalda—, no querrás eclipsar a esos nobles a quienes tanto queremos impresionar.

Yo ya había llegado más o menos a la misma conclusión en cuanto a los trajes que había comprado al sastre parlanchín. Lo que me pareció sofisticado y elegante al mirarme en el espejo de su negocio, mientras me colmaba de halagos como quien vierte aceite sobre un queso, se me antojaba vanidoso y excesivo al contemplarme en el espejo que Colón tenía de pie frente a la ventana de su cuarto.

Me quité el grueso capotillo de piel que llevaba sobre los hombros y lo dejé en la silla.

—No sé cómo puede la gente llevar esto puesto a diario.

—Oh, vaya, mucho mejor. —Colón asintió, aprobador—. Ahora incluso se te ve el cuerpo.

Me había permitido usar una alcoba, dentro de sus propias estancias, donde podía quedarme a dormir hasta que la corte se desplazara a Granada. Ya en el interior, me libré de la mayor parte de mi atuendo y recuperé la túnica y las calzas negras, las botas altas de cuero y una camisa blanca y holgada con los menos adornos posibles en la pechera y mangas. Tomé la capa, ajusté el cuchillo largo bajo el cinto y me dispuse a salir de caza.

La noche antes de la procesión de la victoria que entraría en Granada, la comitiva real estaba formada por un tropel de gente que comía y bebía y se aprovechaba de aquella rara muestra de hospitalidad por parte de los monarcas. La reina Isabel y el rey Fernando eran por lo general frugales con sus gastos, puesto que la guerra les había vaciado las arcas. Se sabía que la reina había empeñado sus joyas para financiar el asedio, y ni ella ni el rey vestían con extravagancia. Me abrí paso entre la multitud. Sentía curiosidad por ver a la mujer guerrera de quien tanto había oído hablar.

Entonces vi a otra mujer, y me quedé inmóvil. Estaba de pie, contemplando un tapiz, imbuida de una serenidad que llamaba la atención. El tapiz mostraba un mapa de los diferentes reinos peninsulares. Era de color verde claro, con los nombres de las diversas provincias y reinos bordados en hilo de oro. Con el vestido rojo oscuro, la dama destacaba ante el tapiz como podía hacerlo una rosa en un jardín cubierto de hierba.

Me pareció hermosa desde el instante que la vi. Llevaba tan recogido el pelo en una redecilla de encaje negro que dejaba al descubierto el cuello, la curva de los hombros, el mentón. Vestía con sencillez, sin adornarse con joyas, lo cual la hacía destacar por encima de los colores del arco iris del resto de los invitados, quienes decoraban con piedras preciosas sus llamativos atuendos y prendas de terciopelo, los encajes de plata y la tela de hilo de oro, cargados con anillos los dedos.

El modo en que se comportaba indicaba que, aunque se hallaba presente en la estancia, estaba aparte. Seguí la línea de su cuello hasta el hombro, luego por el brazo hasta donde las manos empuñaban un abanico que descansaba en los pliegues de la falda. Se dio la vuelta muy lentamente para inspeccionar el lugar, y le vi la frente, la nariz, el rostro. Era exquisita.

Busqué con la mirada en torno a la estancia hasta encontrar lo que me pareció el sirviente más atento, un joven con cara de inteligencia.

—Averíguame el nombre de esa joven y te daré una moneda —le dije tras acercarme a él. Luego regresé al punto privilegiado desde donde podía observarla.

Al cabo de unos minutos regresó el sirviente.

—Se llama Zarita de Marzena. Proviene de un pueblo, y disfruta aquí de una breve estancia bajo la protección de doña Eloísa de Parada. Es la primera vez que visita la corte. —La miró, esbozando una sonrisa torcida—. ¿Lo notáis?

Le di la moneda prometida. Cuando vio que se trataba de una de oro, añadió:

—Cualquier cosa que necesitéis, señor, yo, Rafael, soy el hombre adecuado para conseguirla. Sirvo en la cuarta unidad de suministros. Podéis avisarme a cualquier hora del día o de la noche.

La acompañante de la joven se encontraba a su lado, pero los consejos e instrucciones de mi sastre en lo tocante a la forma correcta de dirigirme a la dama se me esfumaron de la cabeza. Decidí acercarme a ellas sin recurrir a terceros que pudieran facilitarme el primer contacto. Cubrí el espacio que me separaba de ambas. Sentí que la mujer mayor me miraba con atención mientras me presentaba a la joven. Pero yo no miraba a la acompañante. Eran los ojos de la joven lo que perforaba con la vista.

Y ella no apartó la mirada, sino todo lo contrario: me miró sin tapujos, sin falsas muestras de coquetería.

Alrededor del rostro se escapaban algunos rizos de pelo de la redecilla de encaje, lo que dibujaba un marco a sus facciones como el que se ve en las representaciones de los ángeles que hay en las iglesias. Era un estilo poco usual. La mayor parte de las mujeres llevaban el pelo largo y se lo arreglaban con peinetas para mantenerlo inmóvil. Pensé que no era una presumida, porque generalmente las mujeres quieren mostrar el pelo y ponerse joyas para realzar su aspecto, para resaltar el color de sus ojos con zafiros, azabaches o esmeraldas.

Me miró sin pestañear. Un temblor imperceptible le cruzó el rostro.

—Parecéis interesada en este tapiz, Zarita de Marzena —dije cuando su acompañante hizo finalmente las presentaciones que me permitieron dirigirle la palabra—. Es una espléndida muestra de los territorios que nuestros monarcas confían en gobernar.

—Tiene una gran calidad —comentó ella con voz musical—. Me alegra ver que también vos lo consideráis de ese modo. Debe de haber llevado largas horas de trabajo, y el bordado es una habilidad que muchos hombres no valoran.

—¿Vos sí? —Me pregunté cómo iba ella a saber de esas cosas.

Siendo rica, seguramente habría tenido una vida ociosa—. ¿Dónde aprendisteis a apreciar este arte?

—En el convento de mi tía.

—¡Sois monja! —Sentí como si alguien me hubiera dado un golpe en el estómago. Eso explicaba su cabello, el recato, su desprecio por las joyas. La decepción asomó a mis facciones y di un paso atrás.

—No... —Titubeó—. No exactamente. Me refugié allí una temporada mientras se resolvían unos asuntos familiares.

Esperé. Después de mi primer y valiente esfuerzo, no sabía cómo continuar la conversación.

—No pretendía despreciar a los hombres —continuó, ignorando mi torpeza—. Pero no sólo es la calidad del bordado lo que lo hace destacar. Creo que lo que los hombres son incapaces de apreciar es lo que supone la planificación del conjunto de la pieza.

—Ah, pero yo sí lo hago —repliqué con más confianza en mí mismo—. Porque soy marino y navegante, y echarse a la mar para emprender una larga travesía no es algo que se limite a subir a bordo y largar amarras. Uno debe pensar en el conjunto del viaje, en su propósito y obstáculos. —Mientras pronunciaba aquellas palabras, recordé al capitán Cosimo, quien, a pesar de su cortedad de vista, siempre me pareció un atento planificador, un buen marino muy astuto para los negocios. Había aprendido de él aquellas habilidades. Y mientras pensaba en él, sentí un dolor repentino en el estómago y el impulso de huir de las normas rígidas que regían en aquel lugar, en favor del mar y la libertad.

Reparó en el cambio que se había experimentado en mí.

—Parecéis preocupado. ¿Fue bien la reunión que tuvisteis con Cristóbal Colón y los consejeros de sus majestades?

—¿Cómo sabíais que Cristóbal Colón y yo nos habíamos reunido hoy con los consejeros de la corte?

—Mi acompañante afirma que todo el mundo en la corte está al corriente de los asuntos ajenos.

—Fue tan bien como quepa esperar de cualquier reunión formada por gente de opiniones diversas, cada una de las cuales tiene un objetivo propio.

Se le escapó una risilla.

—¿Y pensáis que el señor Colón tendrá éxito en su empresa?

Pensé en lo que sabía acerca de Cristóbal Colón. Su confianza en sus cálculos, su inquebrantable fe en el orden del universo bajo Dios, el modo en que amaba la vida y las fuerzas elementales de la naturaleza, su destreza como marino, su familiaridad con las habilidades relativas a la navegación conocidas por griegos y fenicios, su habilidad para improvisar y pensar con rapidez.

—Estoy seguro de ello —respondí.

—He oído comentar que hay quienes creen que sus cálculos son erróneos.

—Puede que las cifras no sean del todo exactas. Es muy complejo contemplar en los cálculos la amplitud del Mar Océano, pero sin importar la aritmética, el principio es el mismo: hay territorios a poniente, porque el mundo es redondo.

—Puedo entender ese razonamiento... —dijo con cuidado, como si realmente hubiese juntado todas las piezas antes de pronunciarse—. Si hay tierra en Oriente, y sabemos que es así, y el mundo es redondo, entonces por lógica tendría que haber tierras a poniente.

—¡Bravo! —exclamé—. Muchos hombres sabios experimentan problemas para comprenderlo.

—Pero si está tan lejos... —dijo, inclinando la cabeza para mirar de nuevo el mapa—. Si los vientos que os llevarían al oeste no son lo bastante fuertes para traeros de vuelta, ¿cómo habéis pensado volver?

Le miré la garganta, y quise extender la mano y tocarle la piel.

—¡Ah, ya lo entiendo! —se apresuró a añadir antes de que pudiera responder—. Podríais volver por el otro lado.

—Eso exigiría de una sesuda planificación. Más de la que fue necesaria para elaborar este tapiz —añadí con ánimo de bromear.

—Pero es muy emocionante —dijo, muy interesada—. Contadme cómo creéis que podría hacerse.

38

ZARITA

A pesar del frío, las estancias donde recibían los reyes estaban caldeadas y reinaba en el ambiente el bullicio del gentío que las frecuentaba. Era la víspera de la entrada triunfal de los monarcas en Granada, y los nobles, el clero y los mercaderes querían tomar parte en el espectáculo. El ruido copó mis sentidos cuando doña Eloísa y yo nos acercamos a la pared, junto a una puerta.

Doña Eloísa contempló la estancia que dominábamos con la vista desde nuestra posición.

—Claro que si estuvierais buscando marido, Zarita... —sugirió.

—Que no es el caso —la interrumpí.

—Pero si lo estuvierais buscando, para vos sería crucial conocer a la gente adecuada —continuó—. Hay quienes están bien relacionados y son muy ricos, quienes tienen sangre noble, pero no tienen una moneda que gastar, y quienes, a pesar de sus fabulosas fortunas, son meros mercaderes. —Abrió con un chasquido el abanico y lo agitó bruscamente ante sí—. Los hay que carecen de cualquiera de esos atributos y a quienes por supuesto ignoraríamos por completo.

Me sorprendió tal rudeza, pero entonces comprendí que la amiga de mi tía había recurrido al sarcasmo.

—Mis días de caza han terminado, así que en esta excursión a la sociedad cortesana depende de vos decidir lo que preferís.

—La única razón que me trajo aquí fue tener la oportunidad de mantener una breve entrevista con Ramón Salazar —le recordé.

—Por supuesto, y en cuanto tenga ocasión concertaré esa entrevista. Pero, entretanto, una mujer tan hermosa como vos será objeto de todas las miradas, despertará la curiosidad de los presentes. —Me miró con aprobación—. Debo admitir que me he superado arreglando ese vestido de Beatriz. Retirar la basquiña negra para dejar al descubierto el color rojo del vestido fue un acto de inspiración. Le sienta bien a vuestra tez morena. Os parecéis tanto a ella que es como si ese vestido estuviese hecho para vos. Y no hablemos de la idea que tuve de cubriros el cabello con la redecilla negra. ¡Perfecto, perfecto! —Se felicitó a sí misma—. Veréis cómo gente de toda índole se nos acerca para conoceros. La informalidad de esta corte tan próxima al campo de batalla supone que tendremos que admitirlos en nuestra presencia.

La tía Beatriz había escogido bien a mi acompañante. La salud de Eloísa no era buena, y de un tiempo a esta parte residía sobre todo en sus propiedades del norte. Pero para ayudar a su vieja amiga, había viajado al sur para reunirse conmigo, nos había encontrado alojamientos y ahora superaba la fatiga para escoltarme en la corte. Reparé que empezaba a disfrutar de su labor.

—No pasaréis mucho rato en una sala sin llamar la atención de algún joven galán, Zarita —me aseguró—. De hecho, tengo calado a uno que en este preciso instante os mira sin tapujos. —Ocultó los labios tras el abanico y añadió—: Creo que el marino que acompaña a Cristóbal Colón, el explorador navegante que anda en busca del respaldo de la realeza, os ha echado el ojo. Se dice que mantuvieron una difícil reunión con el clero y los cortesanos esta misma tarde: creen que ha calculado mal la distancia que presuntamente recorrería su expedición. El compañero de Colón de quien os hablo parece incapaz de quitaros la vista de encima.

—¿Dónde está? —pregunté, mirando lentamente en derredor.

Y lo vi.

Su estatura, el porte y su aspecto lo hacían destacar entre los demás. Antes hubiera levantado la mano y abierto el abanico para cubrirme la mitad inferior del rostro, pero no lo hice así. Crucé la mirada con él cuando se me acercó.

—Os ruego permiso para presentarme. Soy Saulo de Lomas, el marino que acompaña al explorador y navegante Cristóbal Colón —dijo, dirigiéndose a mi acompañante, pero sin dejar de mirarme.

Había algo en su mirada, algo excitante y familiar a un tiempo, como si una parte oculta de mí estuviera relacionada con su alma.

Doña Eloísa me miró para determinar si quería aceptar la presentación. Indiqué que así era, y ella respondió:

—Me complace conoceros Saulo el marino. Yo soy la señora Eloísa de Parada, viuda de don Juan de Parada.

Eloísa se puso entonces a hablar del tiempo durante un buen rato, el estado de los caminos, el precio de la harina, los preparativos de la entrada en Granada que se celebraría al día siguiente, la dificultad de contratar un sirviente honesto, para retomar al cabo el tema de los caminos, hasta que yo misma hubiera sido capaz de arrearle un coscorrón con el abanico. Tras un rato cesó la charla inane y dijo:

—Saulo el marino, permitid que os presente a la sobrina de una amiga mía. —Eloísa inclinó la cabeza en mi dirección—. Zarita de Marzena.

Vestía de un modo muy particular. No se tocaba con sombrero, ni se cubría con capotillo los hombros ni se adornaba el cuello con un collar. Llevaba el pelo recogido en la cerviz con una cinta de seda negra, y lucía el cabello de la coronilla algo descolorido por el sol. Tenía el rostro bronceado, con una cicatriz muy fina bajo el pómulo izquierdo. La camisa era blanca, y negras la túnica, las calzas y las botas. No ceñía espada, pero sí una larga daga de origen oriental. Cuando se situó a mi lado, no se arregló el pelo ni ajustó los puños para asegurarse de dar una impresión impecable, como suelen hacer los hombres. No pude imaginarme a ese joven mirándose ante un espejo, inquieto por su aspecto.

Separó los labios, me sonrió, y hubo algo en esa sonrisa que fue directo a mi corazón.

Pensé en decirle lo antes posible que venía de un convento, y me sentí ridícula cuando me complació tanto la expresión desolada que vi en su rostro. Entonces nos pusimos a conversar sin más, y él demostró buen humor, ingenio y un amplio abanico de anécdotas que compartir, además de una mente abierta. Pensé que a mi tía Beatriz le encantaría porque era de esas personas cuyo intelecto los empuja a cuestionárselo todo.

Hubiera sido impropio preguntar, pero estaba segura de que no era de noble cuna. No obstante, era culto, sabía un poco de latín y griego y había viajado mucho.

No nos movimos de ese lugar en toda la velada, y ahí seguíamos cuando el rey y la reina se marcharon, seguidos por la procesión de sirvientes y consejeros.

Saulo me señaló al explorador Cristóbal Colón.

—Mirad —dijo—. He ahí el hombre que demostrará que el mundo es redondo.

Nos apartamos al paso de la comitiva real, momento en que Saulo se me acercó tanto que pude sentir el calor que desprendía su cuerpo. Comprendí que me señalaba a Cristóbal Colón para que pudiera ser testigo de la historia, y me complació que tuviera ese detalle. Pero por mucho que me asombrara ver al señor Colón, me emocionaba más la presencia del hombre que tenía a mi lado.

39

SAULO

—Ése es Cristóbal Colón.

Pronuncié su nombre después de señalárselo a Zarita, mientras la procesión de nobles, clérigos y dignatarios pasaba por delante de nosotros.

—Sí —dijo ella, momento en que nuestros rostros estuvieron a punto de rozarse. Sentí su aliento en la mejilla, y su proximidad me llenó los sentidos.

La reina Isabel era más menuda de lo que había imaginado. Físicamente no había en ella nada que llamase la atención, aunque desprendía un aura de autoridad innegable a juzgar por la expresión del rostro y el modo con que levantaba la barbilla. Me creía todo lo que había oído decir por ahí acerca de ella: su feroz defensa del trono y el derecho a gobernar Castilla, a pesar de ser mujer; la llamada a sus tropas para la defensa de su tierra, su reino, su aparición a caballo, con una armadura reluciente, en mitad de la batalla; o cuando recogió piedras personalmente de las altas sierras, después de que el fuego destruyera el campamento y su declaración de que construiría una ciudad allí, ante las murallas granadinas, en lugar de levantar el asedio. El rey también parecía la clase de hombre que había librado duras batallas, pues había pasado largas horas sentado en la silla, galopando entre Castilla y Aragón para defender el gobierno de ambos reinos.

Hacia el final de la comitiva vi al sacerdote que había preguntado a Colón por el globo terráqueo y la ubicación en él del cielo y el infierno. Recordé que se llamaba padre Besian. Estaba mirando a Zarita, con una expresión a medio camino de la sorpresa y el enfado. Ella no había reparado en su presencia: después de identificar a Colón entre la multitud, se volvió hacia mí. Mi mirada siguió unos segundos más al clérigo. Después de la reacción inicial que había tenido, su rostro mudó la expresión. Miraba, pues, a Zarita, calculador, con una intensidad cruel.

La acompañante de la dama hizo el gesto de llevársela. Un impulso me hizo impedírselo, y por un instante se tocaron nuestras manos. El contacto la sorprendió tanto que soltó el abanico. Rápidamente me agaché para recogerlo y devolvérselo.

—Buscadme mañana en la procesión —susurré.

Aquella noche volví canturreando a mi habitación. Al día siguiente me levanté temprano, pensando que no supondría ninguna dificultad salir a caballo para reunirme con Zarita y su acompañante. Lo que me encontré en el camino que llevaba a la ciudad de Granada fue el mayor gentío que había visto en toda mi vida.

La reina Isabel montaba un caballo blanco y vestía con el esplendor de una reina un traje dorado, tachonado de piedras preciosas, cuyos pliegues dejaban ver el encaje de hilo de plata. Sobre los hombros llevaba una capa blanca de armiño que caía llamativa hasta los cuartos traseros del caballo. Se cubría la cabeza con un largo velo blanco que fijaba la corona dorada. Centelleaba al sol invernal, sentada en la montura como la reina que era.

El rey montaba un corcel negro. Su ropa no era menos espléndida, de terciopelo y satén rojo y dorado, con túnica y jubón de mangas acuchilladas. Los acompañaba su hijo, el príncipe Juan, y las hijas cabalgaban detrás. Luego seguía el clero: cardenales, arzobispos, obispos, sacerdotes y monjes de diversas órdenes, franciscanos y dominicos. Detrás de éstos, iban nobles y mercaderes, funcionarios reales y sirvientes.

El ejército, una espléndida formación que desplegaba estandartes y banderas, los flanqueaba a modo de escolta. El ambiente estaba cargado con el olor a pólvora e incienso, y las órdenes dadas a gritos, el parloteo de un millar de personas y el relincho de los caballos causaban un tumulto.

La inquietud me encogió el corazón. ¡Jamás encontraría a Zarita! En lugar de avanzar entre el gentío, fui en busca de la cuarta unidad de suministros y el sirviente, Rafael. No lo encontré allí, pero el encargado de los pertrechos me confió dónde podría localizarlo. En cuanto Rafael me vio, se me acercó corriendo. Cuando le dije a quién andaba buscando, se alejó a la carrera y regresó nada más darse la señal para que arrancase la comitiva. Se disculpó por el retraso y me dio una pista de la probable localización de Zarita entre la muchedumbre.

Iba vestida para montar a caballo, con conjunto azul oscuro de cuello cerrado y sombrero de terciopelo a juego. El modo en que se sentaba en el caballo daba fe de que era una auténtica amazona, mientras que yo, más a gusto en un barco, tuve dificultades para acercarme al lugar donde estaba.

Me saludó con una grata mirada, y de pronto me sentí torpe y no tuve ni idea de cómo responder a ella.

Se estiró en el caballo y señaló con la fusta.

—Veréis que es más sencillo controlar la montura si ajustáis el bocado —me aconsejó—. Dais poca rienda. Si queréis guiar al caballo por un lugar concreto, lo mejor sería aflojar las riendas un poco.

—¿Se aplica también ese consejo a las mujeres? —pregunté.

Se sonrojó. Me disculpé de inmediato. Ella aceptó mis disculpas, y me pareció sincera. No lamenté haber hecho un comentario tan osado, porque si yo no le hubiera importado nada se habría sentido insultada y se hubiera enfadado, en lugar de desconcertarse. Y se desconcertó. No sólo la alteraba el espectáculo que se extendía ante ambos, sino el hecho de tenerme a su lado.

40

ZARITA

Eloísa y yo llevábamos esperando una hora a que la procesión avanzara, cuando empecé a sentir unas ganas desesperadas de ver a Saulo.

Había pasado la noche en vela, repasando todos los detalles de nuestra conversación, haciendo una lista de las cosas interesantes que había dicho y de las que quería averiguar más detalles. Reviví mi sensación cuando lo vi acercarse en aquella sala. Me recreé al visualizarlo ante mí. Tendida en la cama, bajo las mantas que Eloísa insistió en apilar sobre mí para mantenerme caliente, imaginé de nuevo toda la velada. La preocupación me había hecho un nudo en la garganta. ¿Sentía él lo mismo que yo? Era tan atractivo. Podía escoger mujer, y ellas también lo admirarían por su intelecto y por los relatos que contaba de los lugares adonde había viajado. Tenía amplios conocimientos del mar y de las estrellas. Al contrario que el saber común y corriente que yo había adquirido gracias a los libros, Saulo poseía una experiencia real de cómo era el mundo y de lo que sucedía en él.

Cuando nos unimos a los demás miembros de la comitiva, me invadió una sensación de infelicidad. Saulo no se presentaría. Debía de haber conocido a una mujer más interesante y sofisticada que yo, que no era más que una sencilla pueblerina. Ni se acordaría de nuestro encuentro. No había hecho más que tontear conmigo, eso era todo. Había malinterpretado las señales. Era una idiota, una insensata.

Entonces lo vi a mi lado, mirándome, y vi la verdad que había en sus ojos. De pronto se me encendió el ánimo. En apenas un instante tuve la certeza de que había estado pensando en mí desde que nos separamos. Inclinó la cabeza a modo de saludo, y de pronto me sentí superior, porque lo vi nervioso, torpe, y yo podía estar al mando de la situación.

Me incliné sobre él para aconsejarle que aflojara las riendas y dar más libertad de movimientos a su caballo. Le conté que era un error dar tan poca rienda a un ser tan inteligente, intentar, por la fuerza, atarlo tan corto. Le advertí que debía tratarlo con suavidad, y le dije que era más probable que se saliera con la suya mediante la amable persuasión. Él inclinó la cabeza y, con ojos sonrientes, ¡preguntó si así era como debía tratarse también a las mujeres!

Sentí un escalofrío de emoción. Me sonrojé. Él se fingió contrito, diciendo que esperaba no haberme ofendido, que le impresionaba tanto mi presencia que se le trababa la lengua. Aquella humilde disculpa la ofreció con gran ceremonia, pero yo reparé en que me observaba para juzgar si seguía a buenas conmigo, y esperaba más que eso.

Aumentó la tensión entre ambos, pero también cierta sensación de familiaridad. Sabíamos lo que estaba pasando y estábamos dispuestos a disfrutar de ello.

41

SAULO

Finalmente, el astrónomo de la corte que alojaba en sus dependencias a Cristóbal Colón necesitó la alcoba donde el marino me había embutido, y no tuve más remedio que acudir al oficial del ejército que estaba a cargo del alojamiento para preguntarle si podía hacerme un hueco en cualquier parte. Rafael apareció a mi lado.

—Señor Saulo, yo os buscaré aposento, puede incluso que en el mismo palacio de la Alhambra —me propuso—. Necesitaré por supuesto unas monedas para sobornar a los funcionarios adecuados.

Di dinero a Rafael, con quien quedé en reunirme más tarde, y después fui a dar un paseo por la ciudad.

El silencio reinaba en las calles, y la gente que vi al pasar por la judería me miró con temor. Había oído hablar a algunos de los cortesanos más reflexivos de asentamientos bajo gobierno moro organizados bajo pactos de vecindad, donde todas las religiones convivían en paz. ¿Conocerían la reina Isabel y el rey Fernando estas comunidades? ¿No sería mejor reunir a gente de diferentes religiones y culturas y permitirles vivir de este modo? Pensé en mis padres, y ahora, con la sabiduría de la madurez, reparé en que por el motivo que fuera se habían visto expulsados de todas partes donde habían querido instalarse. Fueron personas cultas porque me enseñaron a escribir y leer, y también a contar. No tenía ni idea de a qué credo o cultura debían lealtad, porque nunca me hablaron de ello. Probablemente consideraban que se trataba de un secreto demasiado delicado para confiárselo a un niño.

¿Qué pretendían hacer nuestros monarcas en el nombre de sus reinos unidos? Si expulsábamos a los moros, perderíamos su sabiduría, sus conocimientos. Buena parte de la información relativa a la navegación utilizada en el Mediterráneo tenía orígenes árabes. Si los rumores eran ciertos, estábamos a punto de exiliar a los judíos, quienes también se llevarían consigo sus habilidades y conocimientos.

No volví a ver a Rafael hasta última hora de la tarde.

—El palacio está abarrotado —me contó—, pero he podido procuraros un lugar en un edificio externo.

Cuando alcanzamos la buhardilla que ocupaba, entregué a Rafael un pago generoso.

—Ahora que me has encontrado una alcoba —dije—, me gustaría que encontrases la de Zarita de Marzena, que se aloja aquí. Querría caminar por su pasillo, de modo que nos encontremos por casualidad.

Rafael me guiñó un ojo, recogió el dinero y se marchó silbando una tonada. Aproveché para comer, lavarme y cambiarme de ropa. El sirviente regresó de un humor muy distinto.

—Sé dónde están ella y su acompañante —dijo con un tono cargado de preocupación—. Pero, señor Saulo, sería mejor que pusierais la atención en otra parte. Hay muchas damas bonitas en la corte. Algunas de ellas responderían mejor a las necesidades de un hombre que Zarita. Podría apañaros un encuentro, muy discreto...

—¡Cómo te atreves! —Lo cogí del cuello y lo sacudí hasta que gimoteó.

—¡Señor! ¡Señor! Escuchadme. ¡La dama no es para vos! ¡Arrastra la mala suerte!

Levanté el puño.

—Ay, excelentísimo don Saulo, os lo ruego, escuchad mis palabras.

Aflojé y Rafael cayó al suelo. Fui a la ventana, con la voz de ruego de mi padre en los oídos.

—No soy excelentísimo, ni don nada —le dije con la mandíbula bien prieta—. No vuelvas a llamarme así.

—No, señor. —Rafael se secó las lágrimas al tiempo que se levantaba del suelo—. No volveré a cometer ese error.

Me di la vuelta para no verlo, lamentando mi brutalidad.

—Señor —continuó el sirviente—. No pretendo insultar a la dama. Anoche me fue descrita como dulce e inocente, pero cuando pregunté por ella, oí decir que es peligrosa.

—¡Peligrosa! —exclamé, burlón—. Pero si es una damita encantadora.

—Lo es, lo es —admitió—. No es que ella sea peligrosa, sino más bien que...

—¿Qué?

—No lo sé —dijo sin encontrar las palabras—. Estos rumores no han hecho más que empezar. A veces los sirvientes oyen cosas antes de que sucedan. Se dice por ahí que ninguna de las doncellas quiere atender sus habitaciones. Están nerviosas, mucho, pero ninguna cuenta el porqué. Intentaré averiguar más.

Aunque se mostró algo reacio a obedecer, logré que Rafael me revelara dónde se alojaba Zarita, y cuando se puso el sol y encendieron las antorchas de palacio, fui a buscarla.

El palacio de la Alhambra posee las edificaciones más hermosas que quepa imaginarse. Patios que llevan a otros patios, fuentes, complejos mosaicos que adornan las paredes, los suelos, los techos. Arcadas y alcobas que lucen coloridos enyesados dotados de una sensación de profundidad. Incluso en lo más profundo del invierno, los árboles y los arbustos florecen allí. El ambiente está cargado del aroma del romero y el espliego. Abundan los jarrones ornados, las macetas de plantas, conocidas y desconocidas: menta, hinojo, albahaca, hierbas para cocinar, para sanar.

Llegué por fin a un área de patios cerrados y tuve que buscar una puerta que llevase a un corredor externo. Luego otra puerta y una pared, que escalé sin problemas.

Y ahí estaba ella.

Zarita se encontraba en una zona empedrada, junto a una columna cubierta por jazmín de invierno. Había arrancado una ramita de flores amarillas que tenía entre los dedos. Cuando salté al patio desde lo alto de la pared, sufrió un sobresalto, pero entonces, al reconocerme, miró hacia la ventana de la habitación interior. Con cautela me asomé y vi a doña Eloísa de pie junto a una mesa, charlando con uno de los embajadores extranjeros.

—¿Se me permitiría haceros una visita formal esta noche? —susurré.

Zarita negó con la cabeza.

—Imposible —susurró a modo de respuesta—. Viene otra persona a vernos. Y vos no deberíais estar aquí —me riñó—. No puedo hablaros a menos que esté acompañada.

—Entonces seré yo quien hable —repliqué, ingenioso—, puesto que no tengo necesidad de que me acompañe nadie. Y ya que no responderéis, os veréis obligada a escuchar todo lo que tenga que deciros.

—Me refería a que no deberíamos hablar —dijo, fingiéndose molesta por mi deliberado malentendido.

—También me doy por satisfecho con esa restricción —dije, acercándome a ella—. No hablemos, pues.

Se echó a temblar como una hoja cuando inclinó la cabeza. Puse un dedo bajo su barbilla para levantarla. Ella alzó de nuevo la cabeza, con la brillante luz de la vida en los ojos. Había separado los labios y estaba preciosa, tanto que experimenté una honda emoción. Ella fue consciente de lo que me sucedía, y sus propios sentimientos parecieron coincidir. Osciló hacia mí, incliné la cabeza y nuestros labios se rozaron.

Nos separamos de inmediato.

—Lo siento —dije, apartándome de ella. El corazón me golpeaba con fuerza en el pecho.

42

ZARITA

Me abrasó el fuego cuando acercó sus labios a los míos.

Nos separamos enseguida. Parecía confundido, y tartamudeó una disculpa por lo que había hecho.

Yo no lo lamentaba en absoluto.

Siguió repitiendo cuánto lo sentía hasta que, para hacer que parase, le pedí que me contara algo acerca del océano. Mi visión del mar siempre se había limitado al aspecto funcional, pero él me habló de su belleza. Creía que era la obra más maravillosa de la naturaleza, una obra de arte, un amigo, un proveedor, un buen compañero, majestuoso, atractivo, embelesador, y, una vez provocado, capaz de una fuerza inconmensurable.

Me contó que en el mar no hay dos días iguales. Describió cómo salía el sol e iba iluminando el cielo, con el alba danzando en el horizonte; y las noches en que el sol se hundía como oro fundido en la superficie del agua. Le gustaban mucho los barcos y tenía planeado comprarse uno algún día. Sería el único patrón, el único tripulante, y navegaría hacia el sol poniente en busca de territorios por descubrir.

—He estado en la proa de un barco, Zarita —me contó con ojos febriles—. Ninguna otra sensación te enardece como la de un barco que ciñe al viento. Uno siente el poder de la naturaleza al coronar las olas. Además... —se me acercó—, es la experiencia más agradable que pueda imaginarse. Bueno, una de las más agradables...

Sonrojada, me separé de él.

Se me acercó por detrás, con los labios en mi oreja.

—Las velas se hinchan sobre tu cabeza. El espinazo del barco se arquea al chocar con el oleaje. Y está vivo, va contigo, te permite guiarlo, pero tiene alma propia.

Me acarició la columna vertebral y dejó unos instantes la mano en la curva inferior.

—Como una mujer cuando un hombre le hace el amor.

Me sacudió un temblor, caí hacia atrás y él me abrazó. Quise girar sobre los talones para encararle.

—No, no te muevas —susurró—. No debes darte la vuelta.

—Quiero.

—Lo sé. Sé que quieres. —Noté cálido su aliento en mi pelo—. Pero si lo haces estoy perdido. Y ahora debo mantener la serenidad, o ambos acabaremos arruinados.

Oí que Eloísa me llamaba. Él desapareció. Primero fue una sombra en el jardín. Luego... nada.

Doña Eloísa se acercó a la ventana, desde donde me hizo un gesto.

—Lamento haberos dejado sola tanto rato, Zarita, pero el embajador contaba cosas muy entretenidas y me ha hablado largo y tendido sobre la moda italiana y los bailes. —Me miró con mayor atención—. Os veo agitada. ¿Estáis bien?

—Estoy perfectamente.

—¿Dispuesta para recibir esta noche a Ramón Salazar?

—Sí —respondí. Quería resolver lo antes posible mis asuntos con Ramón Salazar.

Estaba lo relativo al niño: mi tía creía que Ramón tenía derecho a conocer su existencia. Pero yo también necesitaba borrar el recuerdo falso del tiempo que compartimos. Un amor nuevo, diferente, nacía en mi interior. Entre Saulo y yo había una coincidencia tan intelectual que era tan intensa como la atracción física. No tenía nada que ver con los sentimientos que tenía por Ramón Salazar. Yo era una Zarita distinta de la de aquellos tiempos. Físicamente había crecido, mi cuerpo había adoptado las formas propias de una mujer, pero mis modales y mi mentalidad también habían cambiado. La persecución de Ramón me había halagado, aunque en ese momento supe ya que el dinero de mi padre era en parte el motivo de que me estuviera cortejando. Y mi padre, que quería sangre noble en su línea de descendencia, había permitido el cortejo informal. Sin embargo..., mi padre no pareció objetar demasiado cuando Ramón abandonó Las Conchas. Incluso dijo que le hacía feliz que el matrimonio no tuviese lugar. ¿Había llegado a darse cuenta de que Ramón no sería un buen marido para mí, y había desechado, por mi bien, su deseo de incluir a un noble en la familia? Mi tía nunca había hablado en contra de mi padre. De hecho, en una ocasión llegó a comentar que a veces la gente podía ser malinterpretada a pesar de hacer las cosas con la mejor intención.

Y ahora tenía motivos aún más apremiantes para reunirme con Ramón. Quería asegurarme de que no quedara ni un resquicio del amor infantil que sentí por él. Eso reforzaría la sinceridad de los sentimientos que albergaba por Saulo.

Sí, estaba decidida a reunirme con Ramón Salazar.

43

SAULO

De vuelta en mi cuarto no reparé en las inusuales características arquitectónicas del palacio, ni en los asombrosos adornos que cubrían las paredes. Un sinfín de pensamientos se había desencadenado en mi cabeza. Zarita y yo éramos almas gemelas. La necesitaba tanto como ella a mí. Sin tenernos el uno al otro, nuestras vidas serían incompletas. Debíamos casarnos sin demora. Ella realizaba una breve visita. Yo tenía que granjearme la posición necesaria para ser un pretendiente digno de su mano. No tenía posición social, pero sí dinero. Podía contribuir a financiar la expedición que cruzaría el Mar Océano. Cristóbal Colón quería que lo acompañara, y si se convertía en almirante, entonces podría darme un rango, cualquiera me servía, pues me supondría adquirir cierta posición. Primero tenía que hablar con la acompañante de Zarita, y luego me dirigiría a su familia. Tendría que entrevistarme con su padre, lo cual temía. ¿Y si me miraba con desprecio? Si me rechazaba, ¿obedecería ella a mis deseos?

Colón se había propuesto partir ese mismo año, y cabía la posibilidad de que su plan se hiciese realidad, porque a medida que avanzaba el tiempo recababa más apoyo por parte del clero y los consejeros reales. Así que si Zarita y yo íbamos a casarnos, tendría que ser cuanto antes mejor.

Pero ¿aceptaría ella mi propuesta? Sólo había un modo de averiguarlo, y era proponérselo. Decidí hacerlo en cuanto fuese capaz. La señora Eloísa y Zarita esperaban visita. Yo aguardaría hasta pasada la cena, y entonces me acercaría con discreción a la casa, igual que había hecho esa mañana, llamaría a la ventana de la dama y le propondría matrimonio.

44

ZARITA

¡Pero qué aburrido era Ramón!

¿Cómo pude llegar a imaginarme enamorada de semejante presuntuoso? Lorena no había errado al juzgarlo. Ramón tenía un rostro que no llamaba la atención, no había en sus facciones un ápice de carácter. Era un joven tonto que se había convertido en un hombre vanidoso y débil. Reflexioné en la sabiduría de mi padre, quien ahora estaba segura de que había entorpecido el acuerdo matrimonial, tras comprender que la familia Salazar sólo quería acceder a su fortuna, y que Ramón era una pareja inadecuada para mí. Yo entonces me sentí halagada y me prendí del primer joven que me prestó atención.

«¡Padre! —pensé—. Ojalá estuvieras aquí para poder agradecértelo.» Mi terquedad me había impedido ver que él siempre había obrado para protegerme.

Eloísa contuvo un bostezo tras cubrirse con la mano. Ramón llevaba dos horas cenando con nosotras. Después de permitir que lo pusiera al día de algunas de las cosas que me habían sucedido en la vida, pasó el resto del tiempo hablando sin escuchar, contándonos cosas sobre sí mismo. Eloísa me hizo una señal con los ojos y miró con atención la jarra de vino. Supuse que quería decirme que aprovechara la oportunidad para hablar con Ramón en serio, antes de que se acabara el contenido de la jarra y no entendiera nada de lo que le decía.

—Me gustaría pasear por el patio antes de retirarme —anuncié, levantándome de la mesa—. Doña Eloísa, ¿permitiríais que el señor Salazar me acompañe? Como bien sabéis, es un amigo de la infancia y con él estaré segura.

—Por supuesto. —Eloísa se puso en pie antes de que yo terminase de formular mi petición, dispuesta a ponerme el chal sobre los hombros y conducirnos a la zona empedrada que había fuera.

Empecé preguntando a Ramón si había estado en contacto con Lorena justo antes de su muerte. Le creí cuando me respondió que no. Aseguró haber estado muy ocupado durante el asedio de la ciudad, y escuchándolo cualquiera hubiese dicho que fue él quien tomó la plaza y acabó con toda la hueste mora en solitario. Pero ahora era consciente de la relación íntima que había tenido con mi madrastra y me pareció insensible no verlo afectado por su muerte.

—He oído que os arruinasteis tras el terrible incendio que quemó vuestra casa hasta los cimientos.

Por fin entendía por qué motivo ya no le interesaba qué había sido de nosotros. Estaba convencido de que ya no teníamos dinero, y por tanto había perdido el interés por mi familia.

—Sabréis que me he comprometido en matrimonio con una joven rica y noble —añadió, dándose aires de importancia.

—Me alegro por vos —dije.

—Y yo me alegro de que estéis a salvo en el convento, Zarita —dijo, paternalista.

—Al final he decidido no tomar los votos —confesé.

Me miró interesado.

—¿Por qué no?

No quería contarle los motivos, así que opté por ofrecerle una verdad a medias.

—No tengo verdadera vocación religiosa.

—¿Qué planes habéis hecho?

—De momento ninguno.

—Ay, Zarita —dijo Ramón con un hilo de voz—, entonces en tal caso podríamos llegar a alguna clase de acuerdo. —Miró en dirección a la ventana que daba al patio, y bajó aún más si cabe el tono de voz—. Ya sabéis que siempre os he encontrado muy atractiva.

Al principio no entendí qué se proponía.

—Por supuesto, cualquier relación que podamos tener tendrá que esperar a que me haya casado. —Ramón tomó mi mano.

—¿Os referís a que me queréis convertir en vuestra cortesana?

—Seríais mi amante. Tendríais casa y sirvientes, os compraría joyas y os daría dinero para que comprarais vestidos. Podríamos estar juntos en determinados momentos.

—¡Ramón! —Retiré la mano, y en ese instante decidí que no iba a hablarle del niño. Sabía que, lejos de recibir con alegría la noticia, supondría un grave inconveniente para él. Probablemente lo despreciaría, puede incluso que comprometiese el destino del niño. Fuera como fuese, no merecía el obsequio que constituía aquel adorable recién nacido, y estaba convencida de que el niño inocente no merecía una persona tan superficial como padre—. Ramón —repetí para llamar su atención—, no tengo el menor deseo de tener una relación con vos.

—Os habéis vuelto muy directa, Zarita —respondió, acre, él—. Os advierto que a los hombres no les agradan esos modales en una mujer.

—Tampoco a mí me agradan los vuestros, Ramón —repliqué.

Hizo un último intento para granjearse mi simpatía.

—No puedo creer que permitierais que os cortasen vuestros preciosos rizos negros. —Levantó la mano y me tocó el cabello, como le solía gustar hacer.

—Tendríais que iros —dije fríamente—. Ah, y será mejor que ambos olvidemos que esta conversación ha tenido lugar.

45

SAULO

Me había apostado tras una columna del jardín cuando Zarita franqueó la puerta acompañada por un hombre y ambos salieron al empedrado.

Hablaron en voz baja y no pude escuchar lo que decían. Tuve la impresión de que la estaba halagando. No pensé que sería la clase de mujer que respondía a los halagos, pues en lugar de disuadirle, su tono sugería que se mostraba razonable con él.

Él adoptó una pose arrogante que me resultó familiar. Tal vez todos los nobles tenían esa manera de comportarse. Algo pugnaba por aflorar en mi memoria, algo que no acababa de recordar. Su rostro estaba oculto en sombras, pero al cabo se movió y la luz se lo iluminó. ¿Dónde lo había visto antes?

Me acerqué sin hacer ruido. Yo conocía a ese hombre. Tenía el nombre en la punta de la lengua cuando oí que Zarita lo llamaba Ramón.

«¡Ramón! ¡Ramón Salazar!»

El hombre que había perseguido a mi padre desde la iglesia en Las Conchas.

En ese momento, Ramón Salazar levantó la mano para acariciar la cabeza de Zarita. Y por el modo que lo hizo, reconocí otra cosa. A otra persona.

¡Ella era la joven de la iglesia!

Me mordí los nudillos para contener un grito. ¡No era posible!

¿De veras era ella? ¿Era Zarita la misma joven que acompañó a Ramón Salazar el día que arrestaron a mi padre? ¿La hija del juez? Casi habían pasado dieciocho meses. En ese tiempo yo había cambiado tanto que nadie habría podido reconocerme. Ella también podía haber cambiado. Aquel día, la joven que paseaba con Ramón Salazar llevaba cubierto el rostro por un velo, era de complexión delgada y tenía el pelo largo y oscuro. Pero la figura de Zarita correspondía a la de una mujer y llevaba el pelo casi completamente cubierto.

Eché a correr en busca de Rafael.

En el fondo sabía que no necesitaba cerciorarme, pero tenía que estar totalmente seguro. Esperé mientras el sirviente salió en busca de respuestas a una serie de preguntas que le hice. Regresó con la información, y muy nervioso.

—Señor Saulo, os lo imploro, manteneos lejos de esa mujer. Dicen que...

—¡Cuéntame lo que te he enviado a averiguar! —le ordené.

Rafael levantó ambas manos, haciendo aspavientos.

—La joven dama, Zarita, proviene de un pequeño puerto del sur llamado Las Conchas. Hace poco adoptó el apellido materno, pero antes utilizaba el de su padre, que es don Vicente Alonso de Carbazón, el juez local que murió antes de la Navidad de resultas del incendio de su casa.

Solté un grito y caí postrado, presa de la angustia. En el suelo me golpeé la frente. Aquella mujer me había engañado, no era más que una peligrosa cortesana. Había logrado que me olvidara del propósito que me había llevado a la corte, que no fue el de aliarme con Cristóbal Colón, sino el de acabar con la descendencia del juez don Vicente Alonso de Carbazón. Y no sólo me había hecho olvidar, sino que, además, ¡ella era el objeto de mi venganza! Estaba más que dispuesto a creerla bruja. Me había hecho presa de un hechizo. Era una hechicera, un demonio, una Circe que llevaba a los hombres a la muerte.

Sentí un dolor lacerante tras los párpados. El asombro y la incredulidad dieron paso al enfado, y después a la furia.

Sabía lo que tenía que hacer. Regresaría al patio empedrado, donde esperaría a que se hubiese retirado a dormir. Entonces entraría en la casa para asesinarla.

Esta misma noche cumpliría mi venganza.

46

ZARITA Y SAULO

Un hombre al pie de mi cama empuñaba un cuchillo de hoja larga. La luz de las velas se reflejaba en la superficie de metal, y comprendí de un modo intuitivo que, por el modo en que lo empuñaba, debía haberlo usado antes. Había matado con ese cuchillo. Se me hizo un nudo en la garganta, el corazón me golpeaba en el pecho. Saboreé el regusto de mi propio miedo.

Estaba muy, muy asustada. Vi su temor, casi pude olerlo. Sin embargo, ni siquiera pestañeó. No se acobardó ni echó a correr. Se incorporó en la cama y se me quedó mirando.

Me senté en la cama, frente a él, consciente de estar vestida únicamente con la camisa de dormir. Se me ocurrió pensar que cuando hundiera el cuchillo en mi cuerpo, la sangre contrastaría con la muselina blanca de la prenda. Tenía el rostro oculto en sombras, pero la temblorosa luz que reinaba en el cuarto le iluminaba febriles los ojos. Me resultó familiar, pero no le reconocí.

—¿Qué quieres, rufián? —pregunté.

—He venido a vengarme —respondí—. ¿Preferís el cuchillo, o que me sirva de esto para ahorcaros? —Y con la mano libre tiré del cordel que ataba la cortina del dosel—. Podría usarlo de soga, para que pudierais bailar al mismo son que vuestro padre hizo bailar al mío.

Me acerqué a ella. El pulso le latía con fuerza en la garganta, bajo la piel dorada, y tenía las pupilas dilatadas. En una mano empuñaba la daga, en la otra el cordel de seda.

—Ha llegado vuestra hora —dije.

Acerqué a su pecho la punta del cuchillo.

—¿Saulo? —susurré, aterrorizada—. ¿Saulo? No es posible que seáis vos.

¿Me había vuelto loca? ¿Estaría soñando? ¿Despierta en plena pesadilla podía ver y tocar al asesino que había venido a matarme? ¿Un demonio que había adoptado el aspecto del hombre a quien amaba?

—¿Saulo?

—Él sólo estaba hambriento —dije.

—¿Quién, Saulo? ¿Quién estaba hambriento?

—Mi padre. Nos moríamos de hambre, pero sé que no os habría atacado. No formaba parte de su naturaleza. Si hizo ademán de tirar de la bolsa donde guardabais el dinero, fue porque quería comprar medicamentos para su mujer, mi madre, o para darme de comer a mí, su hijo.

—Ah —sollocé—. Ahora sé quién sois. Sois el hijo del mendigo. Sabía que llegaría el día en que tendría que someterme a juicio por lo que hice aquel día terrible, pero pensé que sería en el otro mundo, no en éste.

—Ese día ha llegado, Zarita —dije—. Hace un hora estaba aquí escondido cuando os vi con Ramón Salazar y os reconocí.

—¿Sabíais quién era desde el principio? —me preguntó—. ¿Todo lo que hicimos, todo lo que me dijisteis...? —Le tembló la voz—. ¿Fue todo mentira?

—Fuisteis vos quien mintió cuando acusasteis en falso a mi padre de haberos asaltado —dije con voz ronca.

—No mentí. No lo acusé de haberme asaltado. Me tocó, es verdad, pero sus dedos tan sólo rozaron los míos...

Levanté la mano cuando empezó a hablar.

—¡Silencio! No quiero oír excusas. Ya me habéis hechizado lo bastante para enfangarme el cerebro.

Pero no hubo forma de callar a Zarita.

—Saulo, tenéis razón cuando decís que vuestro padre no hizo nada malo. No tuvo culpa de nada. Todo fue culpa mía; culpa de mi estupidez, de mi insensatez. No puede decirse que lo hiciera por maldad. Y no lo digo para que os apiadéis de mí, sino en aras de la verdad, porque tendríais que ser consciente de los últimos actos de vuestro padre, que era un hombre honorable. Y creo que intentó salvaros por todos los medios.

—Vuestras palabras no significan nada para mí.

—Para empezar —insistió—, cuando se alejó corriendo de la iglesia, vuestro padre sólo pretendía huir, confundirse en las calles y callejones que llevan lejos de la plaza. Así que huyó, pero al veros se volvió hacia el mar para alejar de vos a sus perseguidores. Yo lo seguía a cierta distancia, pero pude ver lo que pasó. En todo el tiempo que ha transcurrido, he repasado lo que ocurrió aquella tarde, y estoy convencida de que cuando os vio cambió de dirección para evitar que pudieran involucraros en lo sucedido. Para evitar que os castigaran como sabía que lo castigarían a él.

Entonces lo recordé. Mi padre me había visto. Pude visualizarlo, corriendo hacia mí en la plaza y cambiando de dirección. Lejos del lugar seguro al que esperaba llegar, directo hacia un camino sin salida. Todo con tal de salvar a su hijo.

Se me cubrieron los ojos de unas lágrimas que sequé con el dorso de la mano.

—Nada de todo esto os librará de mi venganza. Ni se os ocurra pedirme piedad.

Mientras hablaba, otro recuerdo se deslizó en mi mente y vi a la joven rogando piedad. No por su vida, sino por la mía. Zarita se había arrodillado ante su padre, a quien detuvo cuando se disponía a ahorcarme.

Saulo titubeó.

«¿Por qué?»

Se había introducido en mis aposentos, dispuesto a asesinarme, a vengarse por la muerte de su padre a manos del mío. Pero de pronto me pareció inseguro.

Debí gritar para pedir ayuda, pero si lo hubiese hecho, habrían arrestado a Saulo, y, sin duda, después le habrían ejecutado.

—Tenéis que marcharos, o corréis el riesgo de que os encuentren aquí. No quiero tener vuestra sangre en mis manos, puesto que ya llevo la muerte de vuestro padre en la conciencia.

—Igual que yo la muerte del vuestro —aseguró para mi sorpresa.

«Lo dicho, dicho está. ¡Por fin lo había soltado!»

—¿Vos ma...? Mi padre... ¡Ay, Ay! —se lamentó.

Zarita se cubrió el rostro con las manos y se tumbó de nuevo en la cama.

—Ay, ahora lo entiendo. Por eso el árbol que hay frente a la casa está envenenado. Fuisteis vos quien prendió fuego a la casa; de vos huía mi padre cuando sufrió el ataque al corazón.

Zarita levantó el rostro surcado de lágrimas, y con la voz rota, dijo:

—¡Qué consecuencias más funestas se han derivado de un error!

Se oyó un grito, seguido por una serie de fuertes golpes en la puerta del corredor. Por un instante pensé que había pedido ayuda sin que yo me diera cuenta. Pero la vi tan sorprendida como lo estaba yo.

—Tendría que responder —dijo, aturdida—. Doña Eloísa toma cada noche una fuerte poción para conciliar el sueño. Tardará unos minutos en despertarse.

—Preguntad quién es, y por qué os molestan a estas horas —ordené—. Pero no os mováis de la puerta.

Me situé detrás de ella cuando abrió la puerta del dormitorio.

—¿Quién va? —preguntó sin convicción.

No hubo respuesta, pero quienes aporreaban la puerta redoblaron sus esfuerzos.

—Insistid —ordené a Zarita.

—¿Quién va? —preguntó levantando la voz—. ¡No abriré la puerta a menos que sepa quién llama!

—¡Haréis nuestra voluntad! —se oyó por respuesta—. ¡Abrid la puerta en nombre de la Santa Inquisición!

47

SAULO

Finalmente, el ruido despertó a doña Eloísa. La oímos salir de su cuarto en dirección a la puerta.

Me situé tras la puerta del dormitorio cuando los soldados entraron en el recibidor, y me escondí cuando arrestaron a Zarita, hija del juez don Vicente Alonso de Carbazón.

Mantuvo la compostura cuando el capitán de los soldados desenrolló la orden de arresto, pronunció su nombre y la leyó. Entonces, cuando la prendieron, ella dio un imperceptible paso hacia delante para abrir en toda su extensión la puerta que daba al dormitorio, de modo que yo quedase oculto tras ella. Escogió no delatar la presencia de la persona que había jurado asesinarla. Había un hueco entre la pared y los goznes de la puerta, y así pude ver cómo se desarrollaba la escena. Zarita mantuvo la calma, pero le temblaban las manos.

—¡Es un error! —protestó con voz aguda doña Eloísa.

—Aquí no hay ningún error —dijo el hombre que estaba al mando, mostrándole la orden de arresto—. La mujer llamada Zarita, de Las Conchas, debe acompañarnos esta noche y sin demoras.

Doña Eloísa les rogó que dieran tiempo a la muchacha para vestirse, petición que ellos denegaron, razón por la que decidió quitarse el chal largo que llevaba para ponerlo sobre los hombros de Zarita. Los soldados parecieron tratar a la joven con cierto respeto cuando le pusieron la mano encima, pero todo el mundo en la península, y allende las fronteras del reino de Castilla y Aragón, sabía que en cuanto las puertas de un calabozo de la Inquisición se cerraban tras alguien a quien hubieran arrestado, eran otras normas las que se aplicaban.

—¡Apelaré a la reina! ¡Avisaré a vuestra tía! Lo haré, perded cuidado. Lo haré. —Doña Eloísa se dejó caer en una silla. Estaba llorando.

—Deseo deciros algo —dijo Zarita con un tono muy mesurado, dadas las circunstancias, justo antes de que se la llevaran.

Pensé que había decidido delatarme, que en ese momento revelaría cuál era su verdadero carácter. Empuñé con fuerza el cuchillo, esperando oír sus gritos, las indicaciones de dónde me había escondido.

«Ha tenido tiempo de meditar la situación, y, puesto que no se encuentra en peligro inmediato de muerte, podría pesar en su favor que delatase a un asesino a las autoridades. Sería su modo de asegurar que soy castigado por causar la muerte de su padre», pensé.

Oí a Zarita hablar en voz alta.

—Podría suceder que no tenga oportunidad de hacer una declaración. Deseo declarar que cualquier perjuicio que pueda haber causado a Dios, hombre o mujer no fue con intención de cometer una crueldad, sino fruto más bien de mi insensatez. Pido perdón a todos aquellos a quienes pueda haber perjudicado, y perdono de buena fe a quienes hayan podido causarme perjuicios.

El soldado que estaba al mando chascó la lengua, impaciente. Probablemente no era la primera vez que oía declaraciones similares de prisioneros a quienes acababa de arrestar, y a quienes iba a entregar a los torturadores. Sin embargo, yo sabía a quién iban dirigidas.

Eran para mí.

48

ZARITA

Ignoraba si Saulo seguía allí.

Recé para que hubiera aprovechado la oportunidad de escapar, pero también esperaba que se hubiera quedado el tiempo suficiente para escuchar mi declaración. La hubiera oído o no, al menos yo había podido hacerla. Y cuando me condujeron fuera me alegró haberlo hecho.

Algunos cortesanos se reunieron para señalarme con los ojos muy abiertos por el asombro mientras los soldados me llevaban por los corredores, aunque la mayoría apartó la vista y miró hacia otro lado, tal era el terror que inspiraba la Inquisición.

Me condujeron a un sótano próximo al cuartel de los soldados. Me sorprendió, pero no me consoló lo más mínimo, ver que la mayoría de las celdas que había estaban llenas de presos.

Un monje con hábito negro se encontraba sentado a una larga mesa. Me llevaron ante él, y mientras permanecía allí de pie, temblorosa, descalza en el suelo de piedra, él escribió los detalles relativos a mi nombre, edad, lugar de nacimiento y los datos familiares. Cuando hubo terminado, levantó la cabeza.

—¿Deseáis confesar?

—Mi arresto es un error —respondí, porque en ese momento pensaba sinceramente que habían cometido un error—. Por tanto, no tengo nada que confesar.

—Todos tenemos algo que confesar. Es mejor que hagáis ahora vuestra confesión, voluntariamente, antes que dejarlo para... después.

Negué con la cabeza.

—No he hecho nada malo.

—Entonces no tenéis nada que temer.

La entrevista sólo duró diez o quince minutos antes de que me llevaran a un cuarto sin ventanas con un camastro. Mientras yacía tumbada me invadió una sensación de alivio. Al menos así fue al principio. El sacerdote tenía razón. No tenía nada que temer. No era como Bartolomé, quien había dado la impresión de ridiculizar al clero, ni como las mujeres cuyos cuerpos habían pecado. Durante casi cinco meses durante el año anterior había llevado la vida de una monja de clausura, por tanto no podía haber ofensa por mi parte contra la Iglesia o el Estado.

También era sabido que existía un límite en cuanto al número de veces que la Inquisición podía interrogar a un sospechoso. Por tanto, después de una o dos sesiones como aquélla quedaría en libertad para marcharme.

Aquella noche, tumbada en el camastro, sin dormir, intenté convencerme de que así sucedería.

49

SAULO

El destino de la joven Zarita de Marzena no me interesaba.

Eso fue lo que me dije. Era cierto que no me había delatado a los soldados de la Inquisición tal como pudo haber hecho, pero eso no suponía que le debiera nada. O que me importase lo que pudiera ser de ella.

Sin embargo..., ¿qué podía haber hecho ella para empujar a la Inquisición a investigarla?

Apenas había regresado a mi alcoba cuando alguien llamó con suavidad a la puerta, que abrí con cautela. Era Rafael, que se deslizó bajo mi brazo y entró rápidamente.

—Disculpad que os moleste, señor. —Jadeaba, estaba muy inquieto—. Pensé que querríais saber lo que sucede en palacio esta noche. —Buscó en mi expresión algo que le diera pie para explicarse.

Asentí.

—¡Han arrestado a la mujer, Zarita, por orden de la Santa Inquisición!

Me llevé la mano al rostro para ocultarlo, porque me descubrí mordiéndome el labio con fuerza.

—La han llevado a una de las celdas que hay en el sótano donde la interrogarán los inquisidores. He venido a avisaros en cuanto me he enterado.

—¿A avisarme? ¿Por qué tenías que avisarme? ¿Qué tiene eso que ver conmigo?

—Señor, tal vez el hecho de que hayáis viajado tanto por mar hace que no estéis familiarizado con el modo en que se llevan a cabo estas investigaciones. Las personas relacionadas con el arrestado también suelen ser objeto de sospecha. Como mínimo, las citan para dar testimonio. Para testificar contra el acusado.

«¡Ah, eso sería hacer justicia! Podría declarar contra la hija del juez, igual que ella lo hizo en contra de mi padre», pensé.

—Tendríais que marcharos, señor —continuó Rafael—. Anoche, la joven cenó en compañía de un noble llamado Ramón Salazar, a quien sus sirvientes despertaron para contarle lo sucedido. El señor Salazar y su guardia fueron directamente al establo, montaron a caballo y se marcharon. Según dijo, tenía que acudir a las propiedades de su familia en el este para resolver un asunto urgente. Pero desde allí podrá cruzar sin problemas la frontera con Francia, donde refugiarse hasta que concluya la investigación.

De modo que su amigo de la infancia había emprendido la huida al verse en peligro. Debí de alegrarme al oír eso. Intenté convencerme de que me alegraba.

—Claro que ella no sentía nada por él —siguió Rafael—. La doncella que retiró los platos de la mesa y limpió el salón cuando se hubo marchado el caballero, me contó que la joven había hablado con su acompañante de él, y dijo que no quería tener nada más que ver con el señor. Ambas lo consideraban vanidoso, insensato y egoísta.

—Pues con sus acciones acaba de darles la razón —dije, pensando que Zarita había rechazado sus avances, preguntándome si habría juzgado mal su comportamiento cuando los vi tan cerca y él levantó su mano para acariciarle el cabello.

—Doña Eloísa, su acompañante, al menos ha enviado una docena de mensajes a la reina. También ha contratado a un jinete para que cabalgue a la costa con una carta dirigida al convento de Las Conchas, pidiendo a un familiar que acuda a la corte en cuanto sea posible. La señora Eloísa se desmayó después, y hubo que llamar a un médico para atenderla. Se encuentra bastante indispuesta.

Ese familiar de Las Conchas debía de ser la tía Beatriz de la que me había hablado Zarita. La acompañante debía de considerar las circunstancias lo bastante graves como para pedir a una monja de clausura que abandonase su propio convento.

—Ya veis cómo están las cosas —concluyó Rafael—. Tal como quise deciros antes, señor, un peligro mortal ronda a esa mujer.

—En efecto lo hiciste, Rafael —dije—, y yo te lo agradezco. —Puse una moneda en su mano y añadí a continuación algunas más. Obviamente, había estado alerta para recabar información que pudiera serme de utilidad, y probablemente había tenido que sobornar a mozos y sirvientes para que éstos lo tuvieran informado al punto de cualquier cosa que fuera de interés. Fui a la puerta e hice ademán de abrírsela. La noticia de la caída en desgracia de Zarita debió de alegrarme, pero me dolía la cabeza y me sentía indispuesto. Deseaba quedarme a solas.

—No, no, señor. —Rafael cerró la puerta—. Esta vez vais a escucharme. También vos tenéis que marcharos. Tengo contactos en el establo. Puedo procuraros un caballo ensillado, que os esperaría en una de las puertas exteriores. Sería mejor resolver este asunto ahora mismo, antes de que amanezca. —Y, carraspeando significativamente, añadió—: Claro que necesitaré un dinero para hacerlo posible...

—¿Tan desesperada crees que es la situación?

—En lo que a la Inquisición concierne, conviene no correr riesgos. Si un noble importante como Ramón Salazar huye de palacio, es porque alguien le ha dado pistas de qué cariz adoptará el juicio. Imagino que gracias a su posición tendrá acceso a mayor información que yo. Apuesto a que la dama afronta cargos muy serios. —Hizo una pausa—. Serios como la muerte.

—No puedo marcharme tan rápido —dije—. Antes debo hablar con Cristóbal Colón para hacerle saber que debo irme.

Rafael me miró como quien no las tiene todas consigo.

—Respecto al señor Colón y sus esfuerzos por obtener el apoyo que necesita para su expedición, no parece contar con tantos favores como antes.

—¿A qué te refieres?

—Se dice que exige demasiado. Quiere un título y una parte de cualquier tesoro que se encuentre. Y también hay un asunto relativo a sus cálculos. —Rafael se encogió de hombros—. Qué importa el motivo, el caso es que su petición está atascada. Cuando le informen de ello, lo más probable es que también abandone la corte. Ya veis que no os hacéis ningún bien quedándoos.

—Entiendo.

Pensé en Zarita en la celda del sótano. Recordé su rostro, sus labios, sus ojos cuando se había enfrentado a mí y a los soldados. Había demostrado tener coraje. Aunque tuvo miedo, lo disimuló. Pero ¿cómo se comportaría sometida al interrogatorio de los agentes de la Inquisición? Sin un protector rico y poderoso, no tendrían piedad de ella.

—Está condenada. —Rafael me tiró de la manga—. No hay nada que podáis hacer para ayudarla. Salvaos mientras podáis.

Rafael me creía presa de un enamoramiento que fácilmente podría olvidar en los brazos de otra mujer. No sabía lo que me pasaba en realidad por la mente, aquello de lo que quería convencerme.

«He aquí la perfecta culminación de mi juramento: la Inquisición se convertirá en el instrumento de este acto final de mi venganza sobre la familia del juez.»

Rafael me miró expectante, a la espera de instrucciones.

—Sí. Tienes razón. Haré lo que me sugieres.

Le di más dinero y comentamos nuestro plan de acción. Le dije que esperaría a la mañana siguiente para partir, porque quería hablar con Cristóbal Colón. Después él se fue a sobornar a quien fuera necesario para sacarme del palacio y de la ciudad y ponerme en el camino a la libertad.

50

ZARITA

—¡Beatriz!

Calculé que debía de haber pasado un día cuando la puerta de la celda se abrió y mi tía apareció recortada en el umbral.

Hice ademán de correr a abrazarla, pero el carcelero me ordenó pegarme a la pared opuesta. Mi tía llevaba un hatillo de ropa bajo el brazo. El carcelero estaba dispuesto a dejarla entrar, pero no veía con buenos ojos la ropa que llevaba para mí.

—Es un hábito de monja. Todas las hermanas de mi orden lo visten. —Tía Beatriz se lo enseñó, y luego le rogó con dulzura que me diera permiso para ponérmelo.

—No sé si eso está permitido —gruñó el carcelero.

—Vuestra prisionera, esta joven, Zarita, es una de mis novicias. Digo yo que nadie pondrá objeción a que una monja reclame su hábito —replicó mi tía, sin alterar el tono de voz apacible—. Entiendo que será sometida a juicio. No sería correcto a ojos de Dios que una novicia apareciese en público vestida con una camisa de dormir. Además, está obligada a llevar puesto este hábito gris día y noche —añadió apresuradamente, dejándose llevar por la ocurrencia que había tenido—. Tenemos la obligación de deshacernos de su actual atuendo. Yo, como monja que ha hecho voto de pobreza, no puedo aceptar un obsequio tan caro. Me pregunto si podríais encargaros vos de este asunto.

El carcelero se volvió hacia mí y abarcó con la mirada la camisa y la prenda que me había puesto sobre los hombros doña Eloísa, con su recamado de oro y verde, y el ribete de piel en torno al cuello y los puños. Probablemente valía el doble de su sueldo anual. Apenas tardó unos segundos en decidirse.

—Está permitido —dijo.

Se mantuvo junto a la puerta abierta mientras me cambiaba de ropa. Mi tía me ocultó con su cuerpo, y cuando me puse el familiar hábito gris de la orden, sentí cierta paz. Me recogí el cabello bajo la cofia y me até las sandalias de cuero.

Cuando el carcelero se marchó con su botín, ambas nos sentamos muy juntas en el camastro, hablando.

Pregunté por Eloísa. Mi tía me contó que su amiga había sufrido una especie de ataque, pero que se estaba recuperando. Aunque quiso quedarse, ella le insistió en que regresara a su casa.

—Eloísa envió diversas peticiones a la reina, y también sobornó a cuantas personas se le ocurrió que podían ayudarla, a pesar de lo cual no pudo averiguar el porqué de tu arresto. ¿Tienes idea de cuáles pueden ser los cargos?

—No —respondí, haciendo un gesto de negación—. Y he pensado en poco más desde que sucedió.

—Dice Eloísa que Ramón cenó con vosotras esa noche. ¿Discutisteis o algo?

—No. Ramón no quiere poner en peligro su posición. Está comprometido en un matrimonio ventajoso para él. No permitiría que nada se le interpusiera en el camino.

—Ah, veo que estás al corriente de lo de su compromiso de matrimonio —dijo—. En ese caso, no te romperá el corazón si te digo que partió de Granada a toda prisa a primera hora de la mañana siguiente a tu arresto, para poner tanta tierra de por medio entre tú y él como fuera posible.

—No, en absoluto. Ramón me pareció vanidoso, arrogante e insoportable. De hecho, tomé la decisión de no contarle lo del niño. No habría movido un dedo por él. Ni siquiera reaccionó cuando hablé de la muerte de Lorena, a pesar de que hubo un tiempo en que ambos mantuvieron una relación.

—La única relación que le interesa mantener a ese joven es la que tiene consigo mismo —comentó mi tía.

—¡Lo sabíais! —exclamé—. Sabíais que Ramón era superficial y mentiroso. No obstante, me enviasteis aquí para ponerle al corriente de lo sucedido.

—Tenía fe en tu buen juicio, Zarita. Los meses que pasaste en el convento no fueron en vano. El mundo cree que quienes escogen encerrarse lejos de sus influencias no tienen conocimiento de cómo funciona. Pero en el tiempo que pasamos juntas tuve ocasión de verte madurar. Te convertiste en una mujer, una mujer sabia y elegante. Confiaba en que verías a Ramón tal como es, y que entonces decidirías si valía la pena compartir la vida con él. —Se llevó la mano a la mejilla—. La vida es valiosa, mucho. Hay que tener cuidado con lo que hacemos con ella.

—Pues bien, teníais razón: Ramón no es para mí. Pero... —titubeé antes de añadir—: Pero hay otro.

Prestó atención a todo lo que le conté acerca de Saulo. Empecé por la parte alegre y emocionante de mi gran amor. Luego le relaté lo sucedido en mi dormitorio, antes de que se produjera el arresto.

—Entiendo por qué Saulo está furioso —dijo, al cabo, mi tía—. Por partida doble: por un lado, eras la misma a quien culpa de la muerte de su padre. Por otro, lo que resulta muy perjudicial para el orgullo de un hombre, está el hecho de no haberte reconocido, de haberse enamorado de ti y descubrir más tarde tu identidad. La ira debe de consumirlo.

Sí, pensé. A mí su ira casi había estado a punto de consumirme.

—Sin embargo, tuvo el coraje de confesarte el papel que representó en la muerte de tu padre —añadió.

El carcelero llamó a la puerta.

—La visita ha terminado —anunció con aspereza.

—Zarita, debes prepararte para afrontar la más terrible de las acusaciones posible: la de herejía —dijo Beatriz, sin perder un instante—. Procura ser fuerte. Cuando te acusen, es posible que no me permitan visitarte. Te ayudaré en todo lo que pueda, apelaré a la reina y rezaré por ti.

Cuando mi tía se hubo marchado, me levanté y dejé caer la falda del hábito para que la prenda adoptara su caída natural. Me dio un consuelo mayor que si me hubiera vestido con encajes y brocados. Recibí con alivio las duras sandalias, en lugar de los suaves escarpines de raso. Me cubrí el rostro con el velo y recogí la toca en torno a mi cabeza. Me cogí de manos dentro de las mangas. Por fin me había aislado del mundo exterior. Por fin estaba a salvo.

De momento.

51

SAULO

—¿Me dedicaríais unos minutos de vuestro tiempo?

Había una mujer con hábito de monja en mi puerta. Por la similitud de las facciones, habría sabido que era pariente de Zarita incluso antes de que se presentara.

—Me llamo Beatriz de Marzena. Soy la tía materna de Zarita, la joven a quien ha arrestado recientemente la Inquisición. Sé que la conocéis porque acabo de visitarla en su celda de la prisión y he podido hablar con ella.

Entró. Antes de cerrar la puerta, miré a un lado y a otro del pasillo. Estaba desierto, como me había encontrado muchos de los corredores de la parte baja cuando había acudido más temprano a comunicar personalmente a Cristóbal Colón que iba a ausentarme. No le había puesto al corriente de mis asuntos, sólo le había contado que una joven a quien estaba cortejando había sido prendida por la Inquisición, y pensaba que sería mejor marcharme para evitar que me asociaran con ella. Nada más pronunciadas, estas palabras me dejaron un regusto amargo en la boca.

Colón me dirigió una mirada astuta.

—Sospecho que no me lo cuentas todo, Saulo.

Asentí, alicaído. Los dos golpes de perder mi oportunidad de convertirme en explorador y de compartir mi vida con Zarita me habían decepcionado tanto que ni siquiera tenía ganas de hablar.

Colón me dijo que también él se planteaba irse a otra parte. Le habían contado que los monarcas consideraban que sus peticiones de un cargo y una parte del tesoro obtenido en cualquier descubrimiento que hiciera eran demasiado exigentes, e incluso que rozaban la impertinencia.

—He pasado buena parte de mis años de juventud y madurez planificando esta expedición. No haré la labor ni arriesgaré la vida a cambio de una bolsa de oro. —Colón enrollaba los mapas y las cartas, lo que tratándose de él era una indicación de que se disponía a partir—. Buscaré otro rey o reina, en Francia o en Inglaterra, que me dé lo que pido.

Cuando regresé a mi cuarto, encontré esperando a Rafael.

—Todo está dispuesto —me dijo—. Hacedme saber cuándo estaréis preparado para partir. —Y tocándome el hombro en el momento de retirarse, añadió en tono de advertencia—: Y no os demoréis.

Pero me había demorado. Hacía horas que había terminado de hacer la bolsa, con la túnica aguamarina del capitán Cosimo embutida en el fondo. Ya era casi de noche.

Pero seguía sin decidirme.

Seguía esperando cuando Beatriz, la tía de Zarita, vino a visitarme. Al principio pensé que era Rafael quien llamaba a la puerta para darme prisas. Acompañé a la monja al interior y cerré la puerta. Me miró intentando hacerse una idea de cómo era, y yo no aparté la mirada. Sus ojos tenían la misma forma y tonalidad de los de Zarita, y con la piel del rostro tensa y tersa, enmarcada por la cofia, podrían haberla confundido por una hermana mayor.

Me dije que no preguntaría por la situación y ánimos de Zarita.

—¿Qué os ha traído a este lugar? —pregunté, fingiendo indiferencia.

—Pensé que seríais capaz de averiguar por qué han arrestado a Zarita. He hecho una petición a la reina, pero no sé si me responderá. Mi amiga doña Eloísa ha enviado un mensaje tras otro, implorando la intercesión de su majestad, pero no ha habido respuesta. Hace un tiempo, de jóvenes, vivíamos en la corte y acudíamos a los eventos que allí se celebraban, de modo que tuvimos oportunidad de conocer a la reina Isabel. Pero han pasado muchos años, y es posible que la reina no se acuerde de mí. Las cosas cambian, y me temo que Isabel ha cambiado también. Siempre fue una persona muy seria y rigurosa con sus obligaciones, pero ahora parece haberse vuelto implacable y siempre se rodea de consejeros con mucho ascendiente sobre ella. Hace tanto de la última vez que nos frecuentamos que es posible que no quiera renovar nuestra relación en tales circunstancias. —La monja hizo una pausa—. Quiero ayudar a Zarita. Si supiera al menos lo que sucede... Cualquier información que pueda ser de utilidad...

Y, al ver que yo no respondía, insistió.

—Zarita me dijo que sois muy amigo del navegante Cristóbal Colón, y que éste se mueve en círculos próximos a la realeza. ¿Tal vez...? —De nuevo dejó morir las palabras.

—¿Os ha puesto al corriente Zarita de los pormenores de nuestra relación?

—Sí.

—¿Con todo lujo de detalles?

—Sí, por supuesto.

—¿Por qué iba a querer ayudarla, pues? —pregunté con brusquedad.

Beatriz pestañeó, pero no respondió.

—¿Por qué? —pregunté, enfadado—. Mi padre murió asesinado por culpa del suyo. Mi madre también murió, de resultas de esta acción. Ambos yacen enterrados en una fosa común.

—Vuestra madre no descansa en una fosa común.

—¿Qué decís?

—No la enterramos en una fosa común. Su tumba tiene una cruz de madera, y cada día le cambiamos las flores.

—¿Por orden de quién?

—Por orden de quien os pido ahora que ayudéis.

—¿Zarita?

Sor Beatriz cabeceó en sentido afirmativo.

—En los días que siguieron a vuestro arresto y el fallecimiento de su madre, mi hermana, mi sobrina recordó que cuando vuestro padre le pidió dinero en la iglesia mencionó que tenía esposa. Fue al barrio bajo en busca de vuestra madre. Allí encontró al médico que la atendía, y, puesto que estaba próximo su final, llevó a vuestra madre al hospital que tenemos en el convento, donde la atendimos moribunda.

—¿Qué? —Me quedé mirándola, tan asombrado que no pude decir más.

—Creedme, todo es cierto. —Sor Beatriz reparó en mi sorpresa—. Lamento decirlo, Saulo, pero no pudimos hacer nada para salvarle la vida, y sé que es un pobre consuelo, pero al menos al final no sufrió.

Mi sobrina costeó las medicinas que necesitaba. Cuando falleció, mis hermanas la prepararon para el entierro. —Me miró a los ojos—. Me disculpo si no profesaba nuestras creencias, pero, con la mejor intención, organizamos una misa en su memoria. Encendimos velas y hubo muchas ofrendas florales. Zarita se ha encargado de que cuiden de la tumba y se rece por ella. A menudo ella misma lo hace.

«Zarita cuidó de mi madre en sus últimos días de vida...»

Intenté aclararme los pensamientos, pero no pasé de decir:

—Vuestra sobrina es culpable de la ruina de mi familia.

—Representó un papel importante, sí —admitió sor Beatriz.

Tal vez fuera mayor, pero había en sus ojos la misma intensa negrura que en los ojos de Zarita, un fulgor constante, prueba de su fuerza interior.

—Saulo, ¿es vuestro propio sentimiento de culpa el responsable de toda esa ira que albergáis?

—¿Qué? ¿A qué viene eso de si me siento culpable?

—Causasteis la muerte del padre de Zarita. Pero eso ya lo habéis admitido. Pensaba más bien en vuestro sentimiento de deshonra por la muerte de vuestra madre.

—¿Deshonra por la muerte de mi madre? —pregunté, abriendo los ojos desmesuradamente.

—Es normal que la pérdida de nuestros padres nos ponga furiosos. Cualquiera que sea el motivo, cuando muere un padre o una madre, el hijo experimenta una intensa sensación de abandono. Pueden transcurrir años enteros antes de que lo supere o de que se madure lo suficiente para estar en paz con esa sensación. La forma en que vos perdisteis a vuestros padres fue inesperada y brutal, y eso debió de afectaros profundamente, pero...

—Pero ¿qué? —pregunté levantando el tono de voz.

—¿Por qué estabais con vuestro padre, en lugar de estar con vuestra madre, a pesar de que ella estaba muy enferma? Zarita me contó que cuando vuestro padre le pidió dinero, no lo hizo para él, sino para su esposa, que estaba enferma, y para su hijo, que pasaba hambre. Obviamente, no era un mendigo profesional, porque de otro modo se habría cuidado mucho de entrar en la iglesia. La mayoría de ellos aguarda fuera para parar a los feligreses que se disponen a entrar a rezar. Vuestro padre debió de querer mucho a su esposa e hijo para humillarse de ese modo. Y debió de amaros a vos en particular, o de otro modo os habría enviado a mendigar por las calles, en lugar de hacerlo personalmente, porque un niño siempre mueve más a la piedad que un adulto.

La monja se me acercó, sin dejar de mirarme a los ojos. Era algo más alta que Zarita, y su rostro quedaba a la misma altura que el mío.

—Vuestro padre no hizo tal cosa. Debía de saber que vuestra madre se estaba muriendo, por tanto no querría dejarla sola. ¿Os pidió que os quedarais con ella y la cuidarais? Pero vos le desobedecisteis... Entonces os apresaron. Muerto vuestro padre, vos desaparecido, sabéis que ella no pudo valerse por sí misma y no tenía a nadie que la cuidara. Desde ese día cargáis con el peso de la muerte de vuestra madre.

Seguía mirándola sin pestañear. Para mi horror sentí que los ojos se me llenaban de lágrimas.

—No tenéis que sentiros culpable —dijo en voz baja sor Beatriz—. Vuestra madre se estaba muriendo. Por muchas atenciones o medicinas que le hubierais procurado, nada podría haberle salvado la vida. De hecho, lo que es el destino, probablemente sufrió menos en el hospital que en su casa, por tanto algo bueno resultó de lo sucedido. Pero no debéis culparos de su muerte, Saulo. Es posible que el motivo de que penséis que no podéis perdonar al prójimo se deba a vuestra incapacidad de perdonaros a vos mismo. Insisto en que no debéis culparos.

Me di la vuelta y me acerqué a la ventana. Pude ver el jardín de palacio. Más allá se extendía la ciudad de Granada, y aún más allá el reino de Castilla y Aragón, y en él el largo camino que llevaba a mi pueblo costero, al lugar donde había perdido la infancia y los padres que me habían amado.

La monja esperó en silencio.

Apoyé las manos en el alféizar de la ventana, mientras la vergüenza y el desprecio de mí mismo amenazaban con imponerse a mis sentidos. Los comentarios de la monja eran tan dolorosos como acertados. Tenía que reconocerlo, si aspiraba a estar en paz conmigo mismo y con el mundo. Sentí cierto alivio.

—Cristóbal Colón no puede ayudarnos —dije cuando logré calmarme lo bastante para hablar—. Su petición de patrocinio a los monarcas no se ha visto coronada por el éxito. Se dispone a abandonar la corte. —Me volví de nuevo hacia ella—. ¿Hay algo que se os ocurra que pueda haber llevado al arresto de Zarita?

Sor Beatriz arrugó el entrecejo.

—Hubo algo que sucedió después de que mi sobrina entrase en el convento. La acepté en calidad de novicia, no porque tuviera vocación religiosa, sino porque su vida familiar se había vuelto difícil y no tenía otro lugar adonde ir. El día que vuestro padre fue asesinado, su madre, mi hermana, murió. En cuestión de doce meses, su padre volvió a casarse con una mujer llamada Lorena, de naturaleza egoísta y celosa. Le deseaba mal a Zarita y conspiró para que su padre la echara de su propia casa. En tales circunstancias, entrar en un convento se antojó la mejor opción para ella, y de hecho le resultó muy beneficioso. Maduró en sabiduría y elegancia, y yo pude disfrutar de su compañía. La quiero mucho, pero habría sido egoísta por mi parte retenerla sólo por ese motivo. Nos dijeron que Lorena estaba embarazada, así que decidí esperar a que naciera el niño, y apostar entonces por una reconciliación. Lorena logró salvarse del incendio, y aunque murió como consecuencia del parto, dio a luz un niño sano.

—¿El niño sobrevivió? —Sentí alivio de nuevo. Al menos no había acabado con todo lo que era querido para Zarita.

—Sí. —Sor Beatriz sonrió brevemente—. Pero sólo porque mi sobrina llamó a un médico para ayudarnos en el parto, que presentaba serias dificultades. Me refiero al mismo médico que ayudó a vuestra madre. Un judío.

—¿Zarita llevó a un judío al convento? Hasta yo, que no profeso religión alguna, sé que hay quienes considerarían eso un sacrilegio.

—Por supuesto.

—Pues si alguien se ha enterado de lo sucedido, eso debe de ser lo que ha motivado su arresto.

—No se me ocurre cómo puede haberse enterado alguien —aseguró ella—. Sólo hay otras dos personas que lo sepan: otra monja a quien le confiaría la vida y yo misma. —Echó a andar por la sala—. Fui yo quien animó a Zarita a viajar a Granada. Cuando nació el niño, le permití abandonar la clausura y acudir a la corte. Había un asunto familiar que resolver, y quería que volviera a ver a Ramón Salazar.

—¿Permitisteis que viajase a la corte para reanudar su relación con un hombre como él?

—No. Le permití viajar por otro motivo, pero también pensé que había llegado la hora de que nuestra mayor y más madura Zarita volviera a verse con Ramón y comprendiera lo débil, vanidoso e insensato que es. De otro modo, podría haber conservado la imagen juvenil de un afecto que nunca llegó a cristalizar. Ésa era mi idea, y fui yo quien la animó a abandonar el convento y viajar a la corte.

Dicho esto, sor Beatriz sollozó y la congoja asomó a la expresión de su rostro.

—Ahora creo que he enviado a Zarita a una muerte segura.

52

ZARITA

—Zarita de Marzena, se os concede de nuevo la oportunidad de confesar.

Me había quitado el velo y la capucha del hábito descansaba sobre mis hombros. Pude ver la cara del monje vestido de negro, sentado a la mesa frente a mí. Él también podía verme la mía.

—Padre —dije con educación—. No creo tener la necesidad de confesar.

El monje exhaló un suspiro.

—No deseo que una joven, sobre todo teniendo en cuenta la relación que tenéis con una orden religiosa, sea sometida a un tribunal de la Inquisición. Pero debéis cooperar conmigo.

—¿De qué se me acusa?

—Se os acusa del delito más grave contra la Iglesia, el de herejía.

¡Iban a someterme a juicio acusada de herejía! Los temores de mi tía Beatriz se vieron confirmados.

—¿Cuándo y cómo se supone que he cometido tal herejía?

El monje tomó un documento que tenía delante, cuyo texto se dispuso a leer.

—Cometisteis herejía en acto y palabra en diversas ocasiones mientras residíais en la casa de vuestro padre, el juez local de Las Conchas, un hombre llamado don Vicente Alonso de Carbazón.

—¿Qué? —Estuve a punto de echarme a reír—. Esto no tiene sentido. Mis padres fueron gente devota, sobre todo mi madre, quien durante su vida asistió a misa casi a diario.

El monje consultó de nuevo el documento.

—Aquí no figura ninguna alusión a vuestra madre.

—Citadme la fecha y el lugar en que se produjeron esos incidentes.

Otra vez leyó el monje el papel.

—No figura ninguno de esos datos.

—Entonces, ¿con qué pruebas contáis? —pregunté.

—No se me permite mostrároslas aquí. Serán presentadas cuando se celebre el juicio.

—No podéis mostrármelas porque no existen —repliqué, convencida.

El monje se sonrojó, molesto. Se inclinó sobre la mesa para mirarme fijamente.

—Os diré lo que sí existe, mi lista joven dama. Dispongo de los medios necesarios para haceros confesar, porque, creedme, confesaréis. Al final todos nuestros prisioneros lo hacen. Y voy a despejar cualquier duda que pueda quedaros a ese respecto. Puesto que estáis tan interesada en que se os muestren las pruebas, os aseguro que se os mostrarán las necesarias para convenceros de lo que os digo.

Inclinó la cabeza al carcelero para que se acercara hacia él, y mediante una mezcla de gestos y susurros le dio orden de cómo proceder.

El carcelero me cogió del brazo y tiró de él, pero no en dirección a mi celda, sino hacia un pasadizo oscuro que llevaba a la parte más interior del sótano.

Allí me mostró los instrumentos de tortura. El potro y las pinzas para arrancar las uñas; la polea para la tortura de la garrucha y el espetón para grabar a fuego la verdad en la piel de la víctima. Estos últimos métodos los habían empleado con Bartolomé para quebrarlo física y espiritualmente.

Pasamos de largo por celdas que recluían a quienes habían sometido a interrogatorio. Permanecían hechos un ovillo, en un rincón de la celda, gimoteando, llorando. Después el carcelero me llevó a una zona común donde colgaban a la gente de las paredes. Olía a rancio, al hedor acre de la orina, a excrementos. Se paró junto a un juego de cadenas.

—No pretenderéis dejarme aquí —dije, trabándome la lengua. Toda mi decisión, mi empuje, se disolvieron por momentos—. Únicamente debíais mostrarme lo que sucedería.

Me miró con tristeza. Había notado que olía a alcohol, y me pregunté si beber en exceso le ayudaba a olvidar todo lo que debía de ver a lo largo del día.

—Hago lo que se me ordena —dijo con sincero pesar en la voz.

—¡No! —exclamé con un tono que rayaba la histeria—. ¡Yo no he hecho nada malo! ¡Nada, os lo aseguro!

—Todos dicen lo mismo. —El carcelero suspiró al abrir los grilletes y las esposas.

Miré a mi alrededor. El resto de los hombres y mujeres encadenados apenas fueron capaces de levantar la cabeza para mirarme. Uno estaba boquiabierto, y tenía la boca llena de sangre donde en su momento tuvo los dientes. A otro la sangre le había aplastado el pelo.

—Por favor —susurré—. Ni siquiera sé qué se supone que he hecho.

—Se os informará debidamente —dijo alguien cerca.

La voz me resultó desagradable pero familiar, y al darme la vuelta vi allí, de pie, al padre Besian.

53

SAULO

Alumbrándose con un cirio, Rafael encabezó el ascenso por una estrecha escalera de piedra. Le temblaba la mano y la llama oscilaba ante nosotros, proyectando al pasar nuestras sombras sobre las paredes desnudas. Fueron necesarias varias de mis monedas de oro, y no pocos ruegos por parte de sor Beatriz, para convencerlo de que se embarcase con nosotros en aquella aventura, porque al principio se negó en redondo.

—No, señor Saulo, no os ayudaré a espiar a un tribunal de la Inquisición. —Negó con la cabeza, en un gesto cargado de rotundidad—. Eso no es posible. No hay modo de meterse en esos lugares. No podéis disfrazaros de sirviente porque no permiten la entrada de ninguno. Por no mencionar que si os descubren os interrogarán. Bajo tortura podríais revelar el papel que he representado en vuestros planes y, después, no tendrían piedad de mí. Puesto que no soy más que un criado me ejecutarían. Con suerte, lo harían rápido. Pero en este momento disponen de un inquisidor con fama de ser especialmente cruel, así que lo más probable es que acabasen sometiéndome a una muerte lenta y muy dolorosa.

En ese punto, la monja puso una mano en el hombro de Rafael.

—Rezaré por el éxito de nuestra misión —aseguró.

—Con todo mi respeto, hermana, rezar no me servirá de nada cuando me apliquen el tizón a los ojos.

Amontoné delante de él unas monedas en la mesa.

—Todo esto —dije—. Todo esto es tuyo.

Titubeó porque era una suma considerable, mucho más de lo que podía esperar ganar en el transcurso de unos cuantos años.

—Las monjas del convento de Las Conchas rezarán para siempre por tu alma —insistió sor Beatriz.

Rafael aceptó por fin el dinero y salió por la puerta.

Más tarde, de pie en lo alto de la escalera, miraba hacia atrás, inquieto.

—A partir de ahora tenemos que ser muy silenciosos —susurró.

Asentimos y nuestras sombras nos imitaron como oscuros espectros, reproduciendo nuestros movimientos. La toca que cubría la cabeza de la monja y la capa con que me cubría los hombros dibujaron formas grotescas en nuestra estela.

Rafael había tardado dos días enteros en encontrar a un comerciante que trabajaba en el palacio de la Alhambra y conocía todas las salas, pasadizos y algunas de las entradas y salidas secretas. Había descubierto que el tribunal de la Inquisición que juzgaría a Zarita de Marzena se reuniría ese mismo día en la sala de los Embajadores, y que allí había un lugar desde donde ver sin ser vistos cómo se desarrollaba el juicio. El corredor que se abría ante nosotros carecía de ventanas o puertas y terminaba al fondo en una pared.

—Esto no tiene salida —dije.

—El artesano me pidió que mirase aquí. —Rafael se me adelantó para tocar un panel de madera, cuyos arabescos de flores se entrelazaban con formas geométricas, situado a media altura de la pared.

—No hay nada —dije, impaciente.

—¿No os preguntáis qué hace ese panel con tan hermosos motivos en la pared de un corredor por donde no pasa nadie? —preguntó sor Beatriz—. ¿Por qué dedicarle tanto esfuerzo a algo que nadie iba a poder apreciar? A veces, como en el vestido o las joyas de una mujer, el motivo del adorno no consiste en realzar, sino en ocultar.

Acarició con los dedos la superficie de la madera. Recorrió el trazado de los dibujos, siguiendo las vueltas y espirales hasta el punto central. Se produjo un chasquido metálico, y el panel de madera se deslizó a un lado y dejó al descubierto un modesto balcón cubierto por cortinas.

Llegados a ese punto, Rafael se despidió de nosotros. La monja y yo nos introdujimos en el balcón y cerramos la puerta.

Una luz tenue iluminó al poco rato la penumbra. Apenas había espacio para ambos. El balcón estaba pensado para mantener oculta a una sola persona que quisiera espiar cualquier reunión que pudiera celebrarse abajo. Las cortinas que teníamos delante formaban parte de la decoración que adornaba la zona superior de la pared de la sala. Sor Beatriz ajustó los pliegues para que pudiéramos seguir ocultos al mismo tiempo que escuchábamos y veíamos lo que sucedía.

—¡Prestad atención! Empiezan a congregarse. Os advierto, Saulo, de que por fea que parezca la situación, no debéis hacer un solo ruido que pueda revelar nuestra presencia aquí. —A pesar de su propia advertencia, ella misma se sobresaltó cuando los agentes del tribunal, un sacerdote y dos monjes, se reunieron abajo—. Reconozco al inquisidor —susurró, inquieta—. Es el padre Besian, un sacerdote que nos quiere mal a los míos y a mí. Si es él quien está detrás de todo esto, no habría ido tras mi sobrina sin tener la certeza de aportar las pruebas necesarias.

Eso explicaba la intensa mirada que aquel sacerdote había dirigido a Zarita a la salida de la recepción de los monarcas días atrás. Debió de ser él quien ordenó el arresto y encarcelamiento.

Trajeron a la acusada. Zarita estaba al pie de nuestro balcón. Aprecié el ángulo recto de sus hombros, la curva del cuello y los rizos de pelo que escapaban a la cofia que llevaba en torno a la cabeza.

Y quise alcanzarla en cuerpo y alma.

54

ZARITA

—Zarita de Marzena, hija de don Vicente Alonso de Carbazón, se os acusa de herejía, de llevar a cabo ciertos actos heréticos en vuestra residencia de Las Conchas.

—Se trata de una falsa acusación —declaré con voz firme.

—¿Negáis los cargos?

—Los niego —respondí—. Presentadme a la persona que me ha acusado de ello y también negaré ser culpable en su presencia.

—La denuncia se realizó por carta.

—¿Escrita por quién?

—Por vuestra madrastra, Lorena.

«¡Lorena!»

—Quiero que quede constancia de que Lorena, esposa del juez de Las Conchas, don Vicente Alonso de Carbazón, me escribió unos meses después de haber efectuado yo indagaciones en ese lugar —dijo, formal, el padre Besian, dirigiéndose al monje que hacía las veces de secretario.

—¿Qué os escribió? —Reparé en la expresión triunfal del padre Besian y sentí un nudo en la garganta.

—Lorena dijo que temía por su alma y el alma de su hijo nonato, debido a ciertas prácticas que había presenciado y que tenían lugar en el hogar de su marido. Le ofrecí inmunidad a ella y su hijo, además del derecho a quedarse con las propiedades y bienes familiares, si ponía por escrito todo lo que sabía. —El padre Besian tomó un papel, que mostró en alto—. He aquí la respuesta. En ella asegura que vos y vuestro padre llevabais a cabo con regularidad rituales judíos.

Sonreí ante lo ridículo de aquella acusación.

—¿Por qué diantre íbamos a hacer tal cosa? Nuestra familia no tiene ninguna relación con la fe judía.

—¡Mentira! —El padre Besian se levantó—. Yo ya albergaba mis sospechas tras visitar vuestra casa. Era obvio que en vuestra persona había una falta de devoción. Mientras que vuestra madrastra atendía sus deberes religiosos, vos preferíais, con la aprobación de vuestro padre, leer libros. Aproveché la ocasión para echar un vistazo a esos libros, que no eran de carácter religioso. Algunos de los textos eran harto sospechosos. Después vuestro padre me rogó que tuviera piedad con aquel hombre, el converso a quien se encontró culpable de recuperar sus prácticas judías. Esto me dio una pista de dónde residen vuestras simpatías, pero hasta que recibí la primera carta de vuestra madrastra no se me ocurrió investigar a vuestros antepasados. Por parte de padre tenéis un abuelo que se convirtió del judaísmo al cristianismo. Está claro que vos y vuestro padre recuperasteis la fe de vuestros antepasados.

Esto explicaba por qué mi padre se había mostrado tan nervioso ante la llegada de los agentes de la Inquisición. Recordé las palabras del padre Besian respecto a la gente que tenía cosas que ocultar y la reacción de mi padre ante esa afirmación. Por eso mi tía Beatriz me había aconsejado servir cerdo para cenar, ya que los judíos no comían carne de cerdo, algo que olvidé en su momento por ser el día que arrestaron a Bartolomé. Finalmente, entendí la intensa mirada que me dirigió mi padre cuando el judío converso ardió en la hoguera. Pensé en el miedo que debió de sentir en ese momento. Debió de rezar para que yo no alzara una protesta que pudiera llevarme a ser investigada, a la tortura. Mi padre había hecho lo posible para protegerme.

Pero ya no estaba en este mundo, y yo era la única persona que podía defenderme.

—Lo que escribió Lorena no es cierto. Esa carta... —Callé.

«¡La carta!»

Fue esa carta la que ella mencionó en su lecho de muerte. Las últimas palabras que me dirigió... «Zarita, vais a arder... La carta.»

Lorena me había avisado. Pensé que se refería a que debía quemar una carta que había entre sus documentos, cuando en realidad había intentado hablarme de la carta enviada a la Inquisición en la que me acusaba de herejía.

«Zarita, vais a arder.» Eso había querido decirme, que yo ardería en la hoguera.

—Continuad.

—¿Qué? —pregunté, levantando la mirada.

El padre Besian me miraba fijamente.

—Os disponíais a decir algo.

—No, nada. —Negué con la cabeza. ¿Qué podía decir? No podía repetir la confesión que me hizo en su lecho de muerte. Aunque hubiese sido apropiado por mi parte hacerlo, a saber a dónde podía llevarme. Tendría que delatar las circunstancias en las que había escuchado a Lorena decir aquello, durante el nacimiento de su hijo. Entonces todo saldría a la luz, conocerían la presencia del médico judío que había atendido a mi madrastra, una mujer cristiana, en el parto, después de examinarla. Sólo por eso podían acusarme de herejía. Además, arrestarían a todos los presentes en aquel lugar, puede incluso que a todas las monjas del convento. Al padre Besian le complacería tener una excusa para cerrar el hospital de mi tía y acabar con su orden de monjas. Averiguaría que yo había estado con anterioridad en contacto con el médico judío, a quien conocí cuando atendía a la madre de Saulo. ¡Madre de Dios! ¡Saulo! ¡Apresarían a Saulo! Descubrirían su verdadera identidad y lo enviarán de vuelta a galeras, o le harían algo peor. Y habría más personas implicadas: Serafina, Ardelia y Garci, que nos habían ayudado con Lorena. Y Bartolomé. Pensé en el pobre Bartolomé, deshecho tras lo que le había sucedido.

Estaba llorando, no sólo por el miedo que se había apoderado de mí, sino por mi amado, por mi familia, por toda la humanidad... Por todo el mundo.

El monje encargado de las actas dijo en voz baja:

—Hija mía, quizás os habéis apartado tanto de la verdad que sois incapaz de ver los caminos torcidos que habéis transitado. Nos contaréis todo lo que sepáis.

—Puesto que Lorena, la esposa del juez, ha fallecido, no podemos obtener más información de ella. —El padre Besian se dirigía al resto de los miembros del tribunal—. Es obvio que esta mujer nos oculta información. Quizá someterla al potro le haga considerar con mayor cuidado sus respuestas. Después del potro, los presos tienden a hablar con mayor libertad en los siguientes interrogatorios.

Sus colegas asintieron, mostrándose de acuerdo.

Sentí una fuerte náusea, seguida por un frío intenso que fue sustituido por el calor. Incliné la cabeza y me llevé las manos al rostro. Tenía un martilleo en los oídos, y de pronto fui consciente de cómo las baldosas del suelo se me acercaban a gran velocidad.

55

SAULO

Cuando Zarita estaba a punto de desmayarse, me incliné involuntariamente.

Su tía se apresuró a interponerse para evitar que me asomara, pero por primera vez la vi perder la compostura. Al mencionar la tortura del potro, se llevó la mano al rostro, pero en ese momento se mordía los nudillos con tal fuerza que los tenía blancos.

—Ese hombre, Besian, la ha condenado antes de que se celebre el juicio. —Mantuve, con dificultad, un tono de voz bajo—. No importará que Zarita confiese o no. Él quiere declararla culpable.

Sor Beatriz contuvo las lágrimas, pero se le escapó un leve sollozo.

—¿Qué podemos hacer, Saulo? ¿Qué podemos hacer?

Mientras la llevaban medio a rastras por la sala, el sol iluminó la cara de Zarita. Levantó la vista para impregnarse de su luz, haciendo lo posible por demorarse. Pude entender el porqué. En su celda reinaba tal oscuridad que intentaba conservar el mayor tiempo posible la visión de la luz del sol. Quiso erguirse cuando los soldados tiraron de ella para sacarla de la sala.

Di la espalda a la cortina.

—Quedaos —me ordenó sor Beatriz en voz baja, pero con fuerza.

«¿Para qué?», me pregunté. El monje escribiente había terminado de escribir, el otro reunía unos documentos, y, junto al padre Besian, los tres se disponían a retirarse.

—La reina y el rey utilizan esta sala para sus entrevistas —me susurró sor Beatriz—. Si tengo ocasión de ver de qué humor está la reina Isabel, quizá pueda intuir hasta qué punto estaría dispuesta a escucharme.

Pensé en esa mujer, Isabel, reina de Castilla y futura monarca del reino que surgiera de la unificación de los territorios peninsulares, en caso de verse coronada la empresa por el éxito. Recordé que había ordenado la creación del pueblo de Santa Fe, levantado en la dura roca para que el asedio de Granada pudiese mantenerse allí durante el invierno. Dudé de si sería capaz de mostrar piedad a una joven acusada de herejía.

No tuvimos que esperar mucho a que llegaran la reina Isabel, el rey Fernando y su séquito; entre quienes lo componían reconocí a algunos de los consejeros presentes en la reunión que mantuvieron con Cristóbal Colón. Empezó la reunión, que versaba sobre la propuesta de expulsar oficialmente a los judíos. Salió a colación el nombre de uno de sus principales consejeros de finanzas, un judío llamado Isaac Abravanel, que había apelado a los monarcas para que no aprobaran el edicto de expulsión. Se ofreció a pagar una fuerte suma de dinero para que los judíos pudieran permanecer en los territorios gobernados por los reyes.

—Isaac Abravanel ha obrado bien en todo lo que nos concierne —aseguró el rey Fernando—, ha ayudado a financiar el ejército y, ahora que nuestro asedio de Granada ha concluido con éxito, la guerra casi ha terminado.

—Por tanto, ya no tenemos necesidad de él —apuntó un artero cortesano.

—En Granada, los judíos han vivido en paz integrados en comunidades musulmanas. ¿Acaso no debemos permitir que hagan lo mismo entre nosotros?

—Eso podría considerarse una herejía —intervino un noble.

El rey Fernando miró fijamente al hombre que acababa de hablar.

—Solamente lo digo para que sirva de consejo —tartamudeó el noble—. Mal consejero sería si no os lo ofreciera.

—Isaac Abravanel quiere proteger a su gente —dijo la reina Isabel—. Es un sentimiento comprensible. Y la guerra ha vaciado nuestras arcas. Nuestro pueblo pasa hambre. Quizá podamos llegar a un acuerdo. ¿Qué cantidad de dinero mencionó?

De pronto se produjo una conmoción en la puerta principal que llevaba al salón, que franqueó una figura cubierta por una capucha negra. Tenía una expresión tensa en el rostro, parecía furibundo, agitado. Sobre la cabeza blandía un crucifijo de madera oscura con el cuerpo agonizante de Jesús esculpido en blanco alabastro.

—¿Qué retorcidas intenciones mueven esta reunión? —preguntó a gritos.

—¡Es Tomás de Torquemada, inquisidor general del reino de Castilla y Aragón! —me informó sor Beatriz al oído.

—Padre... —dijo, templado, el rey Fernando—. La reina y yo acordamos reunir a nuestro consejo para discutir el estado financiero del reino. No es un asunto que ataña a la Iglesia.

—¡Todo atañe a la Santa Madre Iglesia! —replicó Torquemada—. El cuerpo y el alma están inseparablemente unidos, y por tanto los gobernantes de una nación deben prestar la debida atención a la Iglesia.

El rey apretó con fuerza la mandíbula.

—Los monarcas tomamos decisiones en aras de los mejores intereses de ambos. Nos enfrentamos a una crisis que, de no resolverse, podría causar muchas muertes.

—Debemos encontrar el modo de alimentar a nuestros soldados y a nuestros ciudadanos —intervino la reina Isabel.

—¡Mejor que sufran los calambres del hambre que el eterno tormento del infierno!

Los reyes cruzaron la mirada.

—¡La mano de Dios está muy por encima de este lugar, dispuesta a golpear con el puño crispado a los indignos y los impuros! ¡No traicionéis los sagrados juramentos que habéis hecho! ¡Prestad atención a las palabras de los profetas! ¡Quienes crucificaron a Jesucristo están entre nosotros! ¡Hicisteis un sagrado juramento para convertir al reino de Castilla y Aragón en una nación católica!

El rey Fernando adoptó una expresión hosca. La reina Isabel, que era muy devota, llevó la mano a la cruz que le colgaba de una cadena del cuello.

—Isaac Abravanel ha gestionado los asuntos del tesoro con asombrosa pericia —dijo.

—Tal como era de esperar —dijo Torquemada, pronunciando las palabras con desprecio.

El rey fingió no oír el comentario.

—Ha ofrecido una elevada suma de dinero como compensación a la Corona por las pérdidas.

—¡Una compensación que os pondrá aún más en deuda con los judíos!

—No. Se trata de un dinero que Isaac Abravanel ha obtenido por el fruto de su trabajo.

—Perdonáis la usura, y la usura es pecado. El dinero no debería emplearse para generar más dinero. Sólo el trabajo debería proporcionarnos dinero.

—Se ha ofrecido a hacernos entrega de ese dinero a modo de obsequio.

—¡Ajá! ¡Un soborno! —se jactó Torquemada.

—¡Nada de sobornos! —replicó el rey—. Es un seguro para su pueblo. Pagar dinero con ese fin es una transacción usual y perfectamente legal.

—¿Qué suma de dinero? —exigió saber Torquemada.

—La cantidad de treinta mil ducados.

—¿Qué os lo impide, pues? —preguntó el inquisidor general, que adoptó un tono si cabe más agudo—. ¿Por qué no aceptar ese dinero judío? Después de todo, ¿no fue Jesucristo Nuestro Señor traicionado por treinta míseras monedas de plata?

Y tras decir esto, levantó la mano por encima de la cabeza y arrojó el crucifijo al suelo. Alcanzó con estruendo el mármol, y la figura esculpida se partió en dos. La cabeza de Jesucristo, con su rostro retorcido por el dolor y la sangre que le resbalaba en la frente por las heridas de la corona de espinas, dio algunos botes en el suelo hasta caer a los pies de la reina.

—¡Por Dios! —exclamó Isabel, cuya tez adquirió una palidez tan blanca como la del rostro de alabastro del Jesucristo partido en dos.

Torquemada salió a paso vivo de la sala. Se produjo un silencio, seguido por un fuerte alboroto.

La monarca se recostó en la silla.

Un cortesano llamó a un sirviente para que recogiera los pedazos del crucifijo, pero Isabel levantó la mano para impedirlo.

—Yo misma lo haré —dijo con un tono que hablaba a espuertas de su agitación.

Se postró de rodillas y, tras levantar la cabeza de Jesús, la besó. A continuación recogió los restos de la cruz, se retiró el velo de la cabeza y lo envolvió todo en él.

El rey, que tamborileaba en el brazo de la silla, no intervino.

Había presenciado el poder de Torquemada, y me invadió una

profunda desesperación al pensar que ese hombre era invencible. Si los reyes de Castilla y Aragón no podían imponer su criterio en asuntos de Estado, entonces la reina Isabel ni siquiera prestaría atención a la apelación que pudiera hacerle la monja en favor de Zarita.

—Ahora veo cómo están las cosas con Isabel —dijo sor Beatriz—. No moverá un dedo para salvar la vida de mi sobrina. —Fue como si me leyera la mente, y reconocí en su tono de voz mi propia desesperación.

La Inquisición extinguiría la vida de Zarita como quien sopla y apaga la llama de una vela.

56

ZARITA

«Sometida al potro», pensé. Iban a someterme a la tortura del potro, todo para que al cabo confesara algo que no había hecho, como hicieron con Bartolomé. Recordé sus gritos de dolor el día en que irrumpí en el pajar y lo encontré colgado por las muñecas de una cuerda asegurada a las vigas. Recordé de nuevo la imagen del anciano conducido a la estaca, trastabillando al andar, con el cuerpo desmadejado, como un muñeco.

No podía soportarlo. Era incapaz. No poseía el coraje de un mártir. Había llegado a esa conclusión, tenía esa certeza. Incluso la perspectiva de verme cargada de cadenas y colgada de la pared me había reducido a un estado tan débil que mi carcelero tuvo que sostenerme cuando me llevaron de vuelta a la celda.

Recordé lo sucedido cuando torturaron a Bartolomé: los habitantes del pueblo perdieron los nervios y se delataron unos a otros, y yo no fui menos. Fui responsable de que azotaran a dos mujeres, porque fui yo quien dirigió a la Inquisición en su dirección. Aquello sería mucho peor. El dolor sería tan intenso que era capaz de contarles cualquier cosa. Todo.

Pensé en qué podía decirles.

Estaba lo de la colección de tratados de medicina de mi tía en los que figuraban procedimientos quirúrgicos. Considerarían herejes los libros, y de paso a ella también, porque estudiaba árabe y hebreo para leerlos. La arrestarían, y el padre Besian estaría encantado de hacerlo porque la consideraba una presuntuosa.

¿Y qué decir del convento que mi tía había levantado con sus propias reglas, que recuperaban el verdadero espíritu de los primeros fieles de la Iglesia? Los comentarios que ella había hecho al respecto podían interpretarse como herejía. Llevarían a juicio a sus hermanas ante un tribunal de la Inquisición.

Traicionaría también al médico que había atendido a Lorena. Lo castigarían por atreverse a poner las manos encima a una mujer cristiana, por mucho que el motivo fuese salvar la vida del niño. Hablaría de su hijo, y también de quién era su padre, lo cual arruinaría a Ramón. Por insensato que fuera, no era malvado y no merecía acabar con la vida arruinada. Eso supondría que también el niño estaba en peligro. Tal vez decidieran que el médico judío lo había cambiado por otro, un niño inocente que ahora disfrutaba de cómo lo malcriaban Garci, Serafina y Ardelia, quienes también sufrirían las consecuencias de lo sucedido. La inmunidad que habían prometido a Lorena y su hijo a cambio de que nos traicionara a mi padre y a mí no soportaría esta prueba condenatoria. Por ser familiar de un hereje, se apropiarían de la herencia del niño.

Y Saulo. Declararía que no era un marino y aventurero independiente. Lo denunciaría por ser hijo de un mendigo ahorcado, a quien la justicia había condenado a galeras.

Comprendí que todo aquello seguiría adelante, y que al final consumiría todo el reino de Castilla y Aragón. Tenía que guardar silencio.

«Dios, haz que muera ahora —pensé—. Que muera esta misma noche.» Si hubiera tenido los medios, me habría suicidado, porque creo en la bondad divina y estaba segura de que Dios se habría apiadado de mí. Sólo podía hacer lo que me dictaba la conciencia. Y si moría, todo acabaría ahí.

Entonces pensé con sinceridad que ya no quería seguir viviendo en un mundo como aquél. Saulo, a quien amaba, no me correspondía. De hecho, me odiaba. Se había introducido en mi habitación para asesinarme, por tanto la felicidad que había anhelado compartir con él era imposible. La vida que había esperado llevar en este mundo se convirtió en polvo en mis manos.

Pasé en vela toda aquella larga noche, hasta que me escocieron los ojos en la oscuridad. Cuando oí al carcelero caminar por el pasillo, supe lo que debía hacer. Tenía el poder de detener una pequeña parte de aquel destructivo diluvio.

Fui a la puerta y lo llamé.

—Querría hablar con el padre Besian —dije—. Deseo confesar.

57

SAULO

¡Zarita ha confesado practicar en secreto el judaísmo!

Fue Rafael quien me dio la noticia a primera hora de la mañana siguiente. Le dije que debía localizar a sor Beatriz, su tía, que se había despedido de mí la pasada noche para ir en busca de una capilla donde rezar.

—La monja ya está al corriente —dijo Rafael—. Pasó la noche rezando arrodillada a la puerta de las habitaciones del padre Besian. Me informaron que a éste le complació mucho decirle que su sobrina había confesado ser culpable de herejía. Parece ser que se la tiene jurada a sor Beatriz y se ha propuesto castigarla, sometiendo al tribunal a su joven pariente.

Fui a buscar a la tía de Zarita, a quien llevé a mi cuarto.

—¿Por qué ha confesado semejante cosa? —pregunté—. ¿La han torturado? ¿Se ha vuelto loca?

—No... —respondió, lentamente, la monja—. No, Zarita no se ha vuelto loca. Creo que ha meditado cuidadosamente la situación. Confesar la supuesta herejía que ha cometido le ahorrará ser sometida a interrogatorio. Sabe que si la interrogan acabará delatándonos a todos. —Levantó la cabeza y me miró directamente a los ojos—. ¿Os importaría que la torturaran?

Me enloquecía la idea de que pudieran torturar a Zarita. Sentía un dolor en el estómago, y era como si alguien arrastrara una corona de espinas en mi cerebro. Me llevé ambas manos a la cabeza.

—No puedo soportar la idea.

—Saberlo supone un pequeño consuelo —dijo sor Beatriz con un tono carente por completo de emoción—. Como ha admitido llevar a cabo rituales judíos, evitará la tortura. Ahora la quemarán por hereje.

—¿Van a quemarla? —susurré.

—Sí. Es el castigo para todo converso que recupera las prácticas del judaísmo.

—¿Y por ese motivo van a quemarla viva?

—Eso depende —respondió la monja, impávida—. Si escoge el arrepentimiento, y puede hacerlo incluso cuando arda la hoguera, entonces se le mostrará piedad haciendo que el verdugo le facilite la muerte estrangulándola con el garrote para ahorrarle el dolor de quemarse.

Sor Beatriz tomó un papel que había en la mesa y lo acercó a la vela. Prendió enseguida, y en un abrir y cerrar de ojos se convirtió en ceniza. Contempló las cenizas, que removió con el dedo.

—Sí —murmuró, en parte para sí misma—. Entiendo por qué escogen el fuego. No deja nada a su paso... No queda ninguna prueba de lo sucedido.

Se quedó mirando la vela como en estado de trance, momento en que comprendí que estaba meditando. Entonces pareció tomar una decisión: levantó la cabeza y me miró muy seria.

—Hice una petición a la reina, pero, tal como era de esperar, mi petición fue denegada. Como prueba de nuestra antigua amistad, declaró que, a pesar de que soy familia de una hereje, evitaré ser arrestada siempre y cuando regrese a mi convento y permanezca entre sus paredes hasta el día de mi muerte. Me han ordenado abandonar la ciudad antes de mañana al amanecer, aunque me extendió un permiso especial para que pueda visitar a Zarita una última vez. ¿Puedo pasar aquí el rato antes de acudir a las celdas?

Dejé que la monja descansara en mi cama y fui a hablar con Cristóbal Colón. Era la única persona que conocía en la corte. Esperaba que pudiera darme algún consejo respecto a lo que podía hacer.

—Ojalá pudiera ayudarte, Saulo —dijo—, pero he perdido mi ascendiente en la corte. He tomado ya la decisión de marcharme. Seguir aquí esperando no tiene sentido. Me hacen perder el tiempo, igual que otros hicieron antes. Estoy tan decepcionado. Creía que les interesaba lo bastante para invertir en mí.

Nos dimos un abrazo, y le desee mucha suerte en sus aventuras. Él intentó de nuevo convencerme para que lo acompañara, o al menos para que abandonase la ciudad, tal como él se había propuesto hacer, antes de que tuviera lugar la ejecución al día siguiente.

—Puede que estés muy enamorado de la joven, Saulo, pero te ruego que te alejes mientras puedas.

—No puedo hacerlo.

—Ya no hay esperanza para ella.

—Lo sé, pero no puedo irme.

—Podrías ponerte en peligro si sigues aquí, si llega a saberse que frecuentabas su compañía.

—No me importa —dije.

—Ten cuidado, Saulo. He oído que los monarcas preparan un decreto para expulsar a todo aquel que profese el judaísmo. Los judíos, y todas las personas relacionadas con ellos, perderán sus propiedades y sus bienes. Te arriesgas a verte incluido en esa purga.

Le agradecí sinceramente su apoyo y patrocinio, y me hizo prometerle que volveríamos a vernos en el futuro. Así nos despedimos Cristóbal Colón y yo, angustiado él por su causa perdida, y yo angustiado por la mía.

58

ZARITA

Rezo, o al menos procuro rezar lo mejor que sé.

¿Volveré a ver a mi madre, y también a mi padre, en el cielo? Confío en hacerlo. Hay tantas cosas que quiero contarles; tengo que pedirles perdón, decirles cuánto los quiero.

Acudió un sacerdote a oírme en confesión. Cuando se marchó, dirigí una disculpa más particular, más sincera, al Creador, por los pecados cometidos durante mi vida. El sacerdote me dijo que podía esperar contar con que me mostrarían piedad al final.

—Pero moriré, ¿no es cierto?

—Sí —respondió él—. Habéis sido condenada a morir en la hoguera, sentencia que se llevará a cabo mañana. Pero, además de vuestra confesión, hay una última cosa que debéis hacer. Deberíais abjurar públicamente. Si lo hacéis, a una señal dada por el responsable del tribunal, el verdugo podría... —Tosió antes de continuar—. El verdugo podría poner fin a vuestra vida rápidamente, poniendo punto y final a vuestro sufrimiento en este mundo.

No se me había ocurrido que moriría de ese modo. Sin embargo, he hecho mis paces con Dios, y únicamente anhelo ver a mi tía Beatriz y despedirme de ella.

El carcelero dice que vendrá a visitarme por última vez antes de medianoche, porque debe abandonar la ciudad antes del alba o pondrá en riesgo su propia vida. Sólo hay otra persona cuyo rostro deseo volver a ver.

Saulo.

Me embarga un gran pesar. Tomo asiento.

¡Qué forma de arruinarle! Qué estupidez la mía. Qué cobarde he sido. Debí de ahorcarme yo delante de mi padre. El padre de Saulo seguiría vivo si lo hubiera hecho, y ambos habrían hecho compañía a su madre cuando falleció.

Si me niegan el cielo por eso, será un justo castigo y esperaré en el purgatorio hasta que mi alma se purifique antes de entrar en el paraíso.

Oigo las llaves del carcelero en la cerradura y sus pasos vacilantes frente a la puerta.

59

SAULO

Al volver a mi habitación encontré a la monja arrodillada junto a la ventana. Sacudí la cabeza para indicar que, tal como suponíamos, no había nada que Cristóbal Colón pudiera hacer para ayudarnos. Sor Beatriz se levantó.

—Saulo, tal como os he contado, la reina me firmó un salvoconducto para que pueda regresar a mi convento, pero sólo si parto mañana, antes del amanecer. ¿Vos me escoltaríais fuera de palacio y de la ciudad y me acompañaríais hasta Las Conchas?

—¿Yo? —pregunté, mirándola con los ojos desmesuradamente abiertos—. ¿Queréis que os escolte fuera de la ciudad?

—Sí —confirmó ella—. Una mujer que viaja sola, por mucho que vista hábito de monja, podría correr riesgos.

—¿Y por qué me habéis escogido a mí para esa labor?

—Fue mi sobrina quien me contó que erais el único hombre honesto de toda la corte en quien podía confiar.

«Zarita ha dicho de mí que soy honesto, alguien digno de confianza», pensé. La verdad en labios de una mujer que se enfrenta a la muerte. De pronto, algo molesto por la seguridad que tenía la monja de que yo aceptaría su petición, pregunté:

—¿Qué os hace pensar que soy digno de confianza?

Doblé los brazos a la altura del pecho, de pie ante la puerta, bloqueando deliberadamente la salida de la habitación, para darle a entender que si no me respondía no le permitiría salir.

Apretó los labios con fuerza, pero no reaccionó como habrían hecho muchas otras mujeres, acobardándose. Y no fingió, simplemente no le inspiraba ningún miedo.

—Zarita me contó que lo único bueno que le ha pasado en la corte fue conoceros, conocer al joven marino que acompañó a Cristóbal Colón. Cualquier otra persona que me escuchase lo consideraría las palabras insignificantes de una joven halagada por las atenciones de un hombre atractivo. Pero conozco bien a mi sobrina. Ha sufrido en la vida y ha madurado. Tiene que haber visto o percibido algo en vuestro carácter que os hace distinto de otros: un propósito noble, la firmeza del alma. Pero, de todos modos, ¿sois capaz de soportar la espera hasta mañana y verla morir?

—No —respondí, apagado y cabizbajo—. Haré lo que pedís.

—Gracias —replicó ella—. En ese caso, encargad a Rafael que tenga dos caballos preparados, porque no puede haber retraso alguno. Quiero partir inmediatamente después de hablar con mi sobrina.

Miré a la monja. Se encontraba de pie ante mí, cogida de manos, ocultas en las amplias mangas del hábito. Había cierta tensión en su postura, pero bajo la cofia y la toca su rostro mostraba serenidad.

—¿Es que no os importa? —le pregunté.

—¿Quién? ¿Zarita?

—¡Sí, Zarita! —exclamé.

—Es la única hija de mi única hermana, y posee un naturaleza cándida, capaz de amar —dijo con una calma que me puso furioso—. La quiero muchísimo.

—Tanto no podéis quererla, puesto que la perspectiva de la terrible muerte que la aguarda no parece contrariaros.

—La quiero más que a mi propia vida —respondió sor Beatriz, que levantó la cabeza para mirarme a los ojos—. La pregunta, Saulo el marino, es ¿hasta qué punto la amáis vos?

60

ZARITA

Vi la luz de una linterna ante mi celda. Susurros, seguidos por el roce metálico de la llave, y de pronto Beatriz se halló a mi lado. Nos abrazamos.

—Quiero que tomes esto. —Se inclinó para hablarme en voz baja al oído, sin perder de vista la puerta. Ahí esperaba un hombre, de pie en las sombras.

—¿Qué es?

Sacó un botellín de debajo del hábito y lo descorchó. Un olor nauseabundo me alcanzó las fosas nasales.

—Es un calmante. Una mezcla propia. Camomila y otras... hierbas. Te templará los nervios mañana. —Me lo acercó a los labios—. Vamos, Zarita. Bébelo. Aunque sólo sea porque es lo último que te pido —me coaccionó—. Te ayudará a poner las cosas en su lugar y a superar la prueba que te aguarda.

Apuré el contenido del botellín. Cuando lo bebí, tía Beatriz me acercó a ella.

—Déjame mirarte por última vez. Tu rostro... —Me acarició la mejilla—. Eres tan hermosa, tanto. Y buena. Nunca olvides que eres amada y buena.

Hice el gesto de abrazarla.

—Ah, pero estás temblando. Eso no tardará en pasar. —Se quitó la capa y la capucha que llevaba puestas—. Ya verás, ponte esto. Te ayudará a entrar en calor.

Primero me estremecí, después solté una risilla. Me llevé la mano a los labios, incapaz de creer lo que acababa de hacer.

—Incluso parece divertido —quise explicarme— que debamos preocuparnos tanto por si tengo frío o no, cuando dentro de unas horas moriré quemada en la hoguera.

—Shh. No tan alto, querida. Prefiero que estés callada. ¿Podrás prometerme eso, Zarita?

—¿Qué? —Me costaba pronunciar las palabras y tampoco coordinaba los pensamientos.

—Que guardarás silencio. Por favor.

El voto de silencio que las monjas observaban durante largos periodos de tiempo siempre supuso un problema para mí. De nuevo me pareció divertido que dijera eso. Ahí estaba otra vez. La risilla tonta que burbujeaba en mi interior mientras se me confundían los pensamientos. Me sentí muy débil. Mascullé algo, pero no llegué a saber si lo había dicho en voz alta o no.

Mi tía Beatriz forcejeaba conmigo, intentando meterme el brazo bajo la capa.

—Ayudadme —susurró, brusca, al hombre que esperaba en el umbral—. Apenas hay tiempo.

61

SAULO

Obedecí sus órdenes y pasé un brazo por la espalda de la mujer que había jurado asesinar.

—Qué Dios os acompañe —dijo la monja en voz baja.

Me volví hacia ella.

—No os demoréis —me apremió—. Ahora necesitamos de toda vuestra fuerza. Apelad a vuestros propios recursos y al buen Dios para que os ayuden.

—No creo en la bondad de vuestro Dios.

—Entonces yo me encargaré de rezar, Saulo. Vos podéis encargaros de reñir. —La hermana Beatriz sonrió y me bendijo—. Adelante —dijo—, y no volváis la vista atrás.

Pero volví la vista atrás, sólo una vez, justo antes de abandonar la celda.

Ya se había postrado de rodillas, donde el fulgor procedente de la luz de la linterna bañaba sus facciones con una extraña luminiscencia etérea.

Arrastré a Zarita.

—¿Saulo? —preguntó con tono de incredulidad—. Mi amado. ¿Realmente estáis aquí?

—Aquí estoy —dije en voz baja.

—Os amo.

—Yo también os amo. —Me dispuse a franquear la puerta.

—Esperad —dijo Zarita, que, superando la neblina inducida por la droga de sor Beatriz, empezaba a comprender qué era lo que se pretendía.

—Callaos —le susurré al oído. El carcelero, aunque ofuscado por el sueño y el alcohol, no podía estar totalmente sordo.

Zarita se arrimó a mí.

—No deberíais permitirle que lo haga. Ya he causado bastantes muertes.

—Y causaréis más —repliqué sin morderme la lengua— si no calláis. Si se descubre este engaño, nos ejecutarán a todos, igual que harán con el hombre que nos espera con los caballos que podrían llevarnos a un lugar seguro.

Entonces cayó en mis brazos, donde sollozó y gimoteó.

—No puede morir, no puede. Por favor, no permitáis que muera.

Lo cual era exactamente el comportamiento que el carcelero esperaba presenciar cuando nos acompañó fuera. Supongo que había visto escenas similares y esperaba que la última visita de un pariente terminara con el hombre acompañando a una mujer hecha un mar de lágrimas.

Nos llevó a través de la sala principal, y luego subimos la escalera que conducía a la planta baja. Pero en la entrada de la prisión todo cambió. Se había efectuado un cambio de guardia, y el soldado de relevo nos miró atentamente.

—Vuestros ojos son muy peculiares —comentó—. Creo que os conozco.

—Es muy probable. —Bostecé, esperando contagiarlo con mi fingido cansancio, debido a lo tarde que era—. Pero no tenemos tiempo para charlar.

Comprobó de nuevo la documentación que le había tendido.

Zarita gimió e inclinó el peso sobre mí.

El guardia se volvió hacia ella y comprobó de nuevo los papeles que tenía en la mano. ¡Un soldado que sabía leer! Eso no era algo que nos conviniera. Nos convenía más un guardia que mirase de reojo el sello oficial de la reina, lo reconociera y, de igual modo que las dos personas que había dejado entrar hacía un rato, les permitiese la salida.

—Sin la menor duda os tengo visto. —No tenía ninguna prisa. Unos minutos de conversación paliarían la monotonía de una larga y aburrida jornada de vigilancia.

—No lo creo —aseguré.

No quedó muy convencido. A mi lado, Zarita volvió a rebullir. Si nos rezagábamos mucho más, el guardia repararía en que la joven que llevaba del brazo se encontraba indispuesta, en lugar de estar derrotada por el dolor.

—Acompaño a Cristóbal Colón —dije con afán de distraerlo—. Me habréis visto en la corte, donde pedimos formalmente a los reyes ayuda para nuestra expedición.

—Nunca me he involucrado en los asuntos de la corte.

—Pero sabréis que el señor Colón cuenta con el favor de la reina, así que sería mejor que nos dejarais pasar sin mayor demora —dije sin mostrarme arrogante para evitar herirle el orgullo—. El documento tiene el sello de la reina.

—En efecto. —El guardia me lo devolvió, y yo lo introduje en el jubón—. Sin embargo, no es aquí donde os he visto antes. ¿Marino, decís? —preguntó, apartándose de nosotros con exasperante lentitud—. Pasé una temporada viajando en barcos, mientras nuestro teniente nos buscaba un destino mejor durante la guerra. Tal vez ahí fue donde os vi... —Calló de pronto y acercó la linterna a mi rostro para examinarlo. Me miró a los ojos—. ¡Por Dios! —exclamó—. ¡Ahora recuerdo!

Y en el instante en que él me reconoció, yo lo reconocí a él. Era el soldado pelirrojo al que había conocido en el patio del juez don Vicente Alonso, cuando colaboró con los demás para ahorcar a mi padre.

62

SAULO

El soldado abrió la boca.

Empuñé el cuchillo, que le puse en la garganta antes de que pudiera pronunciar una sola palabra más.

—No grites —le advertí.

La linterna tembló en su mano, pero por lo demás no perdió la compostura.

—¿Y qué sucederá cuando me hayas matado, muchacho? —preguntó.

—No lo sé —repuse—, pero no seré el único en caer.

—¿Y qué será de ella? —Abrió los ojos y, de pronto, apartó el velo del rostro de Zarita, quien tenía los ojos cerrados pero cuya edad no correspondía con la de la monja mencionada en el salvoconducto. Me miró, perplejo—. ¿Vas a arriesgar la vida para rescatar a uno de los prisioneros? ¿Por qué?

—Por amor. —Casi respondí antes de que me lo preguntara.

—¿Cómo has logrado sacarla de la celda?

—Una monja, su tía, ha ocupado su lugar.

—¿Y si el carcelero repara en el cambio?

—No redundaría en su interés que se sepa que permitió escapar a una hereje.

—Eso es verdad —admitió el soldado pelirrojo—. Aunque repare en lo sucedido, no dirá nada y confiará en que el cambio pase desapercibido en el caos de las ejecuciones que se llevarán a cabo mañana.

—Su tía se ha propuesto acudir a la ejecución cubierta con el velo, y me ha dicho que no se arrepentirá, porque si dan orden al verdugo para acabar con su vida mediante garrote, éste podría retirárselo antes.

—Eso es tener coraje —dijo, asombrado, el soldado pelirrojo.

No quise añadir lo que había mencionado sor Beatriz de que el padre Besian sería la única persona que observaría atento la ejecución, y que si era a ella a quien odiaba le satisfaría verla sufrir en la hoguera.

—Mañana tendrán una monja a quien ejecutar, así que después de todo no voy a privar a nadie de su diversión —dije.

El soldado se me quedó mirando mientras hablaba, y recordé que ese guardia había sido el que terminó con la agonía de mi padre al tirarle de las piernas cuando colgaba ahorcado, el mismo soldado que me dio de beber cuando casi me moría de sed en la bodega del barco.

—Te he visto burlar la muerte dos veces ya, muchacho. —Percibí en su voz una nota de asombro—. Dije que habías nacido bajo el signo de una estrella especial. —Se persignó.

—Ten piedad —le rogué—, y pediré a las hermanas de la orden que recen por tu alma inmortal.

—Asegúrate de que recen más de una vez —dijo con una sonrisa torcida—. Tienes suerte, muchacho, y no seré yo quien se cruce con cualquiera que sea el dios que te protege. Mañana por la mañana me han asignado a las ejecuciones. Me aseguraré de que la cabeza y el rostro de la monja estén cubiertos en todo momento.

Rafael nos esperaba en el lugar acordado.

Había sido una gran ayuda, pero yo había conservado la mayor parte del pago prometido para asegurarme de que cumpliría. Le dije que necesitaría dos caballos, puesto que escoltaría a la tía de Zarita fuera de la ciudad. Le hice saber que tenía permiso para abandonar la ciudad, pero que era mejor hacerlo de noche, con la mayor discreción posible. Si Rafael intuía qué sucedía en realidad, no dio muestras de ello. Tal como estaban las cosas, tuve que prescindir de uno de los caballos, porque Zarita no podía sentarse en el suyo.

La senté en la silla, delante de mí, y Rafael condujo al caballo, con los cascos enmudecidos, por calles y callejuelas hasta que llegamos a una poterna. Se acercó al soldado que estaba de guardia, a quien mostró los pases. Abrí la bolsa de viaje y saqué una bolsita cargada de las monedas que previamente había descosido de la túnica del capitán Cosimo.

—Esto te pertenece —dije, arrojando la bolsa a Rafael—. Dentro encontrarás oro y plata. Suficiente para que te compres una mansión que llenar con sirvientes que atiendan tus necesidades, lo bastante para que vivas como un rey el resto de tu vida.

63

SAULO

El sol empezaba a alzarse sobre el horizonte cuando nos adentramos a caballo en el valle. Zarita dormía, probablemente por la mezcla del cansancio y los efectos del bebedizo que le había dado su tía. Me vi obligado a cabalgar con mayor lentitud y cautela de la que quería.

Evité los campamentos del ejército. Encontré por lo demás el camino vacío, y la tranquilidad reinaba en la campiña. Me sorprendió oír el estruendo de los cascos de un caballo a mi espalda.

No había donde ocultarse. ¿Cuántos jinetes eran? Entorné los ojos, vuelto hacia atrás. Sólo uno. Aumenté el ritmo, pero supe que no superaría al jinete yendo a lomos de un caballo cargado con dos personas. Entonces vi un lago al frente, con unos cuantos árboles que apenas bastarían para ocultarnos del camino. Pero tendría que apañármelas con eso. Llevé el caballo hacia los árboles, pero al acercarme vi otro viajero al frente, en el camino. Estaba atrapado entre ambos.

Tiré de las riendas. ¿Qué podía hacer? No iba a enfrentarme a ambos, y estaba tan cansado que ni siquiera pude concebir un plan.

—¡Hola, Saulo!

Sorprendido, di un respingo. Era el hombre que tenía delante quien me saludaba. Seguí recto un trecho, hasta que reconocí en él a la persona de Cristóbal Colón.

Troté hacia él. Una vez reunidos, ni el velo ni la capucha de Zarita estaban donde debían. Colón se sobresaltó al verla, y entonces reparó en el jinete que nos seguía y se hizo cargo enseguida de la situación.

—Date prisa —dijo—. Lleva allí a la joven. —Señaló los árboles—. Cúbrela con la capa. A esa distancia no habrá visto que tu caballo llevaba dos jinetes.

Desmonté, cuidando de hacerlo con Zarita en brazos. Agachado, corrí como pude hacia los árboles que había junto al agua, y allí la dejé en la orilla de guijarros. La cubrí con mi capa. Colón desmontó también, y la cubrió con ramas que arrancó de los arbustos cercanos. A su lado, entre ella y el camino, levanté un túmulo de piedras.

—Esperemos que no despierte —murmuró Colón, guiñándome el ojo, sonriéndome mientras se erguía. Entendí algunos de los motivos por los cuales se había rodeado con el paso de los años de un significativo grupo de seguidores. Era ingenioso, leal a sus amigos, un hombre de recursos, de los que no se arredran ante el desafío de lo inesperado. Me puso la mano en el hombro para calmarme, y anduvo como si nada de vuelta a los caballos.

Al cabo de un minuto llegó a galope el jinete.

Colón se le acercó, interponiéndose entre el lugar donde Zarita estaba escondida y su ángulo de visión. Yo llevé la mano a la empuñadura de la daga.

—Cristóbal Colón —saludó el hombre al tiempo que desmontaba—. Os traigo un mensaje de parte de sus majestades. —Del interior del jubón sacó una carta con el sello de la reina Isabel.

Colón dirigió un gesto de desprecio a la carta.

—Ya no tengo más que hablar con los reyes de Castilla y Aragón —dijo—. Me he propuesto viajar a Francia e Inglaterra, donde mi hermano me busca patrocinio. Estando ambos presentes para exponer nuestra empresa, quizás encontremos a un monarca que tenga la visión necesaria para comprender el potencial de la expedición que he planeado.

—Señor, mediante esta carta se os convoca en la corte. —El mensajero hincó una rodilla en tierra y entregó la carta a Colón—. Sus majestades la reina Isabel y el rey Fernando han decidido aceptar tanto vuestros términos como vuestras demandas y financiar vuestra expedición.

En lugar de dar el salto de alegría que esperaba, vi que Colón empalidecía. Se llevó la mano al corazón.

—¿Acaso puede ser verdad? —preguntó a nadie en particular en un tono de voz apenas audible—. Después de todos estos años, ¿acaso puede ser cierto?

Tomé la carta de manos del mensajero y se la ofrecí a Colón, quien temblando abrió el sello y leyó el contenido.

—¡Es verdad! —La emoción le quebró la voz—. ¡De puño y letra de la mismísima reina Isabel! ¡Tengo su palabra de que financiará mi empresa!

Cuando el mensajero se alejó para llevar respuesta a los reyes, Colón empezó enseguida a hacer una lista de los preparativos que tenía que efectuar.

—Pertrecharé tres carabelas, compraré suministros y reclutaré en cuanto pueda a la dotación, porque tengo intención de partir como mucho a finales de año, cuando los vientos y el tiempo nos serán favorables. ¡Hablamos de la aventura más emocionante que el mundo ha conocido! ¡Dime que me acompañarás, Saulo!

—Hay algo... Alguien... de quien debo cuidar —dije—. No puedo acompañaros.

—Pero debéis hacerlo —dijo una voz a nuestra espalda—. Insisto.

Al volverme vi despierta a Zarita, apoyada en un árbol.

—Señor Colón —dijo lentamente—, si los reyes van a apoyar vuestra expedición, Saulo el marino navegará con vos.

Me acerqué a ella y le dije que no me marcharía lejos, porque estaba convencido de que a lo largo de los próximos meses necesitaría mi ayuda.

Zarita sacudió la cabeza. La pena y el dolor le habían vuelto ceniciento el rostro.

—Debo ir al convento de Las Conchas y hablar con la amiga de mi tía, sor Magdalena —dijo—. Intentaremos consolarnos mutuamente mientras lloramos la pérdida de alguien a quien ambas admiramos y adoramos.

Tomé sus manos y la miré a los ojos.

—¿Es nuestro amor lo bastante fuerte para sobrevivir a todo lo que nos ha pasado? —pregunté.

—Sí —respondió ella—. Creo que sí.

Y desde ese momento yo también lo creí.

Observamos a Cristóbal Colón mientras se alejaba a lomos del caballo de regreso a la ciudad.

En lo alto de la colina, la magnificencia del palacio de la Alhambra dominaba el paisaje. Las bóvedas, las torres relucientes, teñidas por el oro que derramaba sobre ellas el sol naciente.

La monja se parecía tanto a Zarita que, cubierta además por el velo, engañaría incluso a los guardias que la llevaran a la estaca. Tal vez era algo más alta, pero se había propuesto encorvarse un poco cuando la condujeran al lugar donde tendría lugar la ejecución. Eso no resultaría extraño a quienes la vieran, que darían por sentado que el desánimo había cundido en la mente y el espíritu de la condenada. Puesto que era monja, no la desvestirían, y tampoco le quitarían el velo o la toca.

Imaginé el olor del pan recién horneado que provenía de los hornos de los panaderos que madrugaban para encender sus fuegos. Luego el canto del gallo, cuando los habitantes despertaban. Pensé en alguien que probablemente no habría dormido en toda la noche. Cerré con fuerza los ojos, como si bastara con ello para borrar la escena de mi mente.

Zarita y yo nos fundimos en un abrazo.

Se reúne la procesión.

Una escolta de guardias, entre ellos el soldado del pelo rojo, sigue el firme toque de tambor cuando se dirigen al lugar de la ejecución. La población, forzada a asistir para evitar atraer sospechas, hace un hueco para que pase la comitiva.

Llegan a la plaza. La estaca está lista. La leña apilada al pie.

La conducen hacia allí.

64

Rogó una cruz a la que poder aferrarse, pero se la negaron.

Le habían atado el cuerpo con gruesas cuerdas al poste central de la hoguera. Tenía sueltos los brazos y las manos, que juntó. Formó una cruz con el pulgar derecho y el índice izquierdo y la rozó con los labios, antes de gritar:

—¡En nombre de Jesucristo, que murió por nuestros pecados!

Las llamas se alzaron a su alrededor.

¿Sería verdad que en ciertos casos humedecían la leña para que el condenado ardiese más lentamente? El humo ocultó su cuerpo, la silueta una sombra retorcida de dolor entre las llamas.

Aunque no era visible, se oían sus gritos.

—¡Abjura! ¡Abjura! —la conminaba el gentío.

—¡Dejadla morir, por el amor de Dios! ¡Dejadla morir! —gritó un hombre joven.

Se rumoreó que ese hombre era Ramón Salazar, un noble y amigo de la infancia que tenía en alta estima a la mujer condenada.

En ocasiones, un verdugo agarrotaba al hereje antes de que las llamas lo alcanzaran. Pero en su caso no tuvieron piedad.

Los gritos perdieron fuerza, sustituidos por algo peor: un parloteo agonizante, pronunciado con voz rota.

El joven inclinó la cabeza, sollozando, llevándose las manos a las orejas.

El hedor a carne quemada flotó en la plaza durante horas.

EPÍLOGO

Justo antes del amanecer del 3 de agosto de 1492, en la población de Palos, al norte de Cádiz, dos hombres salieron de la capilla de San Jorge en dirección al río cercano.

Desde la orilla alta a un lado del estuario, una joven los observaba mientras se dirigían en dirección de las tres carabelas, la *Niña*, la *Pinta* y la *Santa María*, fondeadas en la ensenada. Los marineros con sus túnicas hechas en casa y llamativas gorras rojas, levaron anclas y los barcos iniciaron su andadura empujados por la corriente, que los llevó con lentitud hacia la embocadura del río. Zarita vio que Saulo levantaba la mano para despedirse de ella desde la cubierta de la nave de mayor porte, la *Santa María*.

La campana de la capilla dejó de repicar y los barcos se movieron con más nervio hacia el Mar Océano. Cruzaban la isla de Saltés cuando la amplia vela cuadra de la *Santa María*, blanca y adornada con una cruz roja, se hinchó al viento.

Cristóbal Colón había calculado que transcurrirían seis meses, o más, antes de que regresaran, de modo que Saulo y Zarita dispondrían de tiempo. Tiempo y espacio para recuperarse del dolor de sus vidas anteriores. Cuando él volviera, hablarían de sus planes de futuro. Tal vez hubiese tierras ignotas esperando ser descubiertas, un nuevo lugar donde la gente pudiera ser libre para venerar a quien escogiera, un lugar donde vivir juntos en paz y armonía.

Con mi agradecimiento a:

Margot Aked, Lauren Buckland, Laura Cecil, Sue Cook, Marzena Currie, Annie Eaton, Georgia Lawe, Hanne (guía turística de Classical Spain), Lily Lawes, Museo Naval de Madrid, Sophie Nelson, Hugh Rae, el personal de Random House, familia y demás.